TUI T. SUTHERLAND

LES ROYAUMES DE FEU

LE CONTINENT PERDU

Traduit de l'anglais (États-Unis)
par Vanessa Rubio-Barreau

GALLIMARD JEUNESSE

Précédemment dans
Les Royaumes de Feu

Grâce à Lune, Kinkajou, Qibli, Triton et Winter, la prophétie de la montagne de Jade a été conjurée et le redoutable Spectral neutralisé. Transformé en un dragonnet inoffensif, il vit désormais incognito avec sa mère dans la forêt de Pluie. Seule Lune connaît la vérité à son sujet, tous les autres le croyant de nouveau endormi sous la montagne pour l'éternité.

Mais Lune est sur le point de découvrir un nouveau secret. Dans une de ses visions, la jeune Aile de Nuit a entraperçu l'existence du légendaire «continent perdu». Accompagnée de Qibli, elle s'envole plus loin qu'ils n'ont jamais été, jusqu'à la frontière des territoires connus. Là, Jerboa, une Aile de sable, leur présente une dragonne blessée, qui ne ressemble à aucun clan de Pyrrhia… Qui est donc cette étrange visiteuse?

Titre original : *Wings of Fire, The Lost Continent*

Édition originale publiée aux États-Unis par Scholastic Inc. SCHOLASTIC
et les logos associés sont des marques et/ou des marques déposées de Scholastic Inc.
Tous droits réservés.
Copyright © 2018 Tui T. Sutherland pour le texte
Copyright © 2018 Mike Schley pour la carte
Copyright © 2018 Joy Ang pour les illustrations de dragons
Création graphique : Phil Falco

© Éditions Gallimard Jeunesse, 2020, pour la traduction française

*À papa et maman – je vous aime
et vous remercie de n'avoir rien en
commun avec ces parents dragons !*

Guêpier des Tsé-T...

Lac du Scarabée

Guêpier
des
Vinaigriers

Guêpier
des
Frelons

Guêpier
des
Cigales

Guêpier
des
Mantes

PANTALA

GUIDE
DES DRAGONS

DE PANTALA

AILES DE GUÊPE

Description : leurs écailles se déclinent dans les tons rouges, jaunes et/ou orange, mais toujours mêlés de noir ; ils possèdent quatre ailes.

Aptitudes : elles diffèrent selon les dragons ; certains sont munis de dards sortant de leurs poignets pour piquer l'ennemi, d'autres de dents ou griffes venimeuses, d'autres encore produisent une toxine paralysante pour immobiliser leur proie ou un acide surpuissant qui jaillit d'un aiguillon caudal.

Reine : Frelonne

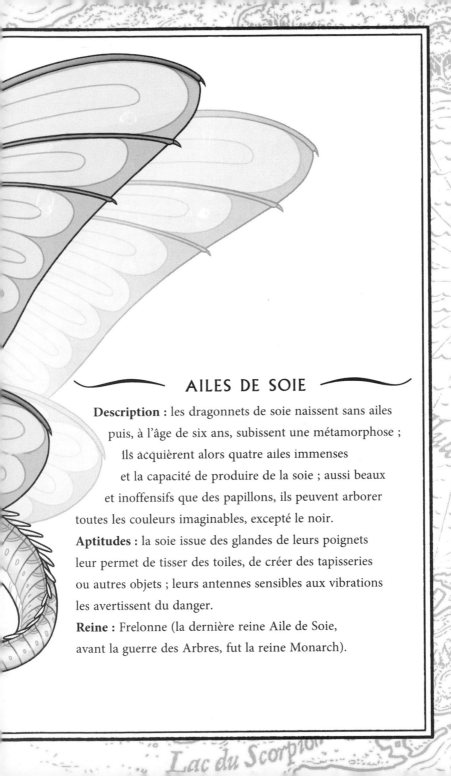

AILES DE SOIE

Description : les dragonnets de soie naissent sans ailes
puis, à l'âge de six ans, subissent une métamorphose ;
Ils acquièrent alors quatre ailes immenses
et la capacité de produire de la soie ; aussi beaux
et inoffensifs que des papillons, ils peuvent arborer
toutes les couleurs imaginables, excepté le noir.

Aptitudes : la soie issue des glandes de leurs poignets
leur permet de tisser des toiles, de créer des tapisseries
ou autres objets ; leurs antennes sensibles aux vibrations
les avertissent du danger.

Reine : Frelonne (la dernière reine Aile de Soie,
avant la guerre des Arbres, fut la reine Monarch).

Lac du Scorpion

AILES DE FEUILLE

Description : clan exterminé durant la guerre des Arbres qui l'opposa aux Ailes de Guêpe ; ces dragons présentaient des écailles dans les tons marron et vert ainsi que des ailes en forme de feuille.

Aptitudes : les Ailes de Feuille absorbaient l'énergie du soleil ; on raconte que certains de ces jardiniers accomplis avaient le pouvoir de contrôler les plantes.

Reine : la dernière reine connue des Ailes de Feuille fut la reine Séquoia, à l'époque de la guerre des Arbres, il y a près d'un demi-siècle.

Lac du Scorpion

Guêpier des Tsé-Ts

Lac du Scarabée

Guêpier
des
Vinaigriers

Guêpier
des
Frelons

Guêpier
des
Cigales

Guêpier
des
Mantes

PANTALA

LA PROPHÉTIE
DU CONTINENT PERDU

Tournez yeux, ailes et feu
Par-delà les mers, vers cette terre
Où se meurent des dragons intoxiqués
Qui ne connaîtront jamais la liberté.

Un secret caché au creux de leurs œufs,
Un secret tapi entre les pages de leur livre,
Un secret profondément enfoui peut sauver
Ceux qui auront le courage de chercher.

Ouvrez cœurs, ailes et esprits
Aux dragons qui le guêpier ont fui.
Affrontez le mal toutes serres unies
Ou tous les clans perdront la vie.

PROLOGUE

Il y a environ deux mille ans…

On a du mal à imaginer pour quelle raison un dragon qui lit l'avenir irait foncer droit dans un ouragan en connaissance de cause. En principe, il devrait être assez malin pour l'éviter.

Pourtant, selon les visions de Clairevue, c'était exactement ce qu'elle devait faire.

En se cramponnant tant bien que mal à la roche trempée qui glissait sous ses serres, elle s'ébroua afin de détendre ses ailes noires déjà fourbues par les longues heures de vol du matin et de la veille. Le sel des embruns lui picotait les écailles. Au-dessus de sa tête, le soleil perçait timidement entre les épais nuages gris.

Elle ferma les yeux pour se concentrer sur les différentes trajectoires qui s'offraient à elle.

Dans une direction – vers le sud, légèrement à l'est –, il y avait une petite île avec une belle plage de sable, encadrée par deux cocotiers penchant la tête l'un vers l'autre. Des requins-tigres paresseux venaient s'y nourrir. L'ouragan l'éviterait complètement. Si elle se rendait là-bas, Clairevue pourrait se reposer, manger et dormir en toute sécurité. Puis elle pourrait reprendre sa route dans deux jours, après le passage de la tempête.

Pourtant, c'était dans l'autre direction – à l'ouest et légèrement au nord – que l'attendait le continent perdu.

Elle avait désormais la certitude qu'il existait bien. Quand elle était partie à sa recherche, elle s'attendait presque à faire un tour du monde complet et à revenir par l'autre côté de Pyrrhia. Personne n'était sûr qu'il y ait un autre continent… et même si c'était le cas, on pensait qu'il était trop loin pour s'y rendre en volant. On risquait de s'épuiser, de tomber dans la mer et de se noyer avant de l'atteindre.

Mais Clairevue n'était pas une dragonne ordinaire. Elle possédait un avantage certain, celui de voir les différents futurs possibles. Là, sur la côte de Pyrrhia, elle savait quelle direction la mènerait sur une île où elle pourrait se reposer, puis sur une autre le lendemain et ainsi de suite. En aménageant son trajet chaque jour, guidée par ses visions, elle avait trouvé une suite de petites îles où faire étape afin de traverser l'océan en toute sécurité.

Une bourrasque l'aspergea de gouttelettes d'eau de mer.

L'ouragan se rapprochait dangereusement. Si elle ne partait pas immédiatement, des dragons du continent perdu allaient mourir. Des dragons qui pourraient un jour être ses amis si elle les sauvait. Des dragons qui n'avaient aucune idée de la menace qui pesait sur eux parce qu'il n'y avait personne pour les avertir.

Enfin, pas encore.

Clairevue prit une profonde inspiration et s'élança dans les airs, en direction de l'ouest.

Aussitôt défilèrent dans son esprit toutes les manières dont elle pourrait trouver la mort au cours des deux prochains jours. C'était pour cela qu'elle avait horreur de voler en pleine tempête. C'était trop imprévisible. Le moindre petit coup de vent dans la mauvaise direction risquait de la précipiter sur les rochers en contrebas ou lui planter une branche de palmier en plein cœur.

« N'y pense pas, se répétait-elle. Pense plutôt aux dragons qui ont besoin de toi. »

L'autre vision s'effaçait petit à petit – celle où elle partait vers l'est pour s'abriter… et arrivait sur le continent perdu après le passage de l'ouragan. Elle avait du mal à chasser de son esprit les images de dévastation et de mort, même si elle mettait tout en œuvre pour éviter qu'elles se réalisent.

« Vont-ils me croire ? Vont-ils m'écouter ? »

Dans certaines de ses visions, la réponse était oui ; dans d'autres, non.

Pour l'instant, tout ce qu'elle pouvait faire, c'était voler, voler le plus vite possible, et espérer.

L'ouragan luttait contre chacun de ses battements d'ailes comme s'il savait qu'elle essayait de lui arracher des victimes des griffes. La pluie la cinglait violemment. Elle craignait d'être précipitée dans la mer à tout instant. Ou de mourir en plein ciel, noyée par le déluge.

Pourtant, ce n'étaient que les prémices de la tempête, le pire était à venir. Il fallait qu'elle atteigne la terre avant le cyclone déchaîné. Elle ne pouvait pas s'arrêter ni ralentir un seul instant.

À un moment, elle jeta un coup d'œil en arrière et vit comme une énorme vague aspirée dans les airs. Sur la crête, une orque se débattit désespérément dans le vide avant que la tempête la rejette un peu plus loin.

Plus tard, une fois le soleil englouti pour de bon, une hutte entière passa juste sous son museau et vola bientôt en éclats. Elle dut plonger dans un courant descendant pour éviter les débris. D'où venait-elle ? Qui vivait dedans ? Elle ne le saurait jamais…

Et plus tard encore, alors qu'elle ne sentait plus ses ailes, elle vit une forme surgir des nuages.

Une falaise. Un îlot de terre !

Une grande île, même. Tout un continent, en fait.

Elle replia légèrement ses ailes pour piquer vers la falaise où elle distinguait des arbres pliés par le vent. L'ouragan tenta une dernière fois de la jeter à la mer, mais elle lutta avec ses ultimes forces jusqu'à ce qu'elle sente la terre sous ses pattes. Elle s'affala de tout son long, serrant la glaise humide entre ses griffes, heureuse d'être en vie.

« Continue. Ils ne sont pas encore en sécurité. »

Clairevue se releva et se tourna face aux arbres.

Deux dragons approchaient. Sa première rencontre sur ce sol étranger.

Elle allait découvrir des clans étrangers, radicalement différents de ceux qu'elle connaissait. Aucun dragon de nuit comme elle. Ni de dragons de sable, de mer ou de glace.

Elle avait entrevu leur apparence, mais elle ne savait rien de leur clan… et elle ignorait s'ils pourraient lui faire confiance.

Ils sortirent de la forêt et l'observèrent avec curiosité.

« Comme ils sont beaux », pensa-t-elle.

L'un d'eux était vert foncé, de la couleur des arbres tout autour d'eux. Ses ailes s'incurvaient gracieusement telles des feuilles sur ses flancs, et des écailles acajou brillaient sur son torse.

Mais ce fut l'autre dont la vue lui coupa le souffle. Ses écailles avaient un éclat métallique – doré, irisé de reflets roses et bleus. Elles étincelaient à travers le rideau de pluie. Il surpassait les rares Ailes de Pluie qu'elle avait pu croiser au marché et qui pourtant étaient les plus beaux dragons de Pyrrhia.

De plus, ses ailes étaient particulièrement étranges : elles étaient au nombre de quatre au lieu de deux, et la seconde paire recouvrait en partie la première, avec un angle légèrement différent pour lui conférer une agilité supplémentaire dans les airs.

« Comme les libellules, comprit-elle en se remémorant les délicats insectes fusant à la surface des mares, au creux des montagnes. Ou les papillons... ou les scarabées. »

Elle s'assit, levant les pattes pour montrer qu'elle était inoffensive.

– Bonjour, fit-elle en s'efforçant d'être la moins menaçante possible.

Le dragon vert tourna lentement autour d'elle. Le dragon irisé s'assit et lui adressa un petit sourire. Elle le lui rendit, bien que son cœur batte à tout rompre dans sa poitrine. Elle savait qu'elle devait attendre qu'ils fassent le premier pas.

– *Dragodouvenichou ?* dit finalement le dragon vert d'une voix calme et posée. *Racinou ?*

« Respire. Tu savais que ça allait se passer comme ça, au début. »

– Je m'appelle Clairevue, dit-elle en portant une patte à son front. Je viens de très loin, de l'autre côté de la mer.

Elle désigna les flots déchaînés au pied de la falaise.

– Vous parlez dragon ?

Les deux étrangers échangèrent un regard surpris.

– La langue ancienne, articula le dragon irisé avec

lenteur et difficulté, comme s'il allait chercher les mots un par un au fond de sa mémoire.

– Vous la connaissez ! s'exclama Clairevue avec une bouffée d'espoir.

– Le petit peu, répondit-il. Très vieux.

Il sourit à nouveau.

Le dragon murmura quelque chose dans leur langue en désignant l'océan. L'autre répondit et ils discutèrent un instant. Si elle avait eu affaire à des Ailes de Nuit, Clairevue aurait supposé qu'ils se disputaient, mais leur ton était si paisible qu'elle n'aurait su le dire.

« La langue ancienne… Je me demande si leur continent et le nôtre entretenaient davantage de relations autrefois. Peut-être qu'elles reprendront à l'avenir. Je vais leur apprendre à parler dragon, surtout si certains ont déjà des bases. Ainsi, si d'autres dragons de Pyrrhia viennent ici, ils pourront communiquer. »

Néanmoins, elle avait du mal à croire que d'autres dragons soient capables d'accomplir le trajet qu'elle venait d'effectuer. C'était tellement loin, il fallait trouver tant de petites îles pour faire étape à travers cette mer immense.

Mais elle pourrait arranger ça.

« Pas tout de suite, cependant. Pas tant que je suis encore tentée de réveiller Spectral. Je ne pourrai retourner à Pyrrhia que lorsque je l'aurai oublié.

Donc sans doute jamais. »

– Que vous faire là ? lui demanda le dragon rose doré.

– Une terrible tempête se prépare, expliqua-t-elle aussi simplement que possible. Vraiment terrible.

Il déploya ses ailes et leva les yeux en savourant la fraîcheur des gouttes de pluie sur son museau.

– J'a vu, affirma-t-il en haussant les ailes.

– Non.

Elle secoua la tête.

– *J'ai* vu.

Elle montra son front.

– Je vois dans le futur. Demain, après-demain, après-après-demain… Je vois tous les jours à venir. Cette tempête va tuer beaucoup de dragons…

Elle agita la patte pour désigner la forêt autour d'eux.

– … arracher beaucoup d'arbres.

Les deux dragons fronçaient les sourcils.

– *Malauzarbres ?* gronda le dragon vert. *Cassebranche feuilletombe troncasse ?*

– Mais on peut les sauver, s'empressa-t-elle d'ajouter.

Les visions se bousculaient dans son esprit. Le temps pressait. Il était trop tard pour faire preuve de patience et de diplomatie.

– Il faut déplacer tout le monde. Tous les dragons. Les emmener dans les terres. Très très loin. Aussi loin que leurs ailes le leur permettent. Partir tout de suite et attendre que la tempête soit passée.

Elle se tourna vers le dragon métallisé, les pattes jointes.

– Je vous en prie. Il faut les sauver.

Le silence s'éternisa. L'avenir était suspendu entre deux voies possibles.

Finalement, le dragon irisé acquiesça.

– Partir. Tous. On va.

Il prononça quelques mots dans leur langue et le dragon vert acquiesça également.

Une vague de soulagement submergea Clairevue, qui dut presque s'allonger à nouveau. Mais les deux dragons lui firent signe de les suivre, et ils décollèrent, slalomant prudemment entre les arbres secoués par le vent.

Des dragons pointaient leur museau entre les feuilles tandis qu'elle traversait la forêt avec ses deux compagnons. Ils l'observaient, intrigués et surpris. La plupart étaient vert foncé et marron avec des ailes en forme de feuille. Une nouvelle cascade de visions lui apprit qu'il s'agissait justement de leur nom en langue dragon : les Ailes de Feuille.

Mais environ un quart d'entre eux appartenaient à l'autre clan, celui dont elle ne connaissait pas encore le nom. Ils scintillaient comme des pierres précieuses dans les arbres : doré, bleu, violet, orange… toutes les couleurs de l'arc-en-ciel.

Apercevant une dragonnette lavande cramponnée à une branche, Clairevue constata avec horreur qu'elle n'avait pas d'ailes. Puis elle repéra les bourgeons d'ailes sur son dos et se souvint – elle avait eu la vision d'un

LES ROYAUMES DE FEU

clan de dragons dont les ailes ne se développaient que quelques années après la naissance.

« Grandir sans ailes… comme ce doit être étrange. »

Lui revint alors en mémoire la vision du corps sans vie de cette dragonnette, gisant parmi les nombreuses victimes de la tempête.

Non, au lieu de ça, elle se réveillerait demain matin pour chasser les papillons en réclamant des mûres pour le petit déjeuner.

« Je l'ai sauvée. J'ai fait quelque chose de bien. »

Le dragon vert cria alors d'une voix forte qui résonna sous la voûte des arbres. Les autres répétèrent ses mots et sa parole se répandit à travers la forêt. Elle sentit l'air vibrer des battements d'ailes des deux clans qui s'élevaient dans les airs à leur suite pour fuir se mettre à l'abri.

– Vous sauvez nous, dit le dragon métallisé en faisant une pirouette pour venir voler à ses côtés.

Il lui sourit.

– Vous aussi en sécurité maintenant.

« Peut-être…, pensa-t-elle. J'ai arrêté Spectral. J'ai sauvé Percevagues, et les Ailes de Nuit, et mes parents. Désormais, j'ai un nouveau chez-moi, avec de nouveaux dragons à sauver. Je peux les aider grâce à mes visions. Et cette fois-ci, je ferai tout comme il faut. »

Les images de futurs possibles défilèrent dans son esprit. Elle pourrait épouser ce dragon drôle et gentil, qui répondait au nom bien trouvé de Rayon-de-Soleil. Ou alors un dragon qu'elle allait rencontrer dans trois jours en nettoyant la forêt, dont les yeux d'un vert doux étaient tout l'opposé du regard perçant de Spectral. Elle pourrait emménager avec cette vieille Aile de Feuille nommée Érable qui parlait la langue ancienne ou bien se trouver un arbre creux pour y vivre seule ou choisir de faire d'abord le tour du continent avant de se poser.

Puis elle aurait des dragonnets, si elle le souhaitait.

Elle fut submergée d'une bouffée d'amour pour des dragonnets qui n'étaient même pas encore dans l'œuf : la jolie Jewel, Écaille le petit malin, l'adorable Orange (Non, mais sincèrement, qui irait appeler son dragonnet Orange ? Rayon-de-Soleil, visiblement. Il faudrait qu'ils aient une petite conversation à ce sujet) et Commodore, le roi de la rigolade.

Les dragonnets qu'elle aurait eus avec Spectral lui manqueraient toujours, mais elle aimerait ceux à venir de tout son cœur. Et rien de mal ne pourrait jamais leur arriver. Ils vivraient vieux et heureux parce qu'elle serait là pour les guider, les aider à tracer leur voie dans les futurs possibles, les protéger.

Cette fois, elle ferait ça bien.

– Tes racines, dit Rayon-de-Soleil en la tirant de ses pensées. C'est où ?

Elle désigna la mer derrière eux.

– À Pyrrhia.

Elle fit un mouvement circulaire de la patte.

– Et ici ? C'est quoi ?

Il sourit.

– Pantala, annonça-t-il avec une fierté palpable.

– Pantala, répéta-t-elle.

« Le continent perdu existe et il a un nom. C'est mon chez-moi, désormais.

Pantala, me voilà. »

Guêpier des Tsé-

Lac du Scarabée

Guêpier
des
Vinaigriers

Guêpier
des
Frelons

Guêpier
des
Cigales

Guêpier
des
Mantes

PREMIÈRE PARTIE
DANS LE COCON

CHAPITRE 1

Deux mille ans plus tard…

Blue était le genre de dragon qui se contente de ce qu'il a.

Plus exactement, même si tous les aspects de sa vie d'Aile de Soie ne lui convenaient pas forcément, il se disait qu'il était en sécurité et, voilà, ça allait plutôt bien. Ce n'était pas parfait, mais au moins son clan cohabitait en paix avec les Ailes de Guêpe. Ces derniers les protégeaient des menaces extérieures. Chacun suivait les règles, leurs magnifiques guêpiers étaient impeccables, il y avait toujours assez de patates douces et de gombos à manger, n'était-ce pas la vie dont tout le monde rêvait ?

Blue ignorait ce que les autres en pensaient, et ça le tracassait. Il essayait fréquemment de se mettre à la place des autres dragons – étaient-ils aussi satisfaits que lui de leur existence ou bien était-il privilégié ? Désiraient-ils les mêmes choses que lui ? Quelles étaient leurs angoisses ? Leurs espoirs ? Et s'ils étaient malheureux, pour quelle raison ?

Toutes les suppositions qu'il pouvait faire étaient sans doute erronées, mais c'était plus fort que Blue. Cela occupait entièrement ses pensées.

À quoi songeait cette dragonnette, qui dessinait des hexagones dans la marge de sa copie pendant le contrôle de maths ? Qu'est-ce qui tracassait le dragon rose pâle qui habitait l'alvéole voisine lorsqu'il ôtait les insectes morts de ses toiles de soie ? Et les Ailes de Guêpe – leurs vies, leurs espoirs, leurs repas, leurs peines et leurs cauchemars étaient-ils vraiment différents des siens ?

La vie des autres l'attirait autant qu'une flamme ou l'odeur des nectarines.

La veille de la métamorphose de sa sœur Selena, il passa la nuit à rêver qu'il était à sa place.

Peut-être ses bourgeons d'ailes avaient-ils commencé à s'entrouvrir pendant son sommeil. Peut-être était-elle restée éveillée un moment, à fixer le ciel étoilé, imaginant le moment où elle pourrait s'élancer du sommet du guêpier pour faire la course avec les alouettes jusqu'à la mer. Elle avait sans doute hâte de rejoindre la pénombre teintée d'émeraude du douillet cocon de soie qu'elle aurait tissé. Plusieurs jours de repos sans personne pour lui crier dessus ou lui donner des corvées supplémentaires, elle n'aurait qu'à laisser pousser ses ailes.

Il savait que Selena n'avait pas peur, contrairement à lui dont la métamorphose débuterait dans six jours. Sa sœur s'était toujours sentie prête à avoir des ailes. Pas lui. Et il n'était pas prêt non plus à ce qu'elle en ait. Car tout allait forcément changer.

Une fois qu'elle les aurait, Selena serait affectée à un poste de travail. Bientôt, la reine lui attribuerait un équipier et une nouvelle alvéole où vivre. Elle risquait même d'être mutée dans un autre guêpier.

C'était normal. Ainsi allait la vie pour les Ailes de Soie. Tout le monde passait par là : la métamorphose, un destin tracé par les Ailes de Guêpe…

Mais maintenant que ça arrivait au sein de sa famille, Blue trouvait cela extrêmement angoissant.

Il était déjà réveillé lorsque Selena traversa la toile de soie pour le secouer, peu avant l'aube. Il avait l'impression de ne pas avoir fermé l'œil de la nuit. Il avait longuement contemplé les points lumineux qui allaient et venaient, dans les niveaux inférieurs du guêpier des Cigales, en s'imaginant à la place d'un de ces dragons lève-tôt qui partaient au travail avant le lever du soleil. Au loin, il apercevait le guêpier des Frelons d'un côté et le guêpier des Mantes de l'autre, même si, dans l'obscurité, on ne distinguait pas les toiles qui les reliaient.

Il n'avait jamais mis une patte dans un autre guêpier, mais il savait qu'ils étaient disposés en cercle à travers les plaines de Pantala. Ces gigantesques cités créées par les dragons se dressaient vers le ciel, répliques artificielles des arbres qui occupaient leur place autrefois. Leurs toits se déployaient telles des branches, et le maillage dense des toiles des Ailes de Soie formait une canopée les recouvrant, si bien que même les dragonnets dépourvus d'ailes pouvaient circuler d'un guêpier à l'autre dans les airs s'ils le voulaient (et si on les y autorisait).

Blue bâilla et repoussa la patte de sa sœur en faisant mine d'être plongé dans un profond sommeil. Des gouttes de rosée scintillaient tout autour d'eux sur les toiles, comme s'il avait plu des diamants pendant la nuit. Il distinguait la silhouette emmitouflée de soie de la mère de Selena encore endormie, tout au bord de leur alvéole. Sa propre mère travaillait de nuit en ce moment, elle était partie à minuit.

– C'est le grand jour, c'est le grand jour, lui murmura Selena à l'oreille.

Sa queue vert pâle battait gaiement, faisant vibrer les fils de soie de la toile.

Elle s'approcha à nouveau de Blue pour le secouer et fit tanguer dangereusement son hamac.

– Hé, attention ! protesta-t-il. On n'a pas encore d'ailes, je te rappelle !

Il y avait des couches et des couches de fils de soie entrecroisés sous la toile de sa famille, prêtes à rattraper un dragonnet imprudent, mais quand même, il ne parvenait pas à oublier à quelle hauteur ils étaient perchés. Il se sentait toujours plus en sécurité à l'intérieur du guêpier que là-haut, dans les toiles – ce qui, il le craignait, n'était sans doute pas très normal pour un Aile de Soie.

– Mais moi, je vais les avoir aujourd'huiiiiii ! répliqua-t-elle.

Elle s'assit pour tripoter les petits bourgeons d'ailes qui sortaient de ses omoplates.

– Non, pas vraiment, corrigea-t-il. Aujourd'hui, tu vas tisser ton cocon. Tu devras attendre encore cinq jours que tes ail… AAAAH ! hurla-t-il lorsqu'elle retourna son hamac, le jetant sur le sol de l'alvéole.

– Ne me fais pas la leçon, asséna-t-elle d'un ton faussement sévère. Je suis ta sœur aînée et j'ai assisté à plus d'une douzaine de métamorphoses. En plus, je suis la meilleure élève de ma classe en soyologie. Alors ne la ramène pas !

– D'accord, d'accord, fit Blue en s'étirant. Tu es le cerveau de la famille, j'avoue.

Il jeta un coup d'œil par-dessus son épaule à ses propres bourgeons. Ils étaient exactement comme la veille : petits, tout serrés, d'un violet irisé plus foncé que le bleu saphir de ses écailles.

Ceux de Selena, en revanche, commençaient à se dérouler. Il distinguait des veinures cobalt et doré au milieu du vert pâle. On voyait également que la soie montait en elle : déjà ses paumes et ses poignets luisaient légèrement, comme si de minuscules lucioles s'étaient réveillées sous ses écailles.

« Ce sera bientôt mon tour, pensa-t-il en s'efforçant de maîtriser la panique qui le submergeait. Après ma métamorphose, j'aurai des ailes et de la soie, moi aussi. »

Peut-être que le changement ne serait pas trop radical. Peut-être qu'il serait affecté ici même, pour aider sa mère à entretenir les ponts tissés entre les guêpiers. Peut-être que Selena resterait aussi pour être au service d'une des familles Ailes de Guêpe de la haute société, comme sa mère.

Sauf que ça ne lui plairait pas, Selena voulait être tisseuse. Elle espérait travailler en équipe avec Bombyx au sein d'une alvéole d'artistes tout là-haut, dans les cimes ensoleillées de la toile. Elle voulait créer un tissage si beau qu'il serait offert à la reine Aile de Guêpe, qui régnait sur leurs deux clans – ou tout du moins à l'une de ses royales sœurs.

Blue n'avait vu la reine qu'une seule fois, lors de sa visite au guêpier des Cigales. Sa Majesté Frelonne était venue inspecter leur école, escortée par vingt soldats Ailes de Guêpe qui marchaient au pas derrière elle. Ses écailles scintillaient, dessinant de parfaites rayures jaune et noir. Elle avait des yeux immenses, ovales, complètement noirs, cerclés d'une rangée d'écailles jaunes.

S'imaginer à sa place lui était presque impossible. C'était comme tenter de se mettre à la place du soleil. Pourtant, Blue ne pouvait s'empêcher d'essayer. Il se figurait qu'elle devait se réveiller le matin et prendre son petit déjeuner comme tout le monde (sauf que, à en croire la rumeur, elle mangeait aussi rarement que possible et seulement des prédateurs : la tête d'une lionne pour le déjeuner un matin, des tranches de mamba noir dans un potage d'encre de poulpe pour le dîner dix jours plus tard).

Il se demandait si ses ailes lui semblaient lourdes ou au contraire puissantes lorsqu'elle volait de guêpier en guêpier pour rendre visite à ses sujets. Était-elle soulagée de déléguer certaines responsabilités à ses sœurs… ou bien craignait-elle que celles-ci ne veuillent prendre sa place sur le trône ? Consultait-elle fréquemment le Livre de Clairevue ? S'il avait été à sa place, avec deux clans de milliers de dragons qui dépendaient d'elle, il l'aurait sûrement lu tous les jours jusqu'à le savoir par cœur.

À un moment, durant sa visite, la reine avait repéré Selena et son frère et les avait fixés durant environ un siècle et demi, selon l'horloge interne de Blue. Il avait eu l'impression qu'elle hésitait entre les adopter ou les dévorer.

La reine Frelonne était aussi impressionnante et intimidante qu'on le racontait. Après elle, sa sœur, dame Cigale, qui dirigeait leur guêpier, ne lui avait plus semblé aussi terrifiante.

C'était peut-être le but de ces visites : rappeler à tout le monde qui tenait le pouvoir entre ses griffes.

– Alors…, commença Selena en prenant la patte de son frère dans la sienne, que va-t-on faire pour ma dernière journée de dragonnette ?

– Prendre un bain de soleil allongés sur la toile ? suggéra-t-il, plein d'espoir.

– Oh, non, espèce de limace paresseuse à la banane ! On va faire tous mes trucs préférés ! C'est ça qu'il fallait répondre !

– C'est pas juste, protesta-t-il. Quand ce sera mon jour de métamorphose, il n'y aura personne pour faire tous mes trucs préférés avec moi. Vous serez bien trop occupés à voler d'une activité trop cool et aérienne à l'autre avec vos grandes ailes !

Selena se retint de lui tirer la langue, mais Blue se sentit quand même coupable. Elle aurait voulu que Bombyx puisse passer la journée avec eux aussi, mais il travaillait sur un chantier de construction à l'ouest du guêpier – et il était sûrement tout poussiéreux, énervé et furieux de ne pas être aux côtés de Selena.

– Désolé, murmura Blue.

– Ne t'inquiète pas, dit-elle. Une fois que j'aurai mes

ailes, Bombyx et moi, on travaillera en équipe et on passera toutes nos journées ensemble.

Elle sourit, comme si le simple fait d'avoir demandé l'autorisation d'être en équipe avec lui signifiait qu'ils allaient l'obtenir – ce dont Blue doutait grandement. Aucun adulte Aile de Soie de sa connaissance ne travaillait avec un partenaire de son choix. Sa mère et celle de Selena n'avaient même pas pu leur choisir un père – il leur avait été imposé avant d'être expédié dans un autre guêpier dès qu'elles avaient eu des œufs. Blue connaissait son nom – Amiral –, et c'était tout.

«C'est mieux comme ça», pensa-t-il. Pimprenelle et Silverine s'aimaient finalement sans doute davantage qu'elles auraient pu aimer Amiral. Ils formaient une belle famille, tous les quatre. Tout était pour le mieux, en fin de compte. La reine Frelonne et ses sœurs savaient ce qu'elles faisaient lorsqu'elles formaient les couples. Si Selena et Bombyx n'étaient pas ensemble, ce serait sûrement pour une bonne raison.

– On commence par quoi? demanda-t-il. Non, attends… Je sais : des gouttelines de miel!

– Oh, oui, oui! Des gouttelines de miel! chantonna Selena, qui fit à nouveau rebondir la toile en agitant ses bourgeons d'ailes. Remue tes écailles, qu'on évite la queue au poste de contrôle!

Il plongea son museau dans le collecteur de rosée pour nettoyer ses antennes et les écailles sèches sous ses yeux, tandis que Selena filait voir sa mère. Silverine se redressa et la prit dans ses ailes – avec un empressement tel que Blue se demanda si elle aussi avait passé une nuit blanche.

– Bonne journée, ma chérie. J'essaierai de venir au Cocon, promit-elle. Mais…

– Je sais, la coupa sa fille. C'est pas grave.

La maîtresse de Silverine était insupportable. Mécontente de sa place dans la hiérarchie du guêpier, elle passait sa frustration sur Silverine en lui infligeant toutes sortes d'humiliations. Le simple fait de l'empêcher d'assister à la métamorphose de sa fille unique éclairerait sûrement sa semaine.

– Tu imagines, dit Selena, la prochaine fois qu'on se verra, j'aurai des ailes ! On pourra voler ensemble !

– J'ai tellement hâte ! s'écria Silverine.

Mais lorsqu'elle serra à nouveau sa fille dans ses ailes, Blue surprit une étrange expression sur son museau.

Angoisse ? Peur ?

Un frisson glacé lui parcourut les écailles. La dragonne avait l'air au courant de quelque chose qu'ils ignoraient.

Comme si elle avait des raisons de penser qu'elle ne reverrait plus jamais sa fille.

CHAPITRE 2

C'est avec une appréhension croissante que Blue suivit
Selena sur les toiles. Le soleil levant filtrait à travers les
couches de soie, éclairant les lieux d'une lueur grisâtre.
Le doux bourdonnement des ailes d'insectes s'élevait
des hautes herbes entourant le guêpier.

Grimpeuse téméraire, Selena bondissait d'un niveau
à l'autre comme un petit singe… ou un dragon déjà
muni d'ailes. Plus raisonnable, Blue comptait sur la
légère adhérence de la soie pour le retenir au cours de
son ascension. Malgré tout, il avait encore plus le ver-
tige que d'habitude. La moindre vibration de la soie se
répercutait dans tous ses os en le faisant frémir nerveusement des antennes et grincer des dents.

Il fut soulagé lorsqu'ils atteignirent l'entrée du guêpier, où les différentes toiles de soie se rejoignaient,

à l'étage supérieur de la cité. Il y avait déjà une queue de plus de vingt dragons, mais au moins ils pouvaient attendre sur le sol ferme du hall d'entrée. Ravi de quitter la toile pour cette surface sèche comme du papier, il étira ses pattes.

Sur les parois, une fresque représentait des Ailes de Soie et des Ailes de Guêpe volant ensemble dans un ciel sans nuage, aussi heureux que Selena devant une boîte de gouttelines de miel. Cependant, la majeure partie de la peinture était recouverte par des affiches.

SOYEZ VIGILANTS !

NOUS SOMMES TOUJOURS EN DANGER !

PRENEZ GARDE AUX AILES DE FEUILLE !

SIGNALEZ IMMÉDIATEMENT TOUT AILE DE SOIE DÉLOYAL AUX AUTORITÉS DU GUÊPIER.

LA REINE FRELONNE VOIT TOUT. LA REINE FRELONNE NOUS PROTÈGE TOUS. LONGUE VIE À LA REINE FRELONNE !

AILES DE FEUILLE : DISPARUS... OU TAPIS DANS L'OMBRE ?

SIGNALEZ IMMÉDIATEMENT TOUT ÉVENTUEL AILE
DE FEUILLE AUX AUTORITÉS DU GUÊPIER!

Sur la dernière, on voyait un monstrueux dragon vert foncé, aux griffes et aux dents maculées de sang. Il y avait une nouvelle affiche presque tous les jours, mettant en garde contre la menace que constituaient les Ailes de Feuille.

Selena surprit son frère en train de la contempler et s'esclaffa.

– Quoi? fit-il.

– Arrête! T'as quand même pas peur des Ailes de Feuille?

– Je ne vois pas ce que ça aurait d'étonnant, répliqua-t-il. Ils ont failli nous exterminer il y a un demi-siècle. Ou bien mon petit génie de sœur a-t-il déjà oublié tous nos cours d'histoire?

– Mais ils n'y sont pas arrivés, fit-elle valoir. Et maintenant, ils ont disparu. Alors il n'y a rien à craindre. Je ne vois pas comment ils pourraient nous attaquer vu qu'ils sont tous morts!

– On n'en est pas sûr, objecta-t-il. D'après Tussack, son oncle en aurait vu passer un dans le ciel, il y a deux ans. Et tout cet étage du guêpier des Mantes qui s'est écroulé l'an dernier? J'ai entendu dire que les Ailes de Feuille l'auraient saboté.

– Pff! souffla Selena avec mépris. L'oncle de Tussack

a aperçu un Aile de Soie vert. Il est zinzin, c'est tout. Et l'effondrement a été causé par un défaut de construction. Cette histoire de sabotage, c'est pour couvrir une erreur stupide, c'est évident !

– Chut ! souffla Blue en jetant un coup d'œil aux soldats Ailes de Guêpe, juste devant eux.

Ils avaient beau être occupés à contrôler les identités, ils risquaient d'entendre ses propos déloyaux.

– Écoute, reprit-elle un ton plus bas en levant les yeux au ciel, personne n'a réellement vu la queue d'un Aile de Feuille depuis cinquante ans. On a abattu tous leurs arbres, alors où pourraient-ils bien vivre s'il en restait ? Ils ramperaient dans les hautes herbes de la savane ? Non, ils ont disparu, grâce à la reine Frelonne, donc tout ça ne sert rigoureusement à rien.

Elle agita une griffe pour désigner les affiches menaçantes.

– Les Ailes de Guêpe ne contrôlent pas tout le continent, rappela-t-il, mais elle poursuivit sans l'écouter.

– La reine a tout simplement intérêt à ce qu'on ait… Comment dit-on déjà ?… Un ennemi commun. Pour que les Ailes de Soie ne commencent pas à se plaindre ou à réclamer d'avoir leur propre souveraine ou un truc comme ça…

– Notre propre souveraine ?

Blue n'en revenait pas. Il n'avait jamais imaginé que les Ailes de Soie pourraient demander à avoir une reine à eux. Et ça l'inquiétait un peu que Selena l'ait envisagé. C'était le genre d'idées dangereuses que Bombyx était tout à fait capable de lui avoir mis en tête.

– Je ne dis pas que j'y suis favorable, s'empressa de préciser Selena en jetant à son tour un regard nerveux aux soldats. Mais ça pourrait arriver à d'autres Ailes de Soie, mécontents de leur situation…

Blue secoua la tête.

– Je ne pense pas. Je ne connais aucun Aile de Soie malheureux.

Dans le dos de sa sœur, l'affiche claironnait «LA LOYAUTÉ AVANT TOUT», avec en fond les yeux énormes de la reine Frelonne.

Si parfois c'était une image rassurante, là, à cet instant précis, au beau milieu de cette conversation, ces deux gros yeux le mirent mal à l'aise.

– Mais tout va bien dans les guêpiers. Nous sommes en sécurité, nous travaillons tous ensemble, je ne vois pas de quoi on pourrait se plaindre.

La file avança. Comme ils étaient désormais à portée de voix des soldats, ils se turent tous les deux instinctivement. Blue était en train de contempler les longues ailes bleu pâle de la dragonne devant lui en se demandant où elle allait, quand enfin, ce fut à leur tour.

– Noms ? fit l'un des soldats d'une voix lasse.

Tous les Ailes de Guêpe avaient au moins quelques écailles noires, héritées de leur ancêtre commune,

Clairevue, mais ce dragon était presque complètement noir, avec seulement quelques taches orange ici et là.

Blue et Selena le voyaient à ce poste de contrôle presque tous les jours depuis trois ans. Pourtant, il n'avait toujours pas l'air de les reconnaître. Il s'appelait Bousier. Ce n'était bien entendu pas lui qui leur avait donné cette information. Blue avait surpris son nom en écoutant les gardes râler.

– Blue, annonça-t-il en tendant la patte droite.

Le soldat étudia les lettres gravées dans la paume de Blue alors qu'il n'était encore qu'un dragonnet nouvellement éclos. Un B pour Blue, formant un triangle avec un P et un A, les initiales de ses parents. Si Selena se réjouissait que le marquage ait eu lieu quand ils étaient trop petits pour se le rappeler, Blue était presque sûr d'avoir des souvenirs de ce jour-là… la brûlure intense, la douleur si vive… et surtout une terrible sensation de trahison.

Bousier grogna et entreprit d'examiner le bracelet que Blue portait à son autre poignet. Il était en bronze terne et franchement lourd, même s'il s'y était habitué depuis le temps. Il indiquait qu'en tant qu'élève d'une des écoles du guêpier, il avait le droit de sortir et d'entrer à ce poste de contrôle. Le nom de l'établissement était gravé dans le métal : l'académie des Vers à Soie.

– Et moi, c'est Selena, annonça sa sœur.

– Ah…, fit le soldat en se tournant pour consulter une liste, c'est votre jour de métamorphose.

– Exact, confirma-t-elle.

Blue voyait qu'elle se retenait de sourire. Sourire à un soldat était toujours risqué… On pouvait avoir un sourire en retour – rarement – ou bien se retrouver à passer l'après-midi sur le sentier des Délinquants pour «tentative de corruption d'un dépositaire de l'autorité».

Selon Blue, c'était normal que les soldats soient aussi soupçonneux et sur la défensive – si on ne les respectait pas, comment pourraient-ils maintenir la paix et l'ordre dans le guêpier?

Il trouvait quand même que Bombyx n'avait pas mérité de finir à trois reprises sur le sentier des Délinquants. Certes, il avait des idées un peu folles et il parlait un peu trop librement, mais il ne représentait pas une menace pour le guêpier.

– Tu en auras un nouveau la prochaine fois que tu passeras par là, affirma Bousier en tapotant le bracelet de Selena, qui était identique à celui de Blue.

– Je sais, dit-elle.

Le cœur de son frère se serra.

Encore un changement. Selena avait fini l'école. Il devrait y aller sans elle, dorénavant.

«Pas pour très longtemps, cependant. Bientôt, j'aurai un nouveau bracelet également.»

Ça allait sûrement lui faire bizarre qu'on lui coupe

celui-là pour le remplacer. Un peu comme si on lui coupait un orteil…

– Bien, fit le soldat.

À nouveau, il regarda tour à tour sa liste puis Selena.

– Vous pouvez y aller.

Il se racla la gorge puis ajouta :

– Grumpf… Bonne chance.

– Oh… merci, dit Selena, surprise.

Elle prit son frère par la patte pour l'entraîner dans le couloir, peinant à se retenir de rire.

– Ouh là ! Il a prononcé tellement de mots d'un seul coup ! s'écria-t-elle. Je n'aurais jamais cru qu'il en connaissait autant.

– Il a peut-être un faible pour toi, suggéra Blue avec un sourire malicieux.

C'était une blague, mais… et si c'était vrai ? Blue se laissa emporter par son imagination.

«Si ça se trouve, Bousier passe son temps à rêver de cette belle Aile de Soie avec qui il ne pourra jamais rien se passer… Si ça se trouve, ses camarades le taquinent, lui reprochent d'être trop zélé dans son travail. Est-ce que ça lui plaît d'être soldat, d'obéir aux ordres toute la journée… ou bien aurait-il préféré faire autre chose ? »

– Ooooh ! Tu imagines ? Un amour interdit ! pouffa Selena en s'écroulant de rire sur son frère.

– En tout cas, je ne veux pas être celui qui l'annoncera à Bombyx.

Sa sœur se mit alors à lui raconter une blague que son petit ami lui avait faite la veille, justement. Blue l'écoutait distraitement, soulagé d'avoir changé de sujet. Les relations Ailes de Guêpe-Ailes de Soie n'étaient pas simplement interdites… Le mot lui semblait trop faible. Quelle expression était encore plus forte qu'illégales? Prohibées? Hors la loi? Passibles de la peine de mort? Tout ça multiplié par un million.

Ils atteignirent l'endroit où le couloir s'élargissait et se divisait en de multiples embranchements. Celui de droite menait au jardin des Mosaïques, mais ils iraient plus tard, Blue en était sûr. C'était l'endroit préféré de Selena.

D'abord, ils descendirent de trois niveaux et franchirent deux autres postes de contrôle. Il faisait bon, comme toujours dans le guêpier. Les rayons du soleil qui filtraient au travers des parois baignaient l'intérieur d'une lumière ambrée. Tous les guêpiers étaient faits d'écorciment, un mélange de fibre de bois, de soie, de terre et d'autres choses que Blue apprendrait s'il était assigné à un chantier de construction. Ce matériau était fin et laissait passer la lumière, comme une feuille de parchemin, tout en étant solide comme la pierre. Sous ses pattes, le sol d'écorciment était sec et lisse – à part quelques bosses dues au manque d'application des ouvriers.

Le problème, c'est que les guêpiers avaient été

construits quand il y avait encore plein d'arbres dans tout Pantala. Maintenant qu'il n'y en avait plus (ou presque), la fibre de bois provenait uniquement des rares buissons maigrichons qui peinaient à pousser dans la terre sèche de la savane. Le seul moyen d'agrandir un guêpier était de prendre de l'écorciment ailleurs pour le remodeler à un autre endroit. C'était un travail épuisant, qui cassait le dos, et qu'on confiait généralement aux Ailes de Soie qui n'avaient pas été sages à l'école.

Comme, par exemple, Bombyx.

Blue espérait de toutes ses forces ne pas être envoyé sur un chantier de construction. Travailler la soie, c'était différent : s'occuper, comme sa mère, des toiles qui reliaient les différents guêpiers en plein ciel, c'était une mission entre art et architecture qui ne l'aurait pas dérangé. Blue avait toujours été un bon élève, appliqué, consciencieux et obéissant. Il obtiendrait sûrement un meilleur poste qu'ouvrier de maçonnerie en écorciment.

Enfin, Selena prit sur la droite et ils débouchèrent sur le marché. Un espace immense, sous un haut plafond voûté, qui bourdonnait d'activité. Les meilleurs commerces occupaient des alvéoles permanentes, le long du mur d'enceinte ; quant aux autres, ils devaient monter leur stand au milieu du labyrinthe d'allées.

Des lanternes jaunes et orange passées sur des fils de soie scintillaient au plafond, tels des colliers de soleils miniatures.

Et, comme toujours, les soldats perchés sur les galeries surplombant le marché surveillaient les allées et venues des dragons en contrebas. Certains brandissaient de longues lances pointues, versions géantes des dards qui pouvaient surgir des griffes de la reine Frelonne. Blue ne l'avait jamais vue s'en servir, mais elles apparaissaient sur de nombreuses affiches. Jusqu'ici, d'ailleurs, où qu'il tourne la tête, il croisait son regard qui le fixait, comme s'il avait des yeux à facettes qui la démultipliaient.

Selena se fraya avec assurance un chemin à travers le labyrinthe. Blue comprit alors qu'elle se dirigeait vers le meilleur magasin de nectar du guêpier, une alvéole au décor chic et imposant, où de délicates sucreries étaient exposées en vitrine.

Soudain, il lui marcha sur la queue pour la retenir.

– Ouille ! Pourquoi t'as fait ça ? protesta-t-elle.

Trois hautaines Ailes de Guêpe avaient failli leur rentrer dedans. Blue tira Selena hors du passage en marmonnant des excuses. Elles plissèrent le museau et ouvrirent leurs ailes, forçant plusieurs autres Ailes de Soie à s'écarter, puis continuèrent majestueusement leur route.

– Selena, les Ailes de Soie ne vont pas chez *Rêves de Sucre*, chuchota-t-il. Allons plutôt chez *Gougoutte*, comme d'habitude.

– C'est mon jour de métamorphose ! objecta-t-elle. On n'est jamais venus parce qu'on n'avait pas les moyens, mais aujourd'hui, si ! Maman m'a donné assez d'écailles. Pour que ce dernier jour soit le plus beau de ma vie !

Blue ne put réprimer un frisson. L'expression « dernier jour » ne l'aidait pas à chasser les craintes qui l'avaient assailli en voyant la tête de Silverine ce matin.

– Ne t'en fais pas, dit Selena en lui donnant une bourrade dans l'épaule. Du moment qu'on a des écailles, ils les prendront, peu importe qui les leur donne. On va manger les meilleures gouttelines de miel de notre vie !

Et, sur ce, elle repartit d'un pas sautillant. Il la suivit sans entrain. Quand sa sœur avait quelque chose en tête, il était inutile d'essayer de l'en dissuader.

Lorsqu'ils entrèrent dans la boutique, il n'y avait qu'une seule cliente : une vieille dragonne Aile de Guêpe jaune citron, aux ailes rayées de noir, avec le museau et la queue tachetés de rouge. Elle les toisa par-dessus ses lunettes avant de se replonger dans la contemplation des étalages de bonbons rose pâle et mauve.

En revanche, l'employé qui se tenait derrière le comptoir se raidit. Il battit de la queue et haussa les sourcils d'un air réprobateur.

– Bonjour ! lança Selena d'un ton guilleret, ignorant sa mine revêche. Nous aimerions deux gouttelines de miel, s'il vous plaît.

Portant la patte à la pochette de soie grise qui pendait à son cou, elle fit tinter les écailles qu'elle contenait.

– Qui est votre maîtresse ? demanda le vendeur. Est-elle nouvelle dans le guêpier ? Elle devrait savoir qu'on n'envoie pas les domestiques acheter les produits de luxe.

– Nous ne sommes les domestiques de personne ! s'indigna Selena. C'est pour nous !

– Nous ne sommes *encore* au service de personne, s'empressa de préciser Blue. Nous sommes encore à l'école.

Il désigna leurs bourgeons d'ailes.

– C'est son jour de métamorphose aujourd'hui, en fait, alors nous saurons bientôt où nous serons affectés, mais je suis sûr que… euh… les dragons pour qui nous travaillerons ne…

Il s'interrompit brusquement. À en juger par l'expression du vendeur, il n'arrangeait pas leur cas.

– Ah, oui, vraiment ? fit l'Aile de Guêpe d'un ton cassant. Eh bien, comme vous pouvez le constater, je suis en train de servir une autre cliente. J'ai bien peur que vous ne deviez patienter.

Il plissa les yeux et leva le menton, tournant résolument la tête vers la dragonne à lunettes.

Blue et Selena l'observèrent. La vieille Aile de Guêpe baissa le museau vers une boîte de bâtonnets de miel. Sous leurs yeux, elle prit un paquet de sucre en morceaux et le tapota du bout de la griffe en marmonnant comme si elle était en train de les compter.

Selena leva les yeux au ciel et regarda le vendeur, l'air de dire « Non, mais elle plaisante », pourtant il fit comme s'il ne l'avait pas vue.

– On peut attendre, lui glissa Blue.

Faire un scandale ne leur servirait à rien… sauf à être jetés dehors sans gouttelines de miel.

Un long moment s'écoula. Blue admirait les sculptures en sucre filé exposées derrière le vendeur : une élégante mante religieuse vert pâle, une libellule scintillante bleu et blanc, toute une collection de scarabées aux couleurs de pierres précieuses, et plusieurs guêpes miniatures. Il se demanda si les Ailes de Guêpe ne trouvaient pas un peu déplacé de manger quelque chose qui portait le nom de leur clan.

Était-ce le vendeur lui-même qui avait réalisé ces délicats insectes en sucre ? S'affairait-il dès l'aube dans l'arrière-boutique à verser du miel dans des moules en forme de gouttelette ou à saupoudrer des étoiles en chocolat d'écorces d'orange ? Venait-il chaque jour avec entrain ou bien toutes ces sucreries l'avaient-elles écœuré au point qu'il ne pouvait désormais avaler que la plus salée des viandes de gazelle séchées ?

Le vendeur avait sûrement espéré que la froideur de son accueil les dissuaderait de rester, mais il avait tort : les deux Ailes de Soie s'éternisaient dans son magasin au risque qu'on les aperçoive de l'extérieur. Il regrettait sûrement de ne pas avoir empoché leurs écailles pour se débarrasser d'eux rapidement car, maintenant, il se retrouvait coincé, à attendre que l'autre cliente fasse son choix, comme eux.

La porte s'ouvrit à la volée, laissant pénétrer le brouhaha du marché alors que deux Ailes de Guêpe entraient dans le magasin. Ils se turent brusquement en voyant Blue et Selena devant le comptoir.

– Oh ! s'exclama l'un d'eux. Grince-Pince, vous avez de nouveaux clients, à ce que je vois ! Intéressant…

L'autre pouffa et passa devant Blue, les ailes plaquées contre son dos, en prenant bien garde de ne pas le frôler.

– Ne vous inquiétez pas, monsieur Charançon, ils vont s'en aller très vite, assura Grince-Pince en réussissant l'exploit d'être à la fois sec et obséquieux.

– Oui, tout à fait, confirma Selena. Dès que nous aurons nos gouttelines de miel.

Grince-Pince fronça le museau comme s'il était face à une mite qui grignotait son tapis.

– Nom d'un guêpier, quel ennui ce doit être de ne pas avoir d'ailes ! s'exclama Charançon en passant devant les deux dragonnets de soie. Comme si vous n'étiez que des moitiés de dragons. Ou même pas vraiment des dragons… Mais c'est tout de même mignon, ces bourgeons… je peux toucher ?

Il tendit la patte vers le dos de Selena.

– Non ! hurla-t-elle en faisant un bond en arrière.

Blue ignorait qui était le plus horrifié : lui-même, Grince-Pince, ou ce grossier Aile de Guêpe.

– Vous pouvez toucher les miens, s'empressa-t-il de proposer. C'est son jour de métamorphose, alors elle… ils sont… euh… mieux vaut ne pas les tripoter avant le grand changement…

Ce n'était pas vrai du tout. Selena avait simplement fait preuve d'impertinence envers un dragon qui risquait de leur attirer beaucoup d'ennuis. N'importe quel Aile de Guêpe pouvait à tout moment appeler les soldats qui patrouillaient à l'extérieur.

– Ooooh ! s'exclama Charançon. Mais bien sûr ! fit-il comme s'il connaissait parfaitement le processus de métamorphose. C'est le grand jour pour toi, alors, petite Aile de Soie !

Il tendit la patte et tira sur les bourgeons d'ailes de Blue comme s'il voulait les dérouler de force. Le dragonnet serra les dents pour ne pas protester. Il essaya de s'imaginer la vie de Charançon – une famille aimante, qui l'embrassait sûrement le matin pour lui souhaiter une bonne journée. Peut-être voulait-il devenir soldat mais il n'avait pas été reçu à l'école militaire. Peut-être avait-il été assigné à un poste de gestion ou de management et, du coup, il se défoulait en malmenant ceux qui ne risquaient pas de répliquer.

Blue avait cependant beaucoup de mal à ressentir de l'empathie pour ce dragon. En fait, ce n'était peut-être simplement qu'un crétin qui avait toujours été comme ça.

La vieille Aile de Guêpe à lunettes surgit tout à coup à côté de lui.

– Pas la peine de le brutaliser, Charançon. Pourriez-vous m'attraper une fiole de nectar, là-haut ? Je crains que mes vieilles griffes ne la laissent échapper.

– Bien sûr, dame Scarabée, répondit le dragon avec déférence.

Il abandonna Blue pour la suivre à l'autre bout du magasin.

« Dame Scarabée ? » s'étonna Blue. Si elle avait un titre, elle devait être de la famille royale. Sœur ou tante de la reine, peut-être… Mais elle ne possédait pas son propre guêpier. Elle devait pourtant être haut placée dans la hiérarchie, vu le comportement de Charançon à son égard.

– Mmm… quelqu'un a parlé de gouttelines de miel, et ça m'a donné envie, affirma l'amie de Charançon en ignorant résolument Selena et Blue. Nous allons en prendre huit, ainsi que six guêpes en sucre et une boîte de pâtes de fruits à l'abricot. Dans un bel emballage.

– Bien sûr, acquiesça le vendeur.

Il sortit une boîte rose pâle de sous le comptoir et se mit à préparer la commande.

– Ne dis rien, chuchota Blue à sa sœur qui fixait Grince-Pince d'un regard assassin. C'est ainsi, c'est tout…

À son grand étonnement, Selena tint sa langue jusqu'à ce que les deux Ailes de Guêpe repartent avec leurs bonbons en chuchotant bien fort que c'était tout de même une honte que la boutique soit encombrée de pauvres lézards sans ailes.

– Bien, fit Selena en se tournant vers Grince-Pince avec une politesse forcée. Pourrions-nous avoir nos gouttelines de miel, maintenant?

– Lorsque j'aurai fini de servir dame Scarabée, répondit-il en reniflant.

– Mais… et eux?… Vous venez de…, protesta Selena.

– Je vous demande pardon…

Blue se retourna et vit dame Scarabée toiser Grince-Pince comme un os qu'elle aurait fini de ronger. Elle avait arrêté de compter les morceaux de sucre pour contempler les fioles de nectar à la lumière, mais soudain ses pattes s'étaient figées et sa queue enroulée à la manière d'un serpent.

– Dois-je en déduire que vous faites patienter ces petits sans-ailes à cause de moi?

– Ce n'est rien, dame Scarabée, affirma Grince-Pince d'un ton dégoulinant. Ils peuvent attendre. Vous êtes ma priorité.

– Je ne vous ai rien demandé, répliqua-t-elle. Servez-les immédiatement.

Blue donna un petit coup de queue à Selena pour qu'elle arrête de sourire triomphalement.

– Mais dame… J'insiste ! Nous ne servons pas les dragons de seconde classe avant les membres de la famille royale dans notre établissement.

– Même si c'est moi qui insiste ? riposta-t-elle froidement.

Ils se toisèrent un long moment, et Blue eut brusquement le pressentiment que la place de dame Scarabée dans le guêpier n'était peut-être pas si clairement définie qu'il l'avait d'abord cru. Et ce flou poussait le vendeur à tester ses limites.

C'est alors que Blue sentit quelque chose lui piquer les naseaux. Une odeur… Discrète au début, un léger relent de pourriture, de plus en plus puissant et répugnant. Selena se boucha le museau avec un haut-le-cœur.

– Madame ! s'écria Grince-Pince en titubant comme si l'odeur l'avait giflé. Non ! Ne faites pas ça ! Je vais être obligé de fermer le magasin pour le reste de la journée. Ce n'est vraiment pas nécessaire.

– J'ai dit : « Servez-les immédiatement », siffla-t-elle.

Paniqué, il farfouilla derrière le comptoir, en tira une petite boîte blanche et lâcha deux gouttelines de miel à l'intérieur.

– Tenez ! dit-il en la tendant à Selena.

– Combien ? demanda-t-elle, la patte toujours plaquée sur le museau.

– C'est bon, filez, maintenant ! supplia-t-il.

Blue s'empara de la boîte, mais sa sœur prit le temps

de sortir deux écailles de sa pochette, qu'elle lança sur le comptoir avant de se ruer vers la porte.

– Merci… enfin, je crois, dit Blue à l'adresse de dame Scarabée tout en s'efforçant de ne pas respirer par les naseaux.

Elle avait l'air sereine, absolument pas dérangée par l'odeur.

– Choisissez un établissement plus accueillant pour les Ailes de Soie, la prochaine fois, leur conseilla-t-elle.

Il acquiesça et suivit sa sœur à l'extérieur.

– C'est elle? s'étonna Selena tandis qu'ils slalomaient entre les étals. C'est elle qui a produit cette odeur pestilentielle?

– Certains Ailes de Guêpe possèdent ce pouvoir, paraît-il, confirma-t-il. Mais je ne pensais pas qu'ils s'en servaient! Franchement, à quoi bon?

– Pour faire fuir l'ennemi! répliqua Selena. Par toutes les lunes, je ferais pareil! Si j'avais le pouvoir de super-puanteur, j'aurais aspergé ce Charançon en plein museau avant qu'il s'approche de nos bourgeons d'ailes! Ooooh, ç'aurait été trop bien!

– Pendant deux battements de cœur. Et ensuite tu aurais passé ta vie en prison!

– Blue! soupira-t-elle. Tu ne trouves pas ça injuste que les Ailes de Guêpe puissent se servir de leurs armes quand ils veulent et que nous, on n'ait même pas le droit de se défendre?

– Non !

Il jeta un regard autour d'eux. Heureusement, les dragons voisins n'avaient visiblement pas saisi ces propos déloyaux. Le marché était extrêmement bruyant et les clients pressés, personne n'avait dû entendre. Enfin, il l'espérait.

– Les Ailes de Guêpe nous ont sauvé la vie, je te rappelle. Notre clan a accepté d'être dirigé par leur reine. En plus, c'est pour une bonne raison que la nature leur a donné des armes et pas à nous. C'est pour ça que ce sont les chefs.

– Mais peut-être que si on se défendait, ils ne seraient pas les chefs, justement, fit-elle valoir.

– *Selena !*

Il la poussa dans un couloir qui menait aux autres niveaux du guêpier et reprit dans un murmure :

– Pour l'amour de la soie, qu'est-ce qui te prend aujourd'hui ? Je sais que Bombyx a des idées farfelues, mais je n'ai pas envie qu'il t'entraîne en prison avec lui !

– Non, ce sont mes idées ! s'emporta-t-elle. C'est de moi qu'il les tient.

– Alors laisse-moi en dehors de ça.

Il se boucha les oreilles.

– Tralala ! On est tous de bons citoyens du guêpier.

Sa sœur leva les yeux au ciel.

– Oh, Blue !

Elle hésita, le dévisagea un instant puis secoua la

tête comme si elle n'avait pas trouvé dans ses yeux la réponse qu'elle cherchait.

– D'accord, désolée.

Elle tendit les pattes pour regarder ses poignets.

– Ce doit être ma montée de soie. Je ne pensais pas que ça ferait si mal.

Ses paumes et ses poignets luisaient de plus en plus. Sous les lumières vives du marché, Blue n'avait rien remarqué, mais dans la pénombre du couloir, c'était évident. Elle semblait avoir de petites boules de feu sous les écailles, des bulles de lave orange et or.

– Je ne suis pas sûr que ce soit normal, dit-il, inquiet. Tu as déjà vu quelqu'un avec des glandes aussi lumineuses avant sa métamorphose, toi ?

Bombyx et sa sœur, Io, avaient leurs ailes depuis longtemps. Il se rappelait que leurs paumes luisaient légèrement, mais pas à ce point – et ils n'avaient pas dit que c'était douloureux.

« Si la métamorphose faisait mal, on nous aurait prévenus, non ? »

– Ce n'est rien, j'en suis sûre, affirma-t-elle en haussant les ailes. Chacun se métamorphose un peu différemment.

– Tu devrais peut-être consulter un médecin, non ?

– PAS QUESTION !

Elle lui prit la boîte de gouttelines de miel des pattes.

– Je ne vais pas passer ma merveilleuse dernière

journée à me faire tripoter par un Aile de Guêpe qui me trouve bizarre et dégoûtante. Je vais parfaitement bien ! Allez, en avant pour le jardin des Mosaïques !

Selena fonça dans le couloir. Blue se massa anxieusement les poignets avant de la suivre. Il voyait ses écailles enflammées se refléter sur les parois.

« J'espère que ça va. Puisque tout va changer, pourvu qu'au moins ça se passe normalement, un changement classique, ordinaire, hein ?

Esprit de Clairevue, si vous m'entendez, veillez sur ma sœur, s'il vous plaît. Que sa métamorphose se passe le plus banalement possible.

Et si vous avez le temps, pourriez-vous faire en sorte qu'elle ne soit pas arrêtée pour trahison ? Ce serait cool. Merci. »

CHAPITRE 3

Le jardin des Mosaïques scintillait de reflets d'ambre et d'or, de cobalt et de jade, d'obsidienne et de perle. Des fragments de dragon ornaient les bordures des sentiers ou s'enroulaient autour des colonnes. Dans les pavillons, griffes et dents s'exhibaient, menaçantes, sur les plafonds – scènes de bataille à jamais capturées dans les éclats de verre.

Ici, le sommet du guêpier était à ciel ouvert. C'était le seul endroit où les Ailes de Guêpe pouvaient lever le museau sans que leur regard bute sur un toit – il leur aurait sinon fallu escalader les couches supérieures de la toile (ce qu'aucun dragon n'avait jamais tenté) ou s'aventurer à travers les herbes sèches de la savane.

Tout le jardin était baigné de soleil, pelouses et haies bien taillées. Les fleurs, ordonnées le long des allées en rangs de roses-œillets-soucis-violettes, offraient docilement leurs corolles à ses rayons. Leurs parfums lourds et chauds enivraient les insectes qui bourdonnaient paresseusement. Le sentier lui-même semblait serpenter au gré du hasard, pour ramener finalement tous les promeneurs vers l'élément central : le mur du Salut.

Ce matin-là, le jardin fourmillait de dragons, mais Blue et Selena trouvèrent une place sur la pelouse, où ils purent s'étendre, avec vue sur la mosaïque du Salut.

– Je ne comprends pas ce que tu lui trouves, fit remarquer Blue à sa sœur tandis qu'elle lui passait sa goutteline de miel. Il y a beaucoup trop de cadavres d'Ailes de Soie à mon goût.

Ses bourgeons d'ailes frémirent, et il jeta un regard autour de lui pour vérifier qu'il n'y avait pas d'Aile de Guêpe à portée de voix. Il n'avait pas l'impression que c'était déloyal de critiquer la mosaïque du Salut, mais allez savoir…

– Il y a encore plus de cadavres d'Ailes de Feuille, souligna Selena. N'est-ce pas rassurant ?

Blue préféra ne pas discuter. Cette mosaïque lui avait toujours paru plus triste que triomphale. Elle représentait la fin de la guerre, il était donc logique qu'on y voie des dragons morts. Il aurait dû se réjouir qu'ils aient été les derniers à succomber durant la guerre contre les Ailes de Feuille. Et il aurait dû être reconnaissant envers les Ailes de Guêpe d'avoir sauvé les Ailes de Soie de ce clan de monstrueux dragons verts.

Mais il se demandait pourquoi cette guerre avait eu lieu, au départ. Pourquoi les Ailes de Feuille n'avaient-ils pas abandonné et cédé le terrain ou bien accepté d'être dirigés par la reine Frelonne ? Pourquoi s'étaient-ils battus avec une telle rage ? Ils devaient pourtant se douter qu'il leur serait impossible de l'emporter… Les Ailes de Guêpe étaient bien plus nombreux et, de plus, ils avaient l'avantage de pouvoir consulter le Livre, qui à coup sûr les guidait vers la victoire.

Alors pourquoi les Ailes de Feuille s'étaient-ils entêtés à combattre, sachant qu'autant de dragons allaient mourir pour rien ?

C'était leur faute si leur clan avait été exterminé – à supposer que Selena ait raison et qu'il n'en reste plus un seul vivant. La reine Séquoia aurait dû abandonner son trône et accepter la protection de la reine Frelonne, comme l'avait fait la reine Monarch. Les Ailes de Feuille auraient vécu en paix aux côtés des Ailes de Soie, trois clans sous l'égide d'une seule reine, travaillant patte dans la patte. La reine Frelonne leur aurait peut-être laissé quelques arbres pour y vivre, entre les guêpiers. Pourquoi donc avaient-ils résisté au lieu d'accepter le marché ? Leur reine avait-elle vraiment cru qu'ils avaient une chance de gagner la guerre ?

Blue contempla la silhouette vert foncé qui figurait le

corps de la reine des Ailes de Feuille. Difficile d'imaginer que la reine Séquoia avait délibérément mené son clan entier à une guerre sans espoir, vers une défaite assurée… Blue n'aimait pas les conflits. Si quelqu'un lui avait proposé la paix et la stabilité en contrepartie d'un peu moins d'indépendance, il aurait accepté immédiatement.

– J'espère que je le verrai un jour, dit Selena en léchant ses griffes poisseuses de miel.

– Quoi ? fit-il, tiré de sa rêverie.

Elle désigna la mosaïque où le personnage central, rayé de noir et de jaune, brandissait une forme rectangulaire au-dessus de sa tête. C'était le seul élément représenté entièrement en carreaux dorés, si bien qu'il brillait d'un éclat de feu au soleil.

– Le Livre de Clairevue, expliqua Selena. Tu n'aimerais pas savoir ce qu'il y a dedans ? Tu ne te demandes pas quelle sera la prochaine grande catastrophe ? Ou quel avenir nous attend ?

– Si, évidemment, acquiesça Blue, mais personne n'est autorisé à le lire, à part la reine et la bibliothécaire.

– Je pourrai au moins l'apercevoir, reprit Selena, de loin, si un jour je visite le temple.

– Oui, le guêpier royal n'est pas si loin. Tu pourras facilement te rendre au temple de Clairevue quand tu auras des ailes.

« Si tu es assignée à un poste où tu as le droit de te

déplacer et un peu de temps libre », pensa-t-il, mais il garda cette réflexion pour lui. Selena avait déjà assez de soucis.

Il jeta un coup d'œil à ses poignets. Elle n'arrêtait pas de les frictionner et de les poser dans l'herbe pour les rafraîchir. La métamorphose était-elle vraiment plus douloureuse qu'on ne le leur avait dit ? Ses écailles mauve pâle brilleraient-elles aussi fort dans six jours ? Il s'était préparé à avoir un peu mal quand ses ailes sortiraient, mais il n'avait pas pensé à la montée de soie…

Ils entendirent du brouhaha : des dragonnets approchaient. Sans doute un groupe en sortie scolaire, venu d'une école chic pour Ailes de Guêpe.

Blue ramassa la boîte vide de chez *Rêves de Sucre*, et ils se rendirent dans un coin plus tranquille, où ils jouèrent à cache-dragon jusqu'à ce que le soleil atteigne le zénith puis commence à décroître dans le ciel.

Ils déjeunèrent dans le café préféré de Selena. Ils allèrent ensuite se promener dans la galerie d'art de dame Cigale, au niveau inférieur du guêpier. Blue trouva l'accumulation de portraits de celle qui dirigeait leur guêpier un peu exagérée. Selena, elle, apprécia les salles consacrées aux tapisseries. Le tissage était la seule forme d'art entièrement confiée aux talents des Ailes de Soie. Un Aile de Guêpe aurait sans doute pu acheter de la soie teinte au marché et un métier à tisser, semblable à ceux sur lesquels s'entraînaient les dragonnets de soie, mais aucun ne souhaitait s'abaisser à apprendre une technique artisanale d'Aile de Soie. Ce que Blue trouvait un peu bête car ça ne les dérangeait pas d'acheter le résultat pour l'accrocher à leurs murs.

Il laissa sa sœur devant sa tapisserie préférée – celle où dame Cigale volait, suivie par un essaim d'Ailes de Soie rayonnants – pendant qu'il allait admirer les sculptures. Vu son âge, dame Cigale avait connu l'époque où subsistaient encore quelques arbres, elle avait donc sa petite statue en bois au milieu des sculptures de terre, de métal et de marbre. Le bois était d'une nuance rouge assez proche de sa couleur réelle. Blue aimait la contempler en pensant à l'artiste qui l'avait créée. Que faisaient les sculpteurs sur bois maintenant qu'il n'y avait plus aucun arbre ? Avaient-ils continué leurs carrières d'artistes en apprenant d'autres techniques ou la reine Frelonne leur avait-elle attribué un nouveau travail ? Regrettaient-ils que tous les arbres aient disparu ?

– Allons au Cocon, maintenant, dit Selena en surgissant dans son dos.

Ses écailles vert pâle paraissaient blanches sous l'éclairage tamisé de la galerie, et on distinguait à peine les mouchetures dorées de sa queue et de son dos. On voyait cependant que ses bourgeons d'ailes étaient moins serrés que le matin et surtout que ses poignets brillaient avec autant d'éclat que les lampes.

– Il nous reste encore un peu de temps, objecta Blue, pris de panique. On pourrait aller se rechercher des gouttelines de miel ? Ou…

– Non, répondit Selena.

Elle avait un drôle d'air, comme si elle commençait à entrer en transe pour sa métamorphose.

– Je pense qu'il faut que je me rende au Cocon… dès que possible.

– D'accord, acquiesça Blue.

Il aurait dû l'emmener consulter un médecin, finalement. Mais au Cocon, ils sauraient sûrement quoi faire si quelque chose clochait…

Ils regagnèrent la spirale extérieure et descendirent plus bas, toujours plus bas, dans un silence surprenant (Blue ne se rappelait pas avoir vu sa sœur rester si longtemps sans parler). Il se demanda si c'était le fruit de son imagination, mais le bourdonnement ambiant lui semblait plus fort, comme si, à l'extérieur, les insectes voletaient tout autour du guêpier.

Le Cocon ne se trouvait pas au rez-de-chaussée, mais tout de même parmi les niveaux les plus bas du guêpier. Ici les rues étaient moins éclairées, moins fréquentées, les lampadaires plus espacés. Une poignée d'Ailes de Guêpe de bas étage – au sens propre comme au figuré – habitaient dans les petites alvéoles proches de la spirale extérieure. Ce niveau hébergeait aussi le bâtiment massif du centre d'entraînement des gardes, avec sa cour ouverte sur plusieurs étages pour leur permettre d'effectuer des exercices de vol. Blue leva les yeux en passant devant, pour voir les dragons des niveaux supérieurs. Parfois, un bruissement d'ailes rompait le silence lorsqu'un Aile de Guêpe volait d'un bout à l'autre du guêpier pour gagner du temps au lieu d'y aller à pattes.

Cependant, l'élément central de ce niveau était le Cocon : un dôme ovoïde, tout en hauteur, drapé de tant de tissages qu'il paraissait en soie. Chacun des Ailes de Soie du guêpier des Cigales venait ici pour sa métamorphose, et la tradition voulait qu'il fasse ensuite offrande d'un tissage.

Certains, surtout les plus anciens, étaient très simples : gris scintillant, en forme de toile d'araignée, de soleil ou de nuage. Pour d'autres, la soie avait été teintée afin d'obtenir des couleurs vives : ici, un dragon aux ailes vert émeraude et aux yeux assortis ; là, une nuée de petits papillons orangés. Quelqu'un avait même utilisé deux couleurs, tissant un guêpier noir au milieu d'une toile d'un bleu irisé. Il n'y avait pas d'arbre, bien entendu, c'était un motif interdit depuis qu'on avait éradiqué les Ailes de Feuille. Cependant, la silhouette du guêpier ressemblait tant à celle d'un arbre que Blue se demanda si le tisseur avait été inquiété.

Pour la première fois – peut-être parce que l'angoisse aiguisait son attention –, Blue remarqua dans une tapisserie une forme qui ressemblait à une feuille. Non… Peut-être plutôt une larme ? Une forme isolée, orange automnal, entre feuille et larme, pas plus grande que la pointe de sa griffe, scintillait au milieu de la nuée de papillons. À moins que ses yeux ne lui jouent des tours… Pourquoi dépenser de l'argent en teinture pour ne réaliser qu'un seul motif minuscule ?

Oh ! Il y en avait un autre ! Blue cligna des yeux, stupéfait. Celui-ci était d'un rouge plus profond, caché dans le fond noir sur lequel se découpait le guêpier.

Il scruta le dôme… et en repéra un autre, dissimulé dans la gerbe d'eau d'une cascade.

Blue fronça le museau. En y regardant de plus près, il y avait de petites « feuilles-larmes » rouges cachées dans la moitié des tissages. Pourquoi tant d'Ailes de Soie avaient-ils décidé de représenter cette forme dans cette couleur particulière ? Avait-elle une signification qu'il ignorait ?

Il s'aperçut que Selena contemplait les tissages également, serrant et desserrant nerveusement les poings. Il s'apprêtait à lui demander si elle distinguait, elle aussi, cette forme mystérieuse, lorsqu'il songea que mieux valait ne pas la stresser davantage. Pour le moment, elle avait besoin qu'on lui change les idées.

– Tu as déjà une idée pour ton tissage ? la questionnat-il. Tu as décidé ?

Elle ne parlait que de ça depuis des semaines, il savait

donc parfaitement ce qu'il en était, mais il voulait la faire sourire, parler, réagir, n'importe quoi qui lui prouve que sa bouillonnante sœur était toujours bien là.

Selena soupira :

– Je ne sais pas… Je dois d'abord… passer cette épreuve.

– Ça va aller, assura-t-il en prenant ses pattes dans les siennes. Les métamorphoses se déroulent toujours bien. Je suis sûr que ce que tu ressens est tout à fait normal. Tout va bien se passer. Tout finit toujours par s'arranger de toute façon, pas vrai ? Tu vas te réveiller avec des ailes superbes, une soie somptueuse, voler dans tous les sens et devenir la plus célèbre tisseuse de toute l'histoire des guêpiers.

Sa sœur ferma les yeux en répétant mécaniquement « Tout finit toujours par s'arranger », mais il aurait tout aussi bien pu dire « Le soleil brille » ou « Les abeilles sont ravies que tu leur prennes tout leur miel ».

Blue fut soulagé de voir un petit groupe de dragons rassemblés près de l'entrée du Cocon.

– Tu as vu comme tu es populaire ? fit-il, mais son sourire se décomposa lorsqu'il s'aperçut que la plupart étaient des gardes Ailes de Guêpe.

« Pourquoi tant de gardes ? »

En principe, il n'y en avait que deux, il en était sûr.

Durant la métamorphose de Bombyx, les deux gardes s'ennuyaient tellement qu'ils s'étaient endormis.

Aujourd'hui, ils étaient au moins cinq et ils n'avaient

pas l'air de s'ennuyer du tout. Leurs écailles jaunes, noires et rouges reflétaient la faible lueur des lampes au moindre mouvement, tandis qu'ils tapaient nerveusement de la patte. Deux d'entre eux étaient armés, les trois autres étaient déjà bien assez menaçants sans armes. Ils avaient sûrement des griffes venimeuses ou des fléchettes empoisonnées qui pouvaient jaillir de leur queue, un truc de ce genre.

Blue jeta un regard inquiet à sa sœur.

« D'abord, l'expression de Silverine, puis les écailles lumineuses de Selena, et maintenant tous ces gardes…

Qu'est-ce qui se trame dans notre dos ? »

CHAPITRE 4

Blue devait s'assurer que Selena conserve son calme. Quoi qu'il se trame, il ne voulait pas qu'elle entre en transe avec la peur au ventre.

– Pourquoi y a-t-il autant de gardes, aujourd'hui? chuchota-t-elle. Il me semble qu'ils étaient seulement deux à la métamorphose de Bombyx, non?

– Oh, je ne sais plus, répondit-il avec entrain. Il y en a sûrement toujours autant, on n'y a jamais fait attention, c'est tout.

– Mmpf, grogna-t-elle, pas convaincue.

– Selena! s'écria Bombyx en émergeant du groupe pour courir vers eux.

Ses écailles étaient bleu foncé avec de petits motifs triangulaires le long de la colonne et sur le museau, ainsi que des taches orange un peu partout, comme si quelqu'un l'avait aspergé de soleil couchant fondu. Depuis leur rencontre sur le stade de l'école, cinq ans auparavant, Blue n'avait jamais croisé un Aile de Soie plus éblouissant et plus joyeux. Mais ces derniers temps, Bombyx était couvert de poussière en permanence, avec des éclats d'écorciment entre les griffes ou pris dans ses longues et élégantes cornes.

Et il faisait bien trop souvent cette tête – une mine préoccupée et sinistre –, ce qui était bien la dernière chose dont avait besoin Selena.

– Joyeux jour de métamorphose ! lui lança Blue, peut-être un peu trop fort.

Il écarquilla les yeux avec insistance.

– C'est génial, non ?

– Ça va ? demanda Bombyx en serrant Selena dans ses ailes.

Elle se blottit contre lui comme si c'était l'îlot qu'elle cherchait pour se poser au milieu d'un vol interminable. Il prit ses pattes entre les siennes. Un doux fil de soie grise jaillit de ses poignets pour s'enrouler autour des siens et les réunir délicatement.

– Je n'en reviens pas que tu sois là ! s'écria Selena. Je n'aurais jamais cru que Sautereau t'autoriserait à venir.

Bombyx fit la grimace.

– Je me suis passé de son autorisation. J'ai eu beau finir tout mon travail et demander – oui, oui, très poliment, Blue, je t'assure –, il a refusé.

Il haussa les ailes.

– Alors j'ai filé quand il avait le dos tourné.

Blue avait une conception de la politesse sensiblement différente de celle de Bombyx… mais il avait déjà rencontré le patron de leur ami et il n'était pas surpris que celui-ci ait voulu l'empêcher d'assister à la métamorphose de Selena. Si la maîtresse de Silverine avait agi par pure méchanceté, Sautereau, en revanche, souhaitait sans doute lui inculquer l'obéissance et l'implication dans le travail.

« Si Bombyx cessait de se disputer avec tous les Ailes de Guêpe qu'il croise et de clamer sur tous les toits qu'il est contre ceci ou cela, pensa Blue, peut-être qu'il agacerait moins les représentants de l'autorité et qu'il aurait la vie plus facile. »

– Oh, Bombyx, soupira-t-il d'un air contrit. Tu vas avoir des ennuis !

– Pas grave. Ça, c'est bien plus important.

Il examina les paumes de Selena et fronça les sourcils en voyant les braises qui luisaient sous sa peau.

– Waouh !

– Tu trouves ça bizarre ? s'inquiéta-t-elle.

– Mais non, tout va bien, affirma Blue.

– Je me rappelle que mes pattes brillaient un peu avant ma montée de soie, mais pas à ce point-là, avoua Bombyx, réduisant à néant tous les efforts de Blue pour la tranquilliser. Je ne… je ne suis pas sûr que ce soit normal. Io ! Tu as déjà vu ça ?

Il se tourna vers sa sœur qui les rejoignit. La mère de Blue, Pimprenelle, lui emboîta le pas et serra rapidement Blue et Selena contre son cœur.

– Non ! s'écria Io, l'air encore plus paniqué que son frère.

Elle avait ses ailes depuis plusieurs mois déjà : d'immenses ailes violet foncé aux reflets turquoise. Elle n'avait qu'un an de plus qu'eux, pourtant, avec sa silhouette élancée, elle dépassait Selena d'une bonne tête.

Ils se tournèrent tous vers Pimprenelle qui, bizarrement, évitait leur regard.

– Oh, fit-elle d'un air vague, j'ai assisté à tellement de métamorphoses. Il y a toujours des surprises, mais ce n'est jamais bien grave. Ne t'inquiète pas.

Blue n'avait jamais entendu sa mère mentir. Or elle avait exactement la même voix « touvatrèbienesque » que lui. Il eut soudain l'impression que son petit monde bien tranquille et normal était fait de papier et risquait d'être emporté ou déchiré au moindre souffle de vent.

– C'est toi, Selena ? demanda un garde Aile de Guêpe d'une voix bourrue en s'approchant d'eux.

Il écarta Bombyx d'un revers de patte, brisant les fils de soie qui les liaient.

– T'es en retard. Faut y aller.

– Désolée, marmonna Selena.

Et voilà qu'elle disait ce qu'elle était censée dire, à

présent ! C'était vraiment bizarre de sa part. Blue en eut la chair de poule. Il avait l'impression que le sol tanguait sous ses pattes.

En plus, ils n'avaient pas un demi-battement de cœur de retard. Les Ailes de Guêpe et les Ailes de Soie possédaient une horloge interne de haute précision qui leur permettait de suivre leur emploi du temps et les avertissait de l'arrivée de la saison des pluies. Celle de Blue lui indiquait qu'ils étaient pile à l'heure… mais, bien évidemment, il n'allait pas contredire le garde.

– Je t'aime, Selena, déclara Bombyx avec véhémence.

– Nous aussi, enchaîna Pimprenelle.

Blue hocha la tête, même si sa sœur ne les regardait pas et ne paraissait pas non plus les entendre.

– Vous autres, si vous tenez à rester, c'est sur la galerie, ajouta le garde en agitant une de ses ailes rouge et noir vers une porte latérale.

Il poussa légèrement Selena vers l'entrée principale et elle obéit docilement, jetant un dernier regard inquiet dans leur direction avant de disparaître à l'intérieur.

– Tu crois qu'on devrait faire quelque chose ? demanda Io à Bombyx. Prévenir quelqu'un ?

– On n'a pas le temps, dit-il.

Ses longues antennes bleues se déroulèrent, s'agitèrent, et il se tourna d'un pas décidé vers le dôme.

– Ce n'est probablement pas… Je veux dire, c'est tellement rare…

– Quoi ? s'affola Blue. Dire quoi à qui ? Qu'est-ce qui vous tracasse donc tant ? Io, qu'est-ce qui est rare ?

Elle semblait sur le point de le lui révéler mais…

– Rien, la coupa Pimprenelle en passant une aile autour des épaules de Blue. Ne t'inquiète pas, mon chéri. Allons encourager Selena.

Il laissa sa mère le guider vers la porte latérale, puis dans l'escalier, où l'antique tapis de soie gris argent étouffa leurs pas. La galerie faisait le tour de la coupole, surplombant le niveau inférieur plongé dans le silence et la pénombre. La seule lueur provenait des bougies flottant sur le bassin au centre de la pièce.

Blue allait s'installer à leur endroit habituel, de l'autre côté de la coupole, lorsque Pimprenelle le retint gentiment.

– Cette fois, on va se mettre ici, annonça-t-elle en choisissant une place près de l'escalier.

Bombyx et Io les rejoignirent, leurs écailles irisées scintillant à la lueur des bougies. Le jeune dragon posa les pattes sur l'épaisse balustrade et se pencha par-dessus, comme pour se rapprocher autant que possible de Selena.

Blue préférait attendre d'avoir des ailes pour faire ce genre de chose. Même si ce n'était pas très haut, la chute serait rude.

Tout autour d'eux, ils apercevaient dans l'ombre les amis et parents des trois autres dragonnets qui entamaient leur métamorphose aujourd'hui. Blue en reconnaissait beaucoup, baignés par la lumière fantomatique des lunes brillant autour du dôme. La plupart discutaient à voix basse, mais lorsque Selena entra, soudain, le silence se fit.

Les gardes avaient coupé son bracelet d'identité, exposant davantage les écailles de sa patte. Et dans la pénombre, à côté des autres dragonnets, on voyait clairement que quelque chose clochait. Alors que leurs poignets émettaient une faible lueur argentée, ceux de Selena semblaient abriter des libellules en feu, des bulles d'or fondu…

Blue sentit qu'Io prenait la patte de Bombyx. Cependant, il n'osa pas quitter des yeux sa sœur, toute seule au milieu du Cocon.

« J'ai passé toute la journée avec elle, j'aurais dû remarquer que ça n'allait pas. J'aurais dû l'obliger à demander de l'aide. »

Une Aile de Soie, une dragonnette turquoise et maigrichonne qui était dans leur école, avait déjà amorcé sa métamorphose. Deux longs fils de soie couleur de lune sortaient de ses poignets. Elle avait les yeux clos, et ses pattes s'agitaient mécaniquement pour tisser la soie en cocon autour d'elle.

Alors que Selena jetait des regards inquiets autour d'elle, un deuxième dragonnet entra en transe et tendit ses pattes pour que la soie en sorte. Son cocon se forma petit à petit comme celui de sa camarade, comme ceux de tous les Ailes de Soie. Un cocon qui l'abriterait durant cinq jours et cinq nuits, le temps que ses ailes poussent.

Bombyx avait promis à Blue qu'il ne se souviendrait de rien. Mais il trouvait ça encore plus effrayant : l'idée d'être inconscient, coupé du monde pendant si long-temps, puis de ressortir complètement changé. (« Pas tant que ça, avait affirmé Bombyx. Je suis toujours moi, non ? » Ce qui était vrai, sauf que ses ailes le faisaient paraître encore plus grand et plus intimidant.)

Le troisième dragonnet fixait les poignets de Selena d'un œil inquiet en reculant à petits pas. Un murmure montait des spectateurs, comme les vents qui faisaient bruisser leurs toiles avant la tempête à la saison des pluies. Il y avait de plus en plus de gardes – au moins sept, maintenant, qui se tenaient tout près de Selena et faisaient mine de ne pas la regarder, alors que leurs yeux allaient et venaient constamment entre ses pattes, la galerie, le bassin, les spectateurs… pour revenir sur elle.

Quand Selena tendit les pattes, tout le monde retint son souffle.

Soudain, elle laissa échapper un cri aigu et la soie jaillit de ses poignets.

Sauf que ce n'était pas la soie grise habituelle. C'était comme une éruption de lave provenant de sous ses écailles. La soie de Selena fusa dans les airs et éclaira la pièce, telle une comète. Puis ce fut comme si des rayons de soleil tressés retombaient sur ses pattes, son dos, tout son corps.

– Oh, non, murmura Io.

Elle se tourna vers Bombyx qui s'était figé, horrifié.

– Elle a la soie de feu, souffla-t-il.

CHAPITRE 5

– Comment ça, la soie de feu? paniqua Blue, tandis que les gardes fondaient sur sa sœur.

Il prit Bombyx par les épaules et le secoua, les pattes tremblantes.

– Qu'est-ce qui se passe? Qu'est-ce qu'elle a?

Le troisième dragonnet fila à l'autre bout de la salle et tenta d'escalader la paroi pour s'éloigner des gardes et de cette lumière aveuglante. Selena hurlait de peur, bondissant en tous sens pour échapper à la soie enflammée qui jaillissait de ses poignets, en vain. Les fils se collaient à ses écailles pour former son cocon, s'enroulant autour de ses pattes, alors qu'elle s'efforçait de les arracher.

– Ça la brûle? s'alarma Blue.

Il se tourna vers Io et hurla, au désespoir :

– Qu'est-ce qui lui arrive ? C'est quoi, la soie de feu ?

– Ça ne lui fait pas mal, affirma sa mère, mais sa voix était lasse et triste comme le clapotis d'un cadavre qui sombre au fond de la baie dans son suaire de soie.

– Vous étiez au courant ? la questionna brutalement Io, par-dessus la tête de Blue.

– Silverine et moi, nous nous en doutions, répondit Pimprenelle. Leur père ne nous avait rien dit et ça ne se voyait pas de l'extérieur chez lui, mais il était si étroitement surveillé et il a été emmené si vite qu'on en a eu des soupçons…

– Vous auriez pu nous prévenir, siffla Io. On aurait pu la cacher.

Pimprenelle secoua la tête.

Selena poussa un autre cri, plus faible, et s'effondra, les yeux clos. La soie de feu continuait à s'enrouler autour d'elle et, partout où elle la touchait, la jeune dragonne s'immobilisait, s'apaisant à son contact.

– Gardez votre calme, s'il vous plaît, ordonna l'un des Ailes de Guêpe en déployant les ailes pour s'adresser à l'assemblée. Nous savons gérer ce genre de maladie Aile de Soie. Tout est sous contrôle.

– Une maladie ? répéta Blue dans un murmure étranglé.

Io fronça les sourcils.

Visiblement, on n'allait pas laisser Selena se transformer aussi tranquillement dans son cocon que les deux autres petits ballots de soie étendus à côté d'elle. Les gardes l'encerclaient déjà, brandissant lances et épées, leurs griffes et leurs aiguillons pointés sur elle comme si des ailes risquaient de pousser sur son cocon de soie, lui permettant de s'envoler tout à coup.

Un gros chariot métallique surgit avec fracas, sa gueule béante prête à l'engloutir.

– Selena! cria Bombyx, retrouvant brusquement ses esprits à la vue du chariot.

Il enjamba la balustrade et eut tout juste le temps de déployer ses ailes pour freiner sa chute avant de se réceptionner en contrebas. Il fonça sur les gardes.

Blue se tourna vers Io et Pimprenelle.

– Qu'est-ce qu'on peut faire?

Imiter Bombyx et sauter pour tenter de sauver Selena? Mais il y avait tellement de gardes… et puis, ils étaient peut-être là pour la secourir. Ils avaient dit qu'ils savaient gérer, qu'ils avaient déjà vu ça… Peut-être pouvaient-ils l'emmener quelque part pour la soigner? Pour arranger sa soie, faire en sorte qu'elle soit normale…

– File! s'écria Io en le poussant vers l'escalier.

– Moi? fit Blue, stupéfait.

– Il ne peut pas leur échapper, soupira Pimprenelle d'un ton las. Il n'a nulle part où aller. Mieux vaut qu'il se rende.

– Pas question! protesta Io. On ne va pas les laisser l'emmener, lui aussi!

– Mais pourquoi voudraient-ils m'emmener ? paniqua Blue, sortant ses griffes qui crissèrent sur le sol tandis qu'il tentait de résister à Io. Je n'ai rien fait ! Je ne suis pas malade !

– Selena non plus ! fit-elle valoir.

Elle continua à le guider vers la porte et, tout en dévalant les marches, lui expliqua :

– On naît avec la soie de feu. Selena doit tenir ça de votre père, ce qui signifie que tu l'as sans doute aussi. Et qu'ils vont vouloir mettre la patte sur toi également.

– Mais pourquoi ?

Une de ses griffes se prit dans le tapis de soie. Il s'arrêta pour la décrocher et jeta un regard en arrière. Il vit sa mère en haut de l'escalier, qui le fixait, l'air abattu. Elle le suivait des yeux mais ne l'accompagnait pas. Elle avait déjà abandonné.

– Qu'est-ce qu'ils vont faire de Selena ?

– On n'en sait rien, répondit Io. On n'a pas encore réussi à le découvrir. Les Soies de Feu sont très rares, et les Ailes de Guêpe les font disparaître immédiatement.

– Disparaître ? répéta-t-il. Définitivement ?

Il avait l'impression qu'il venait de sauter du sommet du guêpier et qu'il tombait en chute libre.

– Tu comprends pourquoi tu dois fuir, maintenant ?

Io poussa la porte au bas de l'escalier et inspecta les environs.

– La voie est libre. Vite, pendant qu'ils sont occupés avec Bombyx et Selena.

Blue planta ses griffes dans le sol pour l'empêcher de le pousser dehors.

– Attends ! M'enfuir, OK… mais où ?

– N'importe où ! Cours, cache-toi, qu'ils ne te retrouvent pas.

– Mais je vais avoir des ennuis ! Je ne peux pas échapper aux Ailes de Guêpe ! Maman a raison, s'ils me veulent, je ferais mieux de me rendre. Ils ne me feront pas de mal.

Sa voix vacilla alors qu'il pensait à tous ces Soies de Feu disparus à jamais, si radicalement effacés du guêpier qu'il n'en avait jamais entendu parler.

– Peut-être qu'ils… qu'ils pourront me… me soigner pour que je… je n'aie pas la soie de feu ? bafouilla-t-il.

Io poussa un soupir.

– Pourquoi fallait-il que ça tombe sur toi ? Le seul et unique Aile de Soie qui pense que les Ailes de Guêpe ont un bon fond ! Écoute, Blue, tu ne peux plus leur faire confiance. JAMAIS. Ils t'ont laissé mener ta petite vie tranquille jusque-là, mais maintenant que tu représentes un danger pour eux, ils ne te lâcheront plus. C'est fini.

– Mais pourquoi ? protesta Blue. Si je suis obéissant, si je fais ce qu'on me demande… je veux dire, je ne suis pas dangereux. Jamais je ne présenterai aucun danger pour quiconque.

– Je sais, fit Io en se massant le front entre les cornes. Hélas, je crois bien que tu as raison.

Elle le prit par les épaules et le secoua.

– Sauf qu'ils s'en fichent. Je t'en prie, promets-moi de bien te cacher ! Ne les laisse pas t'attraper, Blue !

– Pendant combien de temps ? la questionna-t-il. Et où aller ? Et ma métamorphose ? C'est bientôt, je vais devoir revenir ici…

Io soupira.

– Cache-toi d'abord et tu y réfléchiras ensuite.

Elle ouvrit la porte, le jeta dehors et se rua à sa suite. Blue se mit à courir alors même que son cerveau lui criait de faire demi-tour pour demander de l'aide aux gardes et d'aller s'assurer que Selena allait bien

Était-elle toujours terrifiée ? Ou bien, apaisée par la soie, reposait-elle au cœur de son paisible cocon, protégée du chaos extérieur ? Et Bombyx ? Impossible qu'il réussisse à avoir le dessus sur les gardes, ils étaient trop nombreux. Un Aile de Soie n'avait déjà aucune chance contre un Aile de Guêpe, alors contre plusieurs… Gisait-il à côté du cocon de Selena, en sang, tout tuméfié et gonflé de venin ?

Blue frissonna, ses pattes chancelaient sous son poids.

Ils étaient presque sortis de la cour quand ils entendirent crier dans leur dos.

– Stop ! Vous, là, les Ailes de Soie ! Arrêtez-vous !

Ses pattes obéirent instinctivement. Il avait reçu un ordre des gardes, il fallait les écouter. On ne discutait pas avec les gardes Ailes de Guêpe, ou bien on se faisait asperger de venin ou piquer avec un truc. Tout le monde le savait.

Io, elle, ne s'arrêta pas. Elle passa deux pattes autour de sa poitrine et le souleva, ses magnifiques ailes battant désespérément.

– Io! gémit-il quand ses griffes quittèrent le sol.

Soudain, ils s'élancèrent dans les airs, volant dans les ruelles étroites, où des museaux surpris surgissaient aux fenêtres. Le tourbillon indigo des ailes battant au-dessus de sa tête l'étourdissait et il se cacha les yeux.

– Halte-là! La reine Frelonne vous ordonne de vous arrêter immédiatement!

Où Io espérait-elle filer? Ils n'avaient nulle part où aller, la reine les retrouverait partout. Et elle les tuerait sûrement pour avoir désobéi.

Io poussa un petit grognement de frustration. Blue jeta un coup d'œil entre ses griffes. Ils étaient presque au niveau de la sortie qui débouchait sur les couloirs ascendants. Des gardes se rapprochèrent pour leur bloquer le passage, lances croisées, dents étincelantes.

« C'est la seule issue! » pensa Blue, paniqué. Il n'y avait aucune fenêtre ou balcon donnant sur l'extérieur à ce niveau du guêpier.

« Oh, réalisa-t-il avec horreur. C'est sans doute fait

exprès. Pour que les Soies de Feu ne puissent pas s'échapper. »

Io fit demi-tour dans les airs et piqua vers le centre d'entraînement. Ce qui ne semblait pas un très bon plan : Blue apercevait un petit bataillon de recrues Ailes de Guêpe qui surgissait du bâtiment. Alignant leurs ailes rayées de jaune en rang serré, les dragons claquaient de leurs dents aiguisées tandis qu'ils se déployaient pour fouiller le quartier.

« À notre recherche. C'est après nous qu'ils en ont. »

Brusquement, Io vira sur l'aile et reprit de l'altitude, s'élevant dans la cour vers les niveaux supérieurs. Blue gémit à nouveau en voyant le sol s'éloigner de plus en plus et regretta d'avoir seulement pensé au mot « chute ».

Des cris furieux montèrent d'en bas, suivis par des bourdonnements excités : gardes et soldats décollaient.

« On va mourir, se dit Blue. Ils sont tellement nombreux et ils ont... mais, attends, pourquoi ils ne nous tirent pas dessus ? »

Les Ailes de Guêpe lancés à leurs trousses avaient des armes, des dards et des lances, pourquoi ne s'en servaient-ils pas ?

Les dragons s'attroupaient aux balcons des niveaux inférieurs pour regarder la course-poursuite. Blue n'avait jamais vu autant d'yeux fixés sur lui.

« Que voient-ils ? Que pensent-ils ? Certains

aimeraient-ils nous aider ? Ou espèrent-ils tous qu'on se fasse prendre pour assister au spectacle ? »

Soudain, Io bascula en arrière et Blue sentit qu'il lui échappait un instant. Elle planta alors ses griffes (ouille !) et battit fort des ailes, repoussant d'un vigoureux coup de patte l'Aile de Guêpe qui l'avait attrapée par la queue.

Ils luttèrent un instant dans les airs, avec Blue suspendu dans le vide entre eux. Puis Io décrivit un grand arc avec ses ailes et jeta Blue sur un balcon.

– AAAAAAH ! hurla-t-il.

Il heurta de plein fouet la paroi en écorciment et sortit ses griffes pour s'y cramponner.

– Monte ! lui cria Io en saisissant son agresseur comme un gourdin pour éloigner les autres Ailes de Guêpe. Monte, Blue ! Vas-y !

Il essaya de s'imaginer qu'il était sur les toiles, en train d'escalader normalement, avec tout un tas de filets pour le rattraper au cas où. Il se hissa de plus en plus haut, jusqu'au parapet du niveau suivant. Il s'y agrippa, ses bourgeons d'ailes s'agitant follement comme si ça pouvait l'aider.

Deux museaux se penchèrent vers lui – des Ailes de Soie, qu'il ne connaissait pas. Il devina sans peine ce qu'ils se disaient : « Doit-on aider ce dragonnet sans ailes ? Risque-t-on d'être punis ? Qu'a-t-il fait pour avoir les gardes à ses trousses ? Ce doit être un très vilain dragonnet pour fuir les gardes… Oui, mais si on le laisse tomber, il va mourir… »

Des serres se tendirent vers lui et se refermèrent autour de ses poignets. Des pattes musclées le hissèrent sur le balcon, en sécurité. Il s'affala sur l'écorciment, haletant plus de peur que d'épuisement. C'était un niveau résidentiel, plein de maisons Ailes de Guêpe un peu plus petites que celle où Silverine était employée. Il avait visiblement atterri dans le jardin potager de leur école : tout autour de lui, il y avait des jardinières remplies de terre, d'où jaillissaient de minuscules pousses vertes flanquées d'étiquettes optimistes.

Les deux Ailes de Soie, qui l'observaient d'un œil perplexe, étaient les seuls dragons alentour, mais déjà des Ailes de Guêpe accouraient du bout de la rue et d'autres déployaient leurs ailes aux niveaux inférieurs.

– Io, hoqueta-t-il en se relevant tant bien que mal. Elle est… ?

– Ça va ? s'inquiéta l'Aile de Soie gris-bleu aux ailes tachetées de jaune.

– Tu… ? commença l'autre avant de s'interrompre lorsqu'Io se posa sur le balcon à côté de Blue.

– Les graines repousseront, leur dit-elle.

Alors qu'elle entraînait Blue, sans attendre de réponse, il vit leur regard s'éclairer.

– Mais qu'est-ce que… ? protesta-t-il, tandis qu'ils s'engouffraient dans la rue déserte la plus proche.

Il jeta un coup d'œil en arrière : les Ailes de Soie se postèrent au milieu de la rue pour bloquer le passage, l'air de rien. Ils faisaient mine de se disputer, les ailes largement ouvertes.

– Il y a des Ailes de Soie qui pourront t'aider, s'empressa de lui expliquer Io, si tu arrives à les trouver. Un groupe appelé la Chrysalide.

Ils longèrent des maisons étroites mais élégantes, bâties en écorciment. La plupart étaient ornées de motifs de coquillages finement ouvragés ou de carreaux de mosaïque – spirales de corail rose perle ou vagues ondoyantes en aigue-marine. L'éclairage public baignait l'ensemble d'une douce lueur, un voile trompeur, calme et douillet, à la manière d'un cocon de soie autour d'un nid de guêpes.

– La Chrysalide… qu'est-ce que… comment se fait-il que je n'en aie jamais entendu parler ? la questionna Blue, essoufflé.

Il n'avait jamais couru aussi longtemps de toute sa vie. Il avait un point de côté, les pattes endolories, les yeux vitreux… et l'impression que son cœur allait exploser, comme un guêpier trop plein.

Io laissa échapper un reniflement méprisant.

– Parce que chaque fois que quelqu'un te dit : « Oh, c'est cruel ce que cette Aile de Guêpe vient de faire ! », tu répliques : « Elle est sans doute fatiguée ou agacée par son travail, ou elle a perdu quelque chose auquel elle tenait ou bien elle s'est disputée avec sa sœur. » Du coup, c'est un peu difficile d'enchaîner sur : « Ça te dirait de rejoindre notre mouvement de révolte ? »

– Un mouvement ? De révolte contre qui ?

La rue s'achevait brusquement, débouchant sur un parc – ou tout du moins, ce qui ressemblait à un parc mais sans herbe ni fleurs. À la place, le vaste cercle était plein de structures de jeu taillées dans du vrai bois, sombre et lisse, comme des ossements d'arbres préhistoriques. Certaines d'entre elles s'élevaient jusqu'au plafond – ce qui était sans doute très amusant pour un dragonnet muni d'ailes qui avait une chance de survivre à une chute de cette hauteur. Une école Aile de Guêpe, bien plus grande et chic que l'académie des Vers à Soie, se dressait d'un côté, tandis qu'au centre brillait un bassin aux carreaux argentés miroitants.

À l'extrémité du parc, Blue aperçut le soleil couchant à travers une ouverture par laquelle les dragons pouvaient entrer et sortir du guêpier. De l'autre côté s'étendaient la savane, le ciel, la liberté.

Mais comment l'atteindre ? Le parc grouillait d'Ailes de Guêpe : des dragonnets qui jouaient, des adultes qui prenaient de l'eau au bassin, des gardes, des familles, des professeurs sortant du travail, tous arpentant les allées comme autant d'obstacles entre eux et la liberté.

Blue s'était demandé pourquoi les maisons du

voisinage paraissaient vides. Apparemment, tout le quartier se retrouvait dans ce parc en fin de journée.

– Baisse la tête, lui conseilla Io. Comme si tu étais un domestique. Marche d'un bon pas, mais pas trop vite.

Les ailes bien serrées contre son dos, elle emprunta l'une des allées les moins fréquentées, se faufilant entre les dragons. La tête docilement baissée, elle se fondait parmi les autres employés de maison Ailes de Soie que Blue apercevait ici et là, chargés de lourds seaux d'eau ou surveillant les jeunes dragonnets pendant que les parents Ailes de Guêpe bavardaient.

«Ça ne marchera jamais», pensa-t-il en baissant le museau pour lui emboîter le pas.

Et pourtant, durant un moment, la supercherie sembla fonctionner. Les Ailes de Guêpe jetèrent à peine un regard à ces deux dragons subalternes. Ils discutaient entre eux, comme si les Ailes de Soie n'existaient pas. Nombre d'entre eux étaient attroupés au pied d'une structure et regardaient les dragonnets sauter du sommet, leurs petites ailes battant frénétiquement pour freiner leur chute. Une dragonnette noir et orange rentra dans Blue en courant rejoindre ses amis, mais elle se contenta de bredouiller un vague «Oups, pardon!» sans même s'arrêter.

Le quartier semblait agréable – sans doute pas aussi chic que les niveaux supérieurs où était situé l'hôtel particulier de la maîtresse de Silverine, mais c'était un lieu où il faisait bon vivre en famille et où chacun était ami avec son voisin. Ces dragons riaient, travaillaient, s'occupaient de leurs dragonnets. Ils vivaient heureux et en sécurité. Ils n'étaient pas si différents de Blue et de sa famille.

Ils ne laisseraient sûrement pas les gardes l'emporter pour… lui faire ce qu'ils faisaient aux Soies de Feu. Mais étaient-ils seulement au courant de l'existence de ces derniers ?

Dans son dos, il entendit un fracas métallique et une cavalcade de pattes. Il s'efforça de baisser davantage la tête, suivant Io vers une grande cabane en bois, où trois dragonnets de guêpe faisaient semblant de servir du thé au miel.

L'accès à l'extérieur n'était plus très loin désormais. Dans un instant, il survolerait les hautes herbes entre les pattes d'Io. Les Ailes de Guêpe n'aimaient pas s'aventurer trop loin dans la savane, Io et lui n'auraient donc sans doute pas de mal à trouver une cachette. Elle pourrait enfin tout lui expliquer, et ils réfléchiraient à un moyen d'arranger la situation.

Ils passaient devant un bac à sable où jouaient de minuscules dragonnets lorsqu'un silence de mort s'abattit sur le parc.

Si brusque, si complet que Blue porta la patte à ses oreilles, stupéfait.

« Pourquoi ont-ils tous arrêté… de parler… ? »

Il jeta un regard inquiet autour de lui. Ils n'avaient pas seulement cessé de parler. Tous les Ailes de Guêpe jusqu'au dernier étaient pétrifiés, figés en plein mouvement. Un dragonnet en train d'escalader une structure avait une patte en l'air ; dans le bac à sable, des jumeaux étaient en train de se disputer, gueule béante, sans produire un seul son.

Blue remarqua alors que les autres Ailes de Soie du parc regardaient autour d'eux, aussi stupéfaits que lui.

C'est alors que les Ailes de Guêpe levèrent la tête, tous en même temps, comme un seul dragon, tendant leur museau vers l'est.

Blue sentit un cri d'horreur monter dans sa gorge.

Leurs yeux étaient devenus tout blancs.

– **Trouvez le dragonnet Soie de Feu**, entonnèrent les Ailes de Guêpe à l'unisson. **Capturez-le et rapportez-le-moi.**

CHAPITRE 6

Un cri de terreur déchira le silence, mais il ne provenait pas de Blue.

Il s'était élevé du bord du bassin, où un jeune Aile de Soie aux ailes bleu et rose pastel tenait un bébé Aile de Guêpe dans ses pattes. Le minuscule dragonnet le fixait de ses gros yeux vides.

– Puceron! paniqua l'Aile de Soie. Qu'est-ce qui te prend? Puceron, tu m'entends?

Montrant ses petites dents, le bébé dragon se débattit violemment pour lui échapper.

– Lâche-le, conseilla un Aile de Soie plus âgé en posant la patte sur l'épaule du plus jeune. Ils ne sont pas eux-mêmes.

Le bébé tenta de mordre son dragon-sitter alors que celui-ci le posait délicatement par terre.

– **Où est le Soie de Feu?** s'écria Puceron en chœur avec les autres Ailes de Guêpe. **Qui l'a en visuel?**

Lentement, mécaniquement, les Ailes de Guêpe firent pivoter leur tête, fixant tour à tour chacun des Ailes de Soie présent dans leur champ de vision, tels des prédateurs scrutant un troupeau à la recherche de la proie la plus faible.

– Io? chuchota Blue aussi bas que possible.

– Je crois que… vaut mieux filer!

Ils se ruèrent vers la sortie.

Toutes les têtes se tournèrent vers eux. Une dragonnette rouge à pois noirs, pas plus grande que les bourgeons d'ailes de Blue, se jeta sur eux en sifflant, du haut d'un toboggan. Elle atterrit sur le dos d'Io, toutes griffes dehors. L'Aile de Soie dut se rouler à terre pour s'en débarrasser.

Blue sentit comme une piqûre sur sa patte arrière. Sans cesser de courir, il baissa les yeux et découvrit qu'un dragonnet orange y avait planté ses dents. Même s'il était trop petit pour lui faire vraiment mal, il était bien accroché.

«Comment je m'en débarrasse sans le blesser?» paniqua Blue.

Il n'avait plus le temps de réfléchir. Deux Ailes de Guêpe beaucoup plus massifs leur bloquaient le passage, ailes déployées et griffes étincelantes.

– **Laisse tomber, asticot sans ailes**, grondèrent-ils. **Tu ne peux pas m'échapper.**

Blue s'arrêta brusquement, et le dragonnet fut projeté à terre. Il était encerclé par les Ailes de Guêpe, leurs gros yeux fixés sur lui. La voix avait raison, il n'y avait pas…

Io se jeta sur les dragons qui se dressaient devant eux. Elle les écarta d'un revers de ses immenses ailes violettes, lui laissant un instant la voie libre.

Blue aperçut le ciel…

Il fonça vers l'ouverture. Elle était tout près. Il voyait deux des lunes se lever. Il distinguait de petits arbustes rabougris et une girafe dans le lointain et, en bas, les hautes herbes jaunes qui ondoyaient.

Bien trop bas.

Arrivé tout au bord, il se figea.

Sous ses pieds, la paroi du guêpier plongeait à pic, lisse, droite, terrifiante. Même si ce niveau était bien plus bas que les toiles de soie, il se trouvait tout de même loin du sol. Blue ne pouvait pas sauter de si haut : il se romprait le cou, c'était certain.

« Si seulement j'avais déjà mes ailes ! »

Il se retourna et vit Io affronter trois Ailes de Guêpe adultes. Ils lui lacéraient les flancs à coups de griffes et l'un d'eux dressait sa queue pour la piquer avec son aiguillon venimeux.

– Io ! hurla-t-il.

– Va-t'en, Blue ! cria-t-elle. Sors de là !

– Je ne peux pas !

Les larmes lui montèrent enfin aux yeux.

– Je ne peux pas partir sans toi!

Il voulait à la fois dire qu'il avait besoin de ses ailes pour voler et qu'il avait besoin d'elle tout court, qu'il ne pouvait pas la laisser à la merci de ces dragons-zombies. Il ne pouvait se résoudre à s'enfuir seul, sachant qu'elle risquait un châtiment encore plus grand s'il s'échappait.

– Si! T'as pas le choix! cria-t-elle.

Mais elle dut comprendre qu'il lui était impossible de sauter dans le vide. Alors qu'il reculait d'un pas hésitant, elle donna un coup de patte dans le museau d'un Aile de Guêpe et se libéra un instant, juste assez pour saisir une sorte d'échelle et la renverser entre ses agresseurs et elle. Elle profita de ce bref répit pour lancer un fil de soie au plafond et un autre autour de la cheville de Blue. Un battement de cœur plus tard, il s'élevait dans les airs.

Ses griffes s'accrochèrent aux toiles qu'Io tissait en travers du plafond. Instinctivement, il sauta de l'une à l'autre, tel un singe de liane en liane. Ses gestes étaient vifs, précis comme on le leur avait appris durant les entraînements d'urgence à l'école. Que faire en cas de chute des toiles de soie, comment se mettre à l'abri rapidement, comment procéder s'il ne reste que quelques fils de soie où s'accrocher.

Sauf que tous ces exercices avaient pour but de survivre

à une attaque d'Ailes de Feuille sur les toiles de soie. On entraînait les petits dragonnets sans ailes à foncer se mettre à l'abri là où les Ailes de Guêpe pourraient les protéger. Jamais, malgré son imagination débordante, Blue n'avait envisagé de devoir mettre ces techniques en pratique pour échapper aux Ailes de Guêpe.

Il filait au-dessus de la tête des dragons réunis dans l'aire de jeux, si vite qu'ils le perdirent de vue un instant. Alors qu'ils tournaient la tête en tous sens, sifflant et bourdonnant, il avait déjà atteint les derniers fils de soie d'Io, à l'abri derrière un grand toboggan, près de l'école. Il jeta un coup d'œil en arrière.

Io était presque au bord… Comme les Ailes de Guêpe étaient distraits, tout occupés à le chercher, elle aurait pu en profiter pour filer, s'élancer en plein ciel…

Mais sans lui. Elle ne pourrait s'en tirer que si elle partait sans lui.

Il arracha un morceau d'écorciment au plafond et le jeta aussi loin et fort que possible. Quand il atterrit avec un bruit sourd au beau milieu de l'aire de jeux, tous les Ailes de Guêpe tournèrent la tête dans sa direction.

Blue lâcha la soie d'Io pour se laisser tomber sur le sommet du mur de l'école, puis sauta dans la cour. Des triangles dessinés à la craie verte témoignaient des jeux des dragonnets à la récréation. Blue envisagea de prendre l'une des lances d'entraînement bleu pâle appuyées contre le mur, mais en fait, il risquait

davantage de se blesser avec que de faire du mal à quiconque et, de toute façon, il ne se voyait pas un seul
instant embrocher un autre dragon.

« Où je vais maintenant ? »

Il jeta un regard circulaire dans la cour en s'efforçant
de reprendre son souffle. De tous côtés se dressaient
les bâtiments de l'école, excepté dans son dos, où seul
un mur le séparait de l'aire de jeux et de la horde des
dragons-zombies aux yeux blancs.

« Ils n'ont qu'à suivre la piste des fils de soie pour me
retrouver… Même si j'arrive à sortir de cette école, où
puis-je aller après ? Impossible de retourner auprès de
maman. Bombyx va sûrement finir sur le sentier des
Délinquants, s'il est encore en vie. Et je n'ai aucune idée
de ce qu'ils ont fait de Selena. »

Il plaqua ses pattes sur sa gueule. Pas le temps de pleurer. Pas le temps d'imaginer ce que pouvaient ressentir
Selena, Bombyx, Pimprenelle et Io.

Il se dirigea vers l'une des portes de l'école, même s'il
y avait de grandes chances pour qu'elles soient toutes
fermées à cette heure-ci.

– Pssst ! Par ici !

Blue se retourna et aperçut une remise dans un coin
de la cour. Par l'entrebâillement de la porte, deux pattes
jaune d'or lui faisaient signe d'approcher.

Il entendait les Ailes de Guêpe aboyer des ordres de
l'autre côté du mur. Ce n'était pas le moment d'hésiter.

Il fonça vers la remise et laissa les pattes jaunes l'attirer à l'intérieur.

La porte se referma derrière lui et il se retrouva dans l'obscurité complète. Blue trébucha sur un ballon et l'autre dragon le rattrapa entre ses pattes musclées. Il sentit alors ses ailes contre son flanc. C'était une Aile de Soie qui s'était déjà métamorphosée, mais… ce devait être récent car elle était plus petite que lui.

– Qui… ? chuchota-t-il.

– Chut ! souffla la dragonne en refermant ses pattes autour de son museau.

La remise était minuscule et encombrée de matériel. Ils avaient à peine la place de bouger. Il n'arrêtait pas de se cogner contre ses écailles fraîches, leurs pattes se frôlaient et sa queue était posée sur la sienne. Mais elle était si parfaitement immobile qu'il ne pouvait pas se dégager ou, plus exactement, il craignait ce faisant de renverser une rangée d'armures ou autre chose.

Il se demandait si elle sentait son cœur battre à tout rompre dans sa poitrine. Travaillait-elle dans cette école ? Affectée au ménage des classes ou à la préparation du déjeuner ? Avait-elle déjà vu les Ailes de Guêpe se comporter ainsi, comme s'ils ne faisaient plus qu'un ? Était-elle au courant de ce qui se passait et de ce qu'elle risquait en l'aidant ?

– Ne bouge pas, murmura-t-elle dans un souffle qui sentait la pomme.

Elle lui lâcha le museau et s'accroupit près du mur. Ses ailes frôlèrent délicatement les écailles de Blue comme une nuée de papillons.

Peut-être avait-elle peur également. Ou bien avait-elle déjà sauvé d'autres Ailes de Soie dans cette situation. Il essaya de s'imaginer qu'il avait un tel courage – le courage de protéger un dragon en danger contre un clan tout entier, qui plus est complètement déchaîné.

Peut-être qu'en se concentrant très fort, ça lui donnerait du courage à lui aussi.

Elle le prit par la patte et le tira vers le mur, ou plutôt vers l'endroit où il n'y avait plus de mur : une trappe ouvrant sur un passage secret.

– Suis-moi bien, chuchota-t-elle. C'est un vrai labyrinthe, ces tunnels.

– Tu fais partie de la Chrysalide ? demanda-t-il, et il cogna son museau contre le sien en se retournant.

Elle posa à nouveau une patte sur sa gueule pour le faire taire, puis s'engouffra dans le tunnel.

Il lui emboîta le pas en s'efforçant de rester aussi près que possible d'elle sans lui marcher sur la queue.

Il avait l'impression de se retrouver dans une fourmilière avec son dédale de tunnels. Ici et là, à la faveur d'un rai de lumière filtrant par une fissure, Blue apercevait dans l'obscurité le jaune bouton-d'or de la dragonnette. Par les fentes, il entrevoyait aussi l'école : des rangées de tables bien alignées, un tableau noir couvert de colonnes de chiffres et, sur un chevalet, une toile couverte de fines lignes noires et bleues.

Enfin, elle s'arrêta et colla son œil contre un trou juste à son niveau, puis elle déverrouilla une trappe secrète, la poussa et lui fit signe de la suivre.

Il dut baisser la tête pour passer car la trappe donnait sous une longue table. Blue rampa, un peu ébloui par la lumière qui n'était pourtant pas particulièrement vive dans cette pièce – elle n'avait aucune fenêtre donnant sur l'extérieur et l'éclairage se résumait à quelques petites lampes.

La première chose qu'il distingua, une fois ses yeux accoutumés à la luminosité, ce fut des livres – des étagères et des étagères croulant sous les livres, du sol au plafond, le long de tous les murs de la pièce. Il étira ses pattes endolories et pivota lentement sur lui-même. Ces élèves avaient vraiment de la chance d'être dans cette école, entourés d'autant de livres ! Quelqu'un les avait-il tous lus ? Est-ce que le ou la bibliothécaire les prêtait volontiers ou à regret, car elle aurait préféré les garder au chaud entre ses ailes ?

– C'est notre bibliothèque, expliqua sa sauveuse en sautant sur une table et en enroulant sa queue autour de ses pattes arrière. Elle n'est pas très grande, mais elle est presque tout le temps fermée – notre documentaliste se partage entre ici et la biblio du lycée –, du coup, c'est un bon endroit pour se cacher quand le reste du clan fait ses gros yeux blancs.

Blue se tourna lentement vers elle, le cœur battant.

Ses petites griffes étaient acérées, comme celles d'un léopard, et ses quatre ailes se déployaient majestueusement dans son dos. Elle avait une expression ouverte et curieuse, des lunettes à monture dorée et de chaleureux yeux marron qui lui faisaient penser à un hibou au creux d'un arbre. À la lueur des lampes, elle paraissait or et mandarine, avec quelques écailles noires ici et là, comme de petites éclaboussures d'encre.

Des écailles noires. Signe caractéristique des descendants de Clairevue.

Les Ailes de Soie n'avaient jamais eu d'écailles noires.

Sa sauveuse était donc une Aile de Guêpe.

CHAPITRE 7

Blue inspira profondément.

– Je… je croyais…, bégaya-t-il.

– Waouh, comme tu es beau ! s'exclama-t-elle, émer-
veillée. Je n'avais jamais vu d'Aile de Soie dans ces tons
de bleu et de violet. Tes parents sont aussi comme ça ?

– Hum, fit-il en contemplant ses pattes couleur azur.
Pas exactement. Enfin, je veux dire, je ne sais pas. Je
n'ai jamais vu mon père. Mais toi, tu n'es pas censée… ?

– Ah bon ? s'étonna-t-elle.

Elle pencha la tête vers lui, si bien que les lumières se
reflétèrent dans ses lunettes.

– Et pourquoi tu ne connais pas ton père ? C'est
normal, chez les Ailes de Soie ? Vous ne vivez pas avec
vos parents ? Euh… excuse-moi, si c'est une question
indiscrète. Je pose beaucoup de questions que je ne

suis pas censée poser, selon mes professeurs… et aussi mes parents… selon à peu près tous les Ailes de Guêpe adultes, d'ailleurs. «Trop de questions, Criquette! Tu sais ce qui arrive aux petites Ailes de Guêpe trop curieuses? Elles perdent leur museau!» C'est complètement idiot. Je n'ai jamais vu de dragonnet sans museau et je suis sûre que je ne suis pas la première à poser autant de questions, quand même! C'est quoi, ton nom? Oups, encore une question. Désolée. Moi, je m'appelle Criquette.

– Blue… Moi, c'est Blue.

– Ça, c'est sûr! Tu es bien bleu!

Elle pouffa.

– Oups, pardon, je suis sûre qu'on te l'a déjà faite mille fois.

Il fit un pas vers elle, tentant de comprendre à qui il avait affaire. Une Aile de Guêpe… qui venait en aide à un Aile de Soie. Ce n'était pas…

– Hum… mais tu n'es pas censée…?

– … avoir les yeux blancs et agir comme une possédée? compléta-t-elle à sa place.

Elle hésita.

– Si, sans doute. Comme tous les autres Ailes de Guêpe. Je ne sais pas pourquoi je suis une exception.

Elle battit des ailes et les replia avec un petit rire.

– C'est fou! Je garde ce secret depuis six ans, et voilà que je le confie à un Aile de Soie trop bizarre. Grillonne va être folle!

– C'est ce qu'ils ont, les autres ? Ils sont possédés ?

– Tu n'es pas au courant ? Enfin, je ne savais pas non plus jusqu'à ce que ça se produise sous mes yeux. La reine Frelonne peut prendre le contrôle de leur esprit. De chacun des membres du clan, jusqu'au dernier. Un seul à la fois, tout un guêpier ou le clan entier, selon ses désirs.

– Waouh…, souffla Blue en chancelant légèrement.

– Ouais. Je sais.

– Tous… sauf toi ?

– Sauf moi, confirma-t-elle. Fascinant, n'est-ce pas ? Son museau s'éclaira comme les trois lunes à la fois.

– Comment s'y prend-elle ? Je n'ai pas trouvé un mot à ce sujet dans aucun de ces livres. Je n'y comprends rien. Ai-je une sorte de mutation ? Ou bien est-ce lié à l'alimentation ? Mais je mange de tout… beaucoup de tout. J'ai toujours faim. Bref, c'est un mystère. À part ça, je suis exactement pareille que les autres Ailes de Guêpe.

Blue n'était pas d'accord. Il n'avait jamais rencontré de dragon de guêpe comme elle – de dragon qui, premièrement, parle à un Aile de Soie comme à un semblable, comme à un ami, même. Et deuxièmement, le regarde comme un véritable dragon et pas une erreur de la nature sans ailes ou un parasite à écraser.

– Ça doit faire bizarre d'être téléguidé comme ça, souffla-t-il. Que quelqu'un prenne le contrôle de ton corps. Te fasse dire et faire des choses que tu n'aurais jamais dites ou faites tout seul. Tu crois qu'ils s'en souviennent après ? Sont-ils conscients, piégés à l'intérieur, impuissants, quand ça se produit ?

– Ils s'en souviennent, ça, c'est sûr, affirma-t-elle. Ils se souviennent à peu près de tout. Ma sœur, Grillonne, dit qu'elle n'a pas l'impression d'être prisonnière… C'est plutôt que, brusquement, tu as envie de faire exactement ce que tous les autres sont en train de faire. Il n'y a pas de conflit, pas de résistance. D'après elle, c'est plutôt reposant de laisser quelqu'un décider à sa place.

– Peut-être, murmura Blue, pas convaincu.

Il frissonna en repensant aux petits dragonnets qui l'avaient attaqué.

– Sauf que, ensuite, tu te sens sûrement coupable, même si tu n'étais pas vraiment responsable de tes actes.

Criquette parut surprise. Son regard erra sur les étagères, tandis qu'elle réfléchissait à ce qu'il venait de dire.

– Tu as raison, déclara-t-elle au bout d'un moment. J'ignore si ça les tracasse après coup. Je me demande comment je pourrais le savoir…

Elle battit pensivement de la queue.

– Enfin… sans me faire couper le museau. Parce que « Tu te sens parfois coupable de ce que la reine Frelonne te fait faire ? » figure sûrement sur la liste des questions que je ne suis pas censée poser.

– Surtout si tu ne veux pas que les autres découvrent que ça ne fonctionne pas sur toi, ajouta-t-il.

– Tout à fait.

Criquette tripota sa branche de lunettes.

– Grillonne est la seule au courant. J'aurais peur que la reine Frelonne ne se mette en colère si elle l'apprenait. Alors je me cache chaque fois que ça arrive en espérant que personne ne le remarque.

– Je ne le répéterai pas, promit Blue.

Elle lui adressa un sourire un peu triste, et il se rendit compte que, de toute façon, il n'aurait sans doute jamais l'occasion de le répéter à quiconque. Il sentit tout à coup une vive piqûre sous son bracelet d'identité.

– Alors, qu'est-ce que tu as fait ? Pourquoi as-tu tout le guêpier à tes trousses ? Dans quel genre d'entreprise criminelle ai-je mis les pattes ?

Elle souriait toujours, mais Blue remarqua que ses ailes frémissaient légèrement. Sans doute venait-elle de réaliser qu'elle se retrouvait seule avec un dragon potentiellement dangereux. Ça alors… il n'aurait jamais imaginé qu'une Aile de Guêpe puisse avoir peur de lui !

– Mais je n'ai rien fait du tout ! la détrompa-t-il.

Il leva les yeux vers elle et posa une patte à plat sur la table.

– Promis. Je suis parfaitement inoffensif. Complètement absolument rigoureusement incapable de faire le moindre mal à qui que ce soit.

– Oh…

Elle réfléchit un instant.

– C'est rassurant. Complètement absolument rigoureusement rassurant… sauf que c'est exactement ce que dirait un dangereux criminel.

– Ah bon ? s'affola-t-il, les yeux écarquillés.

Criquette éclata de rire.

– Je ne sais pas. Je suppose. Je demanderai à un de mes amis dangereusement criminels quand je le verrai.

Son rire faisait ondoyer les écailles jaune soleil dans son cou, c'était charmant.

Il commençait à avoir la tête lourde.

– Et que dirait le dragon le moins dangereux du monde, alors ?

– Pourquoi le dragon le moins dangereux du monde essaierait-il d'échapper aux gardes Ailes de Guêpe ? riposta-t-elle. Qu'aurait-il bien pu faire de si terrible pour que la reine Frelonne passe en mode « téléguidage des zombies » ?

Cette question heurta Blue de plein fouet comme s'il venait de prendre tout le guêpier en pleine poitrine.

« Qu'est-ce que j'ai fait ? C'est vrai, ça. J'ai toujours été un dragon bien sage. Pourquoi ça tombe sur moi ? »

– Oh, non, fit-elle en descendant de la table pour le rejoindre tandis qu'il se laissait tomber par terre. Pourquoi ça te rend si triste ? Qu'est-ce qui t'est arrivé ?

Elle posa une aile sur ses épaules.

– Je ne sais pas…

C'était le bonheur de se retrouver sous son aile,

comme faire un câlin au soleil – sauf qu'on se retrouverait instantanément carbonisé, alors que là c'était trop cool. Qu'est-ce qu'il racontait ? Ah, oui, la pire journée de sa vie…

– Au départ, tout était normal, un jour de métamorphose comme les autres… et puis, d'un coup, Selena a pris feu, et son copain a attaqué les gardes et Io m'a emporté et je n'ai même pas… je veux dire, jamais je ne désobéirais à un garde. Tout s'est enchaîné si vite, j'avais tellement peur…

Pourquoi les livres devenaient-ils flous ? Ou bien c'étaient ses yeux qui ne parvenaient plus à faire la mise au point ?

– C'est ton jour de métamorphose ? s'étonna Criquette.

Elle pencha la tête vers ses bourgeons d'ailes, mais eut la politesse de ne pas les toucher. (« Une Aile de Guêpe polie ? Comment est-ce possible ? Elle est si bizarrement parfaite et parfaitement bizarre… »)

– Tu es sûr ? Tu n'as pas encore l'air prêt…

Elle prit une de ses pattes dans la sienne pour examiner son poignet.

– Non, non, c'était la métamorphose de Selena, corrigea Blue, ma sœur.

– Celle qui a pris feu, acquiesça Criquette. Et ça va ? Pourquoi s'est-elle enflammée ? Elle a reçu la foudre ? Non, j'aurais remarqué s'il y avait eu de l'orage aujourd'hui… Et puis comment… ?

Elle s'interrompit soudain au milieu de sa phrase, la gueule ouverte.

– Tu es paralysée ? Tu vas devenir un zombie ? paniqua Blue.

– Ta sœur est une Soie de Feu ? murmura-t-elle. Une vraie ? C'est dingue !

– Ah, oui ? Tu… tu es au courant de tout ça, toi ?

Il voulut se relever, mais découvrit que ses genoux avaient de tout autres intentions. Il chancela et s'affala sur elle.

– Oh oh, fit-elle en le prenant dans ses ailes. Fais voir ton bracelet.

Il put à peine tendre la patte pour le lui montrer. Elle le saisit, tentant de passer une griffe en dessous, seulement il était trop serré.

– Qu'est-ce qui m'a… ? commença-t-il, hélas il n'avait même plus la force d'articuler.

Trop compliqué d'agencer des syllabes en mots puis en phrases.

– Chut, fit-elle en l'aidant à s'allonger sur le dos. Ne panique pas, mais je pense qu'il y a une toxine dans ton bracelet d'identité. J'ai lu un article sur cette nouvelle technologie. Seulement, je ne pensais pas qu'ils l'utilisaient déjà. Tu as senti quelque chose, comme une sorte de piqûre ? Je parie qu'ils déclenchent le système quand ils n'arrivent pas à te retrouver.

– Maaais pourrrquoi ? marmonna-t-il.

Il avait envie de lui demander si ça risquait de le tuer. Parce qu'il aurait dû paniquer s'il était sur le point de mourir, non ? Sauf que c'était tellement plus simple de fermer les yeux… et de penser à autre chose. Tellement plus facile d'admirer les belles lunettes de Criquette qui brillaient de mille feux. Et qui lui faisaient un museau très original, tout en angles et en lignes brisées, comme un prisme. Un prisme… c'était un drôle de mot.

– Ils espèrent que tu t'écroules dans un coin pour te capturer plus facilement, reprit-elle en glissant un bout de parchemin plié entre son bracelet et ses écailles. Mais c'est raté, parce que je suis là !

Le papier se prit dans un truc qui lui égratigna la peau. Il laissa échapper un cri.

– Désolée.

Criquette prit son museau entre ses pattes et plongea ses yeux dans les siens, ses beaux yeux d'ambre où il se sentait en sécurité.

– Ne tombe pas dans les pommes. On risque de devoir retourner dans le passage secret s'ils fouillent l'école.

– Peux… pas… bouger, marmonna-t-il d'une voix pâteuse.

– Je vais t'enlever ton bracelet, annonça-t-elle. Tu es d'accord ? Blue, tu m'entends ? Tu veux bien ?

– Pas question, peina-t-il à articuler. Ça m'attirerait… des ennuis. De gros… gros ennuis.

– Oh, tu es adorable, fit-elle, attendrie. Tu es au courant que tu as déjà de gros gros ennuis ?

Il ferma les yeux. Quelque chose d'humide coulait sur ses joues. Apparemment, le poison avait également affecté ses canaux lacrymaux.

Criquette se leva et s'éloigna un instant. Il rouvrit les yeux, craignant qu'elle ne disparaisse complètement, mais elle était de l'autre côté de la pièce, en train de dévisser une lampe avec un chiffon pour ne pas se brûler la patte. Elle en sortit un petit globe en verre qui produisait une lumière si vive qu'il en fut ébloui. Elle le cacha dans le chiffon et s'approcha du bureau, dont elle ôta tous les livres et la paperasse, puis tira une coupelle en métal d'un des tiroirs.

– Mrrf ? s'étonna Blue.

– T'inquiète, j'ai déjà fait ça, dit-elle. Bon, d'accord, jamais avec un truc aussi… inflammable… mais je suis sûre que ça va aller.

Elle fouilla dans les tiroirs pour dénicher une paire de pinces longues et fines. Blue avait déjà vu ce genre d'outils, il s'en était servi pour défaire des nœuds dans des fils de soie.

Criquette prit une profonde inspiration, découvrit le globe lumineux et le saisit avec la pince pour le poser dans la coupelle. Elle jeta le chiffon dans un coin, sans lâcher le globe, puis prit un presse-papiers en marbre en forme de python enroulé sur lui-même.

Ses gestes étaient si précis et assurés que Blue ne songea même pas à paniquer… jusqu'au moment où elle leva les yeux vers le plafond en murmurant :

– Je vous en prie, Clairevue, faites que je ne mette pas le feu à la biblio !

Il aurait été bien incapable de l'arrêter, de toute façon. Et *paf !* elle brisa le petit globe avec le serpent en pierre.

Des éclats de verre s'éparpillèrent sur le bureau et une forte odeur de métal chaud emplit la pièce. Criquette se pencha pour saisir quelque chose avec la pince.

On aurait dit un filament de soie, à peu près de la même longueur que les griffes de Blue, mais incandescent d'un bout à l'autre.

C'était donc la source de lumière de toutes les lampes du guêpier. La soie de feu.

Comment avait-il pu tout ignorer du fonctionnement des lampes, jusque-là ? Il ne s'était jamais posé la question, tout simplement, supposant qu'il s'agissait d'une technologie Aile de Guêpe et que certains dragons produisaient du feu, tels ceux qui, d'après la légende, vivaient autrefois de l'autre côté de l'océan.

Retenant sa respiration, Criquette revint vers lui, tenant toujours le filament incandescent au bout de sa pince.

« Peut-elle vraiment mettre le feu à la biblio avec ça ? se demanda-t-il. Si c'est le cas, elle prend un très gros risque… pour moi. »

Elle s'accroupit près de lui et prit sa patte dans la sienne.

– Ne bouge pas, lui recommanda-t-elle. Je sais que tu ne peux pas, de toute façon, mais reste bien immobile.

Avec d'infinies précautions, elle posa la soie de feu sur le bracelet. Une ligne noire apparut sur le bronze juste entre le « des » et le « Vers » de *Académie des Vers à Soie*.

« Bousier va me tuer, songea Blue dans son délire. Quand je vais vouloir passer au poste de contrôle, il va froncer le museau en claquant de la langue d'un air réprobateur, vérifier sur sa liste, pester que ça lui fera de la paperasse en plus et me faire mal avec son truc piquant. »

Criquette repassa au même endroit, encore et encore, avec le filament de soie de feu, qui brûlait le métal au fur et à mesure. L'odeur caractéristique du métal chauffé à blanc couvrit celle, humide, des vieux parchemins.

Quelques instants plus tard, le métal céda et le bracelet tomba du poignet de Blue, effleurant ses écailles et y laissant une petite marque qui brûlait comme une morsure de vipère.

Il pinça les lèvres pour ne pas crier.

– Oups, désolée !

Criquette courut au bureau, s'empara d'un petit arrosoir et versa de l'eau sur la brûlure. Puis elle lâcha le filament de soie de feu dans l'eau qui restait. Un léger sifflement monta, accompagné d'un nuage de vapeur.

Blue avait l'impression que sa patte était légère, si légère qu'elle flottait, qu'elle allait s'envoler et se cogner au plafond…

Cette impression de flottement se mêlait au trouble de se trouver si près de Criquette, qui avait sûrement des super-pouvoirs ou tout du moins un cerveau de génie.

La dragonnette éclata de rire.

– Ça, c'est toi qui le dis, s'esclaffa-t-elle.

Il comprit alors qu'il avait dû parler tout haut.

– Mes profs le trouvent plus pénible que génial.

– Moi, il me plaît, ton cerveau, affirma-t-il.

Tout était encore un peu flou autour de lui, mais sa langue fonctionnait mieux. Il articulait les mots dans l'ordre, au moins, même si ceux-ci n'attendaient pas sa permission pour sortir de sa bouche. Il réussit à s'asseoir et à lui sourire.

– C'est mon cerveau préféré au monde.

Soudain, tout tangua, devint noir, et Blue bascula tranquillement dans le néant.

CHAPITRE 8

Blue avait l'impression diffuse que ce serait une bonne idée de se réveiller. Sans doute parce qu'il n'était pas en train de faire un petit somme dans son hamac comme d'habitude. Le hamac dans lequel il s'était endormi lui semblait bizarrement immobile et dur…

De plus, quelqu'un lui secouait l'épaule. Et l'effleurait avec ses ailes. Sa mère ? Non, sa mère ne sentait pas les livres et la pomme…

– Tu es réveillé ? chuchota une voix à son oreille. Blue ? Si ce n'est pas le cas, tu peux te réveiller, s'il te plaît ? Genre… maintenant tout de suite ?

– *Dracr*, marmotta Blue.

Il avait voulu dire « d'accord », mais apparemment la dragonnette aux mille questions se contenta de « dracr » et s'efforça de le mettre debout.

«Mille questions… Oh, c'est Criquette!» comprit-il brusquement.

– Pourquoi tu souris? lui demanda-t-elle. J'espère que c'est bon signe. Tu crois que tu pourrais sourire et te lever en même temps? J'aimerais beaucoup pouvoir te laisser dormir, mais je crois qu'il est vraiment temps de lever le camp.

Elle s'immobilisa un instant, tandis qu'il prenait appui sur son épaule.

Ah, oui, il se rappelait cet endroit : la bibliothèque. La lueur des lampes, les étagères chargées de livres, les bruits de pas pressés dans les couloirs…

Euh… quoi?

Il désigna la porte, paniqué, et elle acquiesça.

– C'est pour ça que je t'ai réveillé, murmura-t-elle. Vite, dans le passage secret!

Elle le poussa sous la table puis dans la trappe. Ses pattes chancelaient sous son poids et il avait du mal à traîner sa queue derrière lui, mais il réussit néanmoins à ramper dans ce tunnel tout noir. Il se plaqua contre le mur pour que Criquette puisse le rejoindre.

La lumière de la bibliothèque disparut lorsqu'elle referma la trappe derrière elle. Blue recula dans l'ombre, mais elle le prit par la patte en posant une griffe sur ses lèvres.

Il se figea et entendit la porte de la bibliothèque s'ouvrir à la volée. Trois paires de pattes se ruèrent à l'intérieur, ébranlant la pièce, si bien que quelques livres tombèrent des étagères et qu'un petit nuage de poussière s'introduisit dans l'interstice autour de la trappe. Blue se contorsionna pour regarder par-dessus l'épaule de Criquette. D'après ce qu'il put entrapercevoir, les Ailes de Guêpe avaient encore les yeux blancs.

Ce qui signifiait que la reine les contrôlait toujours. Il se demanda combien de temps il était resté inconscient. Et combien de temps elle pouvait continuer ainsi. Avait-elle prévu de garder tous ses sujets en mode zombie jusqu'à ce qu'elle le retrouve, quel que soit le temps que ça prendrait ?

Soudain, son cœur faillit s'arrêter. Le bracelet d'identité que Criquette lui avait ôté du poignet ! Gisait-il toujours sur le sol ? Ils risquaient de le voir et de comprendre qu'il était passé par là !

Mais plusieurs battements de cœur passèrent et les dragons qui fouillaient les lieux ne poussèrent aucun cri de triomphe ni n'appelèrent de renforts. Ils se déplaçaient mécaniquement, sans bruit, progressant dans la pièce en vérifiant la moindre cachette. L'un d'eux se baissa pour regarder sous la table. Blue ferma les yeux, terrifié. Heureusement, la trappe était bien camouflée : l'Aile de Guêpe – noir d'encre avec des taches rouges sur les ailes et les pattes – se contenta de grogner et poursuivit ses recherches.

Criquette sursauta soudain et Blue s'aperçut qu'il était

tout contre elle. Leurs queues étaient emmêlées et leurs pattes se touchaient. Dans l'affolement, il ne l'avait pas remarqué et il craignait, s'il s'écartait maintenant, de se faire repérer à cause du bruit. Il observa Criquette ou tout du moins ce qu'il en distinguait dans la pénombre. Elle fixait l'un des Ailes de Guêpe, un dragon jaune orangé tout tacheté de noir, mais il n'aurait su interpréter son expression : consternation ? regrets ? colère ?

« Que ressent-elle ? se demanda-t-il. Cachée dans le noir avec un Aile de Soie inconnu qu'elle veut aider au risque de s'attirer les foudres de sa reine. »

Il s'interrogeait également sur ce qui pouvait bien se passer dans la tête des Ailes de Guêpe. Leur soirée tranquille en famille, entre toboggans, balançoires et brochettes de zèbre au barbecue, s'était brusquement changée en chasse au dragon… Tous leurs projets, avortés. Ils ne savaient même pas où étaient leurs propres dragonnets parce qu'une seule chose comptait pour eux en cet instant : retrouver Blue. Les dragonnets rieurs avaient abandonné leurs jeux pour rôder dans les recoins sombres du guêpier, montrant les dents, prêts à mordre.

Après cela, comment pourraient-ils rentrer chez eux, retourner à leur dîner en famille ou à leurs devoirs d'aérodynamique des ailes, sachant que quelqu'un pouvait à tout instant prendre le contrôle de leurs esprits et modifier le cours de leur vie ?

Les trois Ailes de Guêpe portèrent la patte à leur front dans un mouvement parfaitement identique et synchronisé.

– **Rien dans la bibliothèque**, annoncèrent-ils d'une seule voix.

Une grimace furieuse passa sur leur museau exactement en même temps.

– **Il doit bien être quelque part dans le coin. On continue à chercher.**

Ils s'empressèrent de quitter les lieux, mais Blue entendit leurs pas résonner dans le couloir bien longtemps après. Criquette ouvrit la bouche pour dire quelque chose. Cette fois, ce fut lui qui la fit taire. Ses antennes se déroulèrent délicatement afin de détecter les vibrations de l'air.

Maintenant qu'il était plus calme et plus alerte, il distinguait une vingtaine d'autres dragons qui fouillaient l'école.

Il sentait également le cœur de Criquette qui battait tout près du sien, et presque aussi vite.

« N'aie pas peur », tenta-t-il de lui dire par la pensée.

En fait, elle avait toutes les raisons d'avoir peur : s'ils se faisaient prendre, elle aurait de terribles ennuis. Mais il ferait tout son possible pour la garder en dehors de cela. Il se rendrait pour la sauver.

Il tendit une patte prudente dans le noir pour saisir la sienne et la poser sur son cœur.

« Je suis tellement heureux que tu sois là, avec moi. »

Elle leva les yeux vers lui ; les quelques rais de lumière qui filtraient dans leur cachette marbraient son museau de doré et de noir. Il sentit son pouls s'accélérer pour battre au rythme du sien.

« Oh, non, ça, c'est interdit, réalisa-t-il soudain. Ce sentiment. Regarder une Aile de Guêpe comme ça. Et qu'elle te rende ce regard. »

S'ils voulaient être encore plus dans le pétrin qu'ils ne l'étaient déjà, c'était le bon moyen.

Mais peut-être qu'elle ne partageait pas ses sentiments. Il n'avait sans doute pas les idées claires à cause du poison et du danger. Peut-être qu'il avait imaginé cet emballement de leurs cœurs.

Il orienta ses antennes pour suivre les vibrations. Les dragons s'éloignaient.

– Je crois qu'ils sont tous montés à l'étage, chuchota-t-il. Il y a bien un étage ?

– Oui, mais… comment peux-tu savoir où ils sont ? s'étonna-t-elle. Grâce à tes antennes ?

Il acquiesça.

– Dans de vieux livres de biologie, j'ai lu qu'autrefois, les Ailes de Guêpe possédaient aussi des antennes, lui expliqua-t-elle à voix basse. Mais quand j'ai posé la question à mon professeur de science, il m'a dit d'arrêter d'être insolente, et les livres ont disparu de la biblio.

Elle soupira.

– Tout ce qui est intéressant est toujours interdit. Pourquoi on ne pourrait pas étudier notre propre évolution ? Tu n'aimerais pas savoir comment étaient nos clans, il y a deux mille ans, quand Clairevue est arrivée ?

– Je n'y avais jamais réfléchi, reconnut-il.

Elle avait raison : si les Ailes de Guêpe étaient tous des descendants de Clairevue, à quoi ressemblaient les dragons qui peuplaient Pantala autrefois ?

Ils demeurèrent ainsi, en silence, dans le noir, pattes et queues entremêlées, durant un long moment, alors que les pas des Ailes de Guêpe allaient et venaient dans tous les coins et recoins de cette immense école. Blue percevait le choc de tables retournées, le fracas de placards vidés. Il plaignait vraiment les dragons qui devraient nettoyer et ranger tout ça le lendemain. Car il supposait que la reine Frelonne ne demanderait pas à ses troupes de tout remettre en ordre.

Enfin, les vibrations faiblirent. Blue tendit ses antennes dans les airs jusqu'à être sûr que l'école était déserte.

– Ils sont tous partis, annonça-t-il.

– Trop cool, ton super-pouvoir, commenta Criquette, tandis qu'il repliait ses antennes.

– Pas aussi cool que de savoir tout sur tout.

Elle ouvrit de grands yeux.

– Tu parles de moi ? Mais je ne sais rien sur rien ! Il y a tant de choses que j'ignore. Je veux dire… que j'ignore encore, parce qu'un jour, je saurai. J'espère. J'y travaille, en tout cas.

Elle plissa le museau comme si l'existence de questions dont elle ne connaissait pas la réponse était le grand défi de sa vie.

– J'aimerais, par exemple, beaucoup savoir comment la reine Frelonne peut contrôler les esprits.

– Et est-ce que tu… ?

Il hésita avant de se jeter à l'eau :

– … tu regrettes de ne pas être comme les autres Ailes de Guêpe ? Si tu avais la possibilité de devenir « contrôlable » comme eux, tu le voudrais ?

– Non ! s'écria-t-elle en déployant ses ailes, qui le frôlèrent avant de heurter les parois du tunnel. Et toi, tu le voudrais ? Non mais, sincèrement, qui souhaiterait une chose pareille ? Au contraire, j'aimerais faire en sorte qu'elle ne puisse plus prendre le contrôle de personne. Pas toi ? Ou tout du moins, je protégerais Grillonne.

– Oh, ta sœur, c'est ça ? C'est elle, la dragonne jaune tachetée de noir que tu regardais ?

Elle soupira.

– Oui, c'est ma sœur et ma meilleure amie. D'habitude, elle a l'air beaucoup plus… sympathique.

– Ce doit être affreux, dit Blue en la dévisageant. De voir quelqu'un que tu aimes se transformer ainsi. Comme si on lui avait volé son âme. De l'extérieur, on dirait que c'est elle, mais ce n'est pas vraiment elle. Et tu ne sais pas ce dont elle pourrait être capable, ce qu'elle pourrait te faire. Et tu ne peux même pas communiquer avec elle quand elle est dans cet état.

Criquette pencha la tête en l'étudiant.

– Tout à fait. C'est exactement ça. Grillonne prétend que ce n'est pas grave, que ça n'arrive pas souvent… mais elle ne s'est jamais vue avec ses yeux tout blancs de zombie ! Elle ne sait pas ce que c'est de devoir fuir sa propre sœur.

Elle frissonna légèrement, et Blue s'aperçut qu'il lui tenait toujours la patte. Il la lâcha à contrecœur.

– J'espère que tu trouveras un moyen de l'immuniser. Elle, et tous les autres.

– Je connais le grincheux qui s'est penché sous la table en grommelant, s'empressa-t-elle de reprendre, changeant de sujet pour ne pas pleurer. Il s'appelle Bombardier, et il est odieux en permanence. Alors ça ne change pas grand-chose qu'il soit en mode zombie ou non. Il croit que je suis amoureuse de lui, tu imagines ! Je l'immuniserais quand même si je pouvais, mais… sûrement, genre, en dernier.

– Comment se fait-il qu'ils n'aient pas repéré mon bracelet d'identité ? s'étonna Blue. Ou le verre brisé et le filament de soie de feu dans l'arrosoir ?

– Parce que j'avais tout nettoyé, tiens. Tu n'as pas remarqué, entre deux ronflements ?

– Je ne… j'ai ronflé ? Non, c'est pas vrai ! Si ?

Criquette se mit à rire.

– Non, tu es un dormeur très discret, ne t'inquiète pas.

Elle jeta un nouveau coup d'œil dans la bibliothèque.

– La seule chose que je n'ai pas pu faire, c'est remplacer l'ampoule manquante. Mais comme elles grillent ou sont volées sans arrêt, avec un peu de chance, personne ne fera le rapprochement avec toi.

– Alors toutes les ampoules du guêpier contiennent un petit bout de soie de feu ? fit-il d'un ton circonspect.

– Évidemment. Toutes les ampoules de tous les guêpiers. On ne mènerait pas la même vie sans la soie de feu. On avancerait à tâtons dans l'obscurité en se marchant sur les pattes. Et puis, on en a besoin pour tout ce qui se fabrique avec du feu : le métal, le verre…

Elle porta instinctivement la patte à ses lunettes.

– Tous les Ailes de Guêpe sont au courant ? la questionna-t-il. Parce que moi, je n'avais pas entendu parler de la soie de feu avant aujourd'hui.

– Ils doivent penser que la reine possède des réserves de soie de feu sans se demander d'où elle vient. C'est juste un truc qu'on commande quand on en a besoin.

Blue ouvrit et referma la bouche, ravalant sa question suivante. Il revoyait la lave dorée jaillissant des poignets de Selena et s'enroulant autour de ses pattes. Sa soie… était un produit aux yeux des Ailes de Guêpe. Un produit qu'on commandait, achetait, vendait, consommait.

– Si ta sœur est une Soie de Feu, reprit Criquette en lui prenant la patte, tu crois que toi aussi ?

Elle effleura du bout de sa griffe l'endroit d'où était censée sortir la soie et frissonna.

– Aucune idée. Oui, selon Io, mais on n'a pas du tout étudié le sujet à l'académie des Vers à Soie.

– Mais ce doit être pour ça qu'ils te pourchassent, non ? La reine Frelonne ne veut pas laisser un Soie de Feu se balader en liberté dans ses guêpiers.

– Je n'avais jamais eu de problèmes avec les gardes avant. Je n'ai rien fait de mal. Je respecte toujours les règles. Elle n'a rien à craindre…

Il fronça les sourcils, pris d'une soudaine migraine.

– Mais ça, elle l'ignore. Je devrais peut-être aller la voir pour lui dire que je suis un Aile de Soie loyal et dévoué. Si je lui promets de faire bien attention, elle me laissera peut-être reprendre ma vie tranquillement. Et Selena aussi. Selena n'est pas dangereuse.

Criquette cherchait ses mots.

– Je pense… je pense que, du point de vue des Ailes de Guêpe, tous les Soies de Feu sont dangereux, quoi qu'ils disent.

Elle ouvrit la trappe afin de retourner dans la bibliothèque. Blue la suivit.

Elle voleta pour s'élever dans les airs et attraper un livre tout en haut d'une étagère. Elle le feuilleta rapidement avant de glisser une page sous son museau.

Blue battit des cils, agressé par une image tout en rouge. Elle représentait un guêpier dévoré par les flammes, avec des Ailes de Guêpe qui hurlaient dans une épaisse fumée noire. Une légende indiquait en grosses lettres menaçantes : « SOIE DE FEU EN LIBERTÉ, GUÊPIER EN DANGER ! »

– Argh, murmura-t-il.

– Et ça, je pense que c'est censé être toi, dit-elle en désignant un Aile de Soie, planté au milieu du guêpier en feu, avec des flammes jaillissant de ses poignets.

Il incendiait la ville, sourire aux lèvres.

Blue frissonna.

– Mais je ne ferais jamais ça, se défendit-il. Qui irait… c'est affreux !

Criquette reprit le livre et parcourut la page suivante. Ses yeux allaient et venaient sur la page à une telle vitesse que Blue n'en revenait pas.

Au bout d'un moment, elle résuma :

– Alors… la génétique des Soies de Feu. Un dragonnet qui a un seul parent Soie de Feu a cinquante pour cent de chances d'être un Soie de Feu également. Selena a hérité de ce gène, mais toi, pas forcément.

Elle le dévisagea par-dessus ses lunettes.

– Tu en penses quoi ? Tu as les poignets qui te brûlent ? Selena avait quels symptômes ?

– Elle n'avait aucun symptôme ! s'écria Blue. Enfin, jusqu'à aujourd'hui quand sa soie est montée et que aaaargh-y-a-de-la-lave-partout! Avant, elle était parfaitement normale.

– Alors, il n'y a aucun moyen de le savoir avant ta métamorphose, conclut Criquette. Mmm. Ils veulent certainement t'enfermer jusque-là, au cas où tu essaierais de t'enfuir.

– C'est mon amie Io qui m'a dit de fuir. Sinon, ça ne me serait pas venu à l'idée… enfin, jusqu'à ce qu'ils me prennent en chasse.

– C'est quoi, la Chrysalide? le questionna-t-elle.

– La… quoi?

– Quand on s'est rencontrés, dans la remise, tu m'as demandé si je faisais partie de la Chrysalide.

Blue eut un pincement de culpabilité. Quel que soit ce qui se cachait derrière ce nom, il se doutait bien que les Ailes de Guêpe ne devaient surtout pas être au courant. Même les Ailes de Guêpe futées et sympathiques avec de jolies lunettes. Io serait furieuse après lui si elle apprenait qu'il avait tout déballé à la première dragonnette venue.

Criquette le dévisageait, intriguée.

– C'est un secret? Un secret Aile de Soie? Vous nous cachez beaucoup de choses? Tu peux me les confier? Je te promets que je ne dirai rien à personne. Il y a tellement de choses que j'ignore au sujet des Ailes de Soie. Et Père m'a interdit de poser des questions aux domestiques.

– Je ne sais pas vraiment de quoi il s'agit, avoua-t-il,

submergé par le flot de questions. Mon amie m'a juste dit qu'ils m'aideraient si j'arrivais à les trouver. Le problème, c'est que je n'ai aucune idée de comment faire.

Il prit le livre et le parcourut, espérant ne pas avoir vexé Criquette.

– Mais si… les Soies de Feu sont si utiles, alors… la reine Frelonne ne veut sûrement pas les tuer, pas vrai ?

– Bien sûr que non ! s'exclama Criquette, stupéfaite. Nous ne sommes pas des barbares, Blue. La reine fait un peu peur, d'accord, mais ce n'est pas une meurtrière.

La veille encore, Blue aurait dit exactement la même chose. Mais avoir vu ces gardes encercler Selena, puis avoir dû échapper aux dragons-zombies aux yeux blancs avait quelque peu ébranlé sa confiance en la reine.

– Tu crois que je devrais me rendre ? demanda-t-il d'un ton hésitant.

C'était sûrement ce qu'il avait de mieux à faire, sauf que ça ne lui semblait pas une très bonne idée. Les paroles d'Io lui revinrent en mémoire. Elle lui avait recommandé de ne surtout se fier à aucun Aile de Guêpe.

« Et qu'est-ce que je suis en train de faire ? »

Criquette réfléchit un moment tout en pianotant des griffes sur le livre.

– Non, finit-elle par dire, lentement. Ils ne te tueront pas, mais si tu es un Soie de Feu, ils te… enfin, tu finiras avec les autres Soies de Feu, j'imagine.

– Et où sont-ils ? la questionna-t-il, submergé par un fol espoir.

« C'est là qu'ils vont emmener Selena. »

– Oh, désolée de t'avoir fait une fausse joie, s'excusa Criquette. Personne ne sait où sont les Soies de Feu.

– Tu es sûre ? insista Blue. Quelqu'un doit bien le savoir, forcément.

– Tu as raison. Réfléchissons… On a besoin de soie de feu en permanence parce que chaque filament ne brûle que le temps du cycle de la plus petite lune avant de s'éteindre. Donc, il faut que quelqu'un récolte la soie de feu des dragons qui la produisent pour honorer les commandes. Qui s'en charge ? Et quelqu'un doit aussi les nourrir, et prendre soin d'eux et…

– … les surveiller, ajouta Blue.

Elle cilla.

– Oui… ça aussi, sûrement…

Elle se mit à faire les cent pas entre les tables de la bibliothèque.

– Bien sûr, la reine Frelonne est au courant. Il doit bien y avoir un moyen de remonter la piste. C'est un mystère qu'on peut résoudre.

Criquette alla fouiller dans le bureau de la bibliothécaire.

– Bien, bien… où sont ces formulaires ? Elle se plaint sans cesse d'avoir une tonne de paperasse à remplir. Des bons de commande pour toutes les fournitures…

Franchement, j'aurais cru qu'une bibliothécaire range-
rait ses dossiers par ordre alphabétique, non? Tu crois
qu'elle le remarquerait si je le faisais à sa place?… Ah,
les ampoules! Voilà!

Elle tira une liasse de papiers et plissa les yeux.

Blue contempla l'une des lampes. C'était bizarre de
penser qu'il y avait à l'intérieur un petit filament de
soie qui se consumait en luisant. C'était encore plus
bizarre de penser que ce filament provenait d'un dragon
comme lui ou Selena. Un dragon emprisonné quelque
part qui tirait de ses pattes des fils de feu que les Ailes
de Guêpe allaient empaqueter pour les expédier et les
vendre aux quatre coins du continent. Un dragon qui
consacrerait sa vie à produire de la soie de feu pour les
Ailes de Guêpe, et rien d'autre.

« Peut-être que ce morceau-là provenait de mon père. »

Cette pensée l'étourdit un instant. Son père était un
Soie de Feu, qui vivait entouré de gardes à l'endroit où
ils exploitaient les Soies de Feu. Voilà pourquoi Blue
ne l'avait jamais rencontré. Il avait été amené dans leur
guêpier uniquement pour donner naissance à des dragonnets… dans l'espoir de produire de nouveaux Soies
de Feu, supposa Blue.

Ce qui signifiait que la reine Frelonne était parfaitement au courant de ce que Selena et Blue risquaient de
devenir, vu qu'elle avait planifié leur naissance dans ce
but précis.

– Mmm, murmura Criquette. Visiblement, les bons de commande sont envoyés au guêpier royal. Peut-être que les Soies de Feu se trouvent là-bas ou alors ce département centralise les commandes et les leur envoie…

– Si on arrive à savoir où ils sont, je pourrais aller voir les lieux par moi-même… Ce n'est peut-être pas si terrible. Ça pourrait m'aider à décider si je dois me rendre ou pas.

Criquette leva les yeux vers lui.

– Et si c'est vraiment terrible ? Tu voudrais délivrer ta sœur ?

– Euh… oui, admit-il.

En effet, c'était ce qu'il pensait et, évidemment, Criquette l'avait deviné.

– Mais je ne suis pas franchement le dragon idéal pour cette mission.

– Pourquoi donc ?

– Eh bien… je veux dire…

Il agita vaguement la patte pour se désigner.

– Je ne suis pas très… Je n'aime pas… beaucoup les conflits. Il me faudrait Bombyx. Lui, il serait capable de la sauver.

– D'accord, dit Criquette en rangeant les formulaires dans le tiroir.

Elle lui adressa un grand sourire.

– Alors on va le chercher.

CHAPITRE 9

– Ce n'est pas si simple, fit valoir Blue en suivant Criquette dans le couloir. Bombyx a attaqué des gardes Ailes de Guêpe. Il doit être sur le sentier des Délinquants ou même pire, à l'heure qu'il est. Et je peux difficilement me balader dans le guêpier à sa recherche avec le clan entier à mes trousses.

– Je parie que je peux résoudre ce problème, affirma la dragonnette. Réfléchissons… Les deux problèmes, même. Tu veux bien que j'essaie ?

– Mmm… oui, vas-y, marmonna Blue, distrait par ce qu'il voyait.

Des rangées de casiers étaient alignées le long du couloir, débordant de papiers froissés, de livres, de sachets poisseux et de friandises à moitié mangées, de paquets de graines et de petits seaux de terre. Il y avait également, encastrés dans les murs, des terrariums en verre où poussaient diverses choses : ici des myosotis, là de longues carottes blanches ou de petits cactus ronds hérissés d'épines.

– Waouh ! Vous aimez les plantes ici, on dirait, commenta Blue.

– C'est une école d'horticulture et d'agronomie, expliqua Criquette. Il y en a, pour les Ailes de Soie ?

Ils passèrent devant un bocal rempli d'eau, où ondulaient des algues violacées. Blue l'examina de plus près et s'aperçut que le couvercle était muni d'un tube lumineux. De petits soleils de soie de feu permettaient à ces plantes de pousser !

– Peut-être, répondit-il. Mais, en général, ils décident de nous attribuer tel ou tel poste une fois qu'on a fini l'école. Nos cours portent sur l'histoire de la guerre contre les Ailes de Feuille, la lecture, le tissage de la soie, l'entretien des toiles et, surtout, ils nous entraînent à obéir aux ordres.

– J'aimerais pouvoir passer une journée dans ton école, dit Criquette en battant des ailes comme si elle allait s'envoler par une des lucarnes à tout instant. Je serais curieuse de voir ce que les autres dragons apprennent, pas toi ? Tes profs sont intéressants ? Vous avez une grande biblio ? Vous avez des cours de musique ? Moi, j'aimerais bien, car je n'y comprends rien et ça m'embête. Mais notre cursus vise à faire de nous des cultivateurs ou des jardiniers. D'où tous ces trucs…

Elle agita la patte d'un geste circulaire.

– Chaque élève a son terrarium pour s'entraîner.

– Oh…, fit Blue. Je ne t'imagine pas trop dans une ferme.

– Je ferais une super fermière si je le voulais, répliqua-t-elle. Sauf que je ne veux pas. J'aimerais être bibliothécaire, scientifique ou ingénieure. Je suis nulle en jardinage. Apparemment, il n'y a qu'une seule bonne manière de faire pousser les choses, et on a toujours procédé ainsi, et « Ça ne sert à rien d'essayer d'innover, Criquette ! Tu gâches des graines. Franchement, pourquoi tu n'arrives même pas à faire pousser une patate comme un bon dragon utile ? »

Elle s'arrêta devant un terrarium, dont elle tapota la vitre de sa griffe.

– C'est le mien.

Blue l'aurait deviné. Contrairement aux autres terrariums bien nets et ordonnés, celui-ci était une explosion de feuilles et de couleurs, comme si une bande de tournesols avait invité des papillons à faire la fête. Des fleurs aux pétales orange velouté rivalisaient avec d'élégantes lianes ; des bulbes bleu saphir perçaient sous des feuilles en forme de cœur au bord rosé.

– C'est ton cerveau version jardin, commenta Blue.

Criquette éclata de rire.

– Bien vu! Mon jardin a autant de succès que mon cerveau auprès de mes profs. «Criquette, quel désastre! Pourquoi ne t'es-tu pas contentée de semer une seule graine, comme les autres élèves? Pourquoi tout ce que tu touches se transforme-t-il instantanément en bazar sans nom?»

Blue s'approcha pour regarder à travers l'épais rideau de feuillage. Au milieu de son terrarium, bien caché derrière les autres plantes, poussait un petit arbre. Il faisait à peine la taille de deux griffes, mais il avait un tronc et de minuscules branches hérissées d'adorables touffes d'épines vert forêt. Il était magnifique.

– C'est un vrai… un vrai arbre, souffla-t-il. Comment as-tu…?

– J'ai ramassé la graine durant une sortie scolaire sans savoir ce que ça allait donner…

Elle le regarda avec un sourire attendri.

– Je me doutais que tu le remarquerais, contrairement à la plupart des dragons. Ils trouvent mon terrarium tellement fouillis qu'ils y jettent à peine un regard, comme si ça leur faisait mal aux yeux… Hélas, mon professeur de botanique a fini par le repérer la semaine dernière. Il veut que je l'arrache et que je le jette.

Elle soupira.

– Pauvre petit arbre innocent.

Elle se remit en marche. Blue la suivit à contre-cœur, il aurait voulu rester à contempler cet arbre plus longtemps. Il n'en revenait pas. Criquette devait l'aimer. Il avait l'air d'un petit arbre aimé.

– C'est affreux de te demander ça. Tu lui as donné la vie.

– Pas question que je le tue, décréta-t-elle d'un ton ferme. Mais où pourrais-je le cacher? Un endroit bien éclairé, où je pourrai lui rendre visite et où personne ne le trouvera. Je vais chercher…

Elle poussa une porte au bout du couloir, débouchant dans une pièce où les longues paillasses carrelées étaient couvertes de récipients en verre et de petits pots de terre. Au fond, dans un placard métallique éclairé par une ampoule, étaient alignées des fioles, soigneusement étiquetées et rangées par couleurs. L'étagère du haut allait du rouge rubis au rose pâle, les deux du milieu déployaient toutes les nuances du jaune au vert, tandis que sur celle du bas, les liquides étaient blanc laiteux, voire transparents. Blue s'accroupit pour examiner l'une des fioles translucides et s'aperçut qu'elle avait des reflets bleutés sous un certain angle. Il ne comprenait aucune des mentions portées sur les étiquettes – des suites de chiffres et de lettres mêlées d'étranges symboles, qui ne formaient aucun mot identifiable.

– C'est notre labo de chimie, annonça Criquette. Ces produits favorisent la croissance des plantes, ou bien tuent certaines herbes quand on les utilise correctement.

Mais ils ont aussi d'autres usages. Tu crois que je peux en prendre combien sans que la professeure Limace le remarque ?

– Quoi ? s'écria le dragonnet. Mais tu ne peux pas voler des choses dans ton école !

Elle se figea, une fiole contenant ce qui ressemblait à une tisane à la camomille dans la patte.

– Enfin, Blue… ça va nous être très utile ! Tu ne veux pas récupérer ton copain ?

– Si, mais… mais c'est mal de voler…, bégaya-t-il.

Il se mit à la place de l'enseignante qui s'apercevrait de la disparition des fioles, le lendemain matin. Elle serait sûrement extrêmement contrariée. Elle se sentirait coupable, s'inquiéterait, se demanderait qui les avait prises et pour quoi faire. Elle s'en prendrait à ses élèves ; certains risquaient même d'être punis injustement.

– Tu aimes suivre les règles, hein ? constata Criquette, intriguée. Comme si… tu y croyais vraiment. Que tu étais convaincu d'avance de leur utilité.

– Pourquoi ? Pas toi ? s'étonna-t-il. Ce n'est pas le cas de tout le monde ?

Elle réfléchit un instant. Il appréciait qu'elle prenne le temps de se poser pour s'interroger sur ce qu'il disait. La plupart des dragons avaient déjà des idées préconçues ou bien arrêtées sur tous les sujets. S'ils prenaient le temps de réfléchir avant de répondre, c'était uniquement pour lui prouver qu'il avait tort. Alors que

Criquette analysait l'information, la comparait à ce qu'elle pensait savoir pour voir s'il y avait quelque chose de nouveau, qui aurait pu lui échapper.

– C'est bizarre…, déclara-t-elle finalement. J'ai plutôt tendance à considérer les règles comme des obstacles à tout ce que je voudrais découvrir ou apprendre. Sincèrement, comment « ne pas poser de questions » pourrait être une bonne règle ? C'est comme « n'emprunter qu'un seul livre à la fois à la bibliothèque ». Ridicule. Personne ne peut donner une explication logique à ce genre de règles. En revanche, « ne jamais faire de mal à un autre dragon », c'est une règle dont tout le monde voit l'utilité. Donc… si, en général, les règles sont utiles, je suis convaincue qu'on a aussi le droit d'en remettre certaines en question, lorsqu'elles ne nous semblent pas justes. Tu comprends ?

– Mais « ne pas voler », c'est une règle sur laquelle tout le monde est d'accord, non ?

– À mon avis, « aider les dragons en difficulté » passe avant « ne pas voler », affirma Criquette. Je veux dire… Il y a sûrement une règle qui ordonne de « dénoncer les fugitifs recherchés par la reine Frelonne », non ? Sauf que moi, je ne crois pas que tu sois dangereux. Et j'ai envie d'en apprendre davantage sur les Soies de Feu et les Ailes de Soie. Et je pense que je peux t'aider. Je… j'aimerais beaucoup t'aider.

Blue fixa la fiole jaune pâle. Il ne voulait pas lui attirer encore plus d'ennuis, mais il avait besoin d'aide. Et Selena et Bombyx également.

« Ce n'est pas la première règle que j'enfreins. La première, c'est quand j'ai continué à courir alors que les gardes m'ordonnaient de m'arrêter. »

Il frémissait encore à l'idée d'avoir désobéi aux Ailes de Guêpe.

« Mais si c'est pour sauver Selena… ou tout du moins faire en sorte que Bombyx puisse la sauver… ce ne sera pas non plus la dernière règle que j'enfreindrai. »

– Tu as raison, finit-il par déclarer.

– Oh, par toutes les lunes! fit-elle, l'air vraiment abasourdie. Personne ne m'avait jamais dit ça!

– Sûrement parce que les dragons qui t'entourent ne t'écoutent pas attentivement, soupira-t-il. Car je parie que tu as presque toujours raison.

– Oooh! Le titre parfait pour mes mémoires! s'exclama-t-elle en souriant. *Presque toujours raison – la vie de Criquette.*

Il rit et laissa son sourire faire fondre ses angoisses. Elle choisit avec soin six fioles dans le fond de l'armoire, les enveloppa dans un épais chiffon noir et les fourra dans un sac qu'elle passa en bandoulière sur sa poitrine.

– On a encore une petite chose à faire avant de partir, annonça-t-elle.

Ils filèrent à nouveau dans les couloirs de l'école. Blue tendait ses antennes à chaque bifurcation, mais il ne sentait aucune autre présence dans le bâtiment. Les Ailes de Guêpe étaient partis chercher ailleurs ou bien s'étaient arrêtés pour la nuit, espéra-t-il sans trop y croire.

Criquette le conduisit dans une pièce spacieuse, acco-lée à la paroi du guêpier, avec une immense baie vitrée tout du long. Il faisait très sombre dehors. Blue distin-guait juste les reflets argentés des hautes herbes de la savane sous quelques rayons de lune épars, car de gros nuages obscurcissaient les trois astres et les étoiles.

Au bout d'un moment, Blue comprit qu'ils se trou-vaient dans la salle d'arts plastiques qu'il avait entraperçue depuis le passage secret. Il reconnaissait le chevalet et sa toile aux lignes perpendiculaires noires et bleues. En fait, il y avait toute une rangée de chevalets avec exactement le même tableau. Enfin, Blue n'était pas sûr qu'il s'agisse d'un tableau. On aurait plutôt dit le plan d'aménagement d'un jardin. Dans un autre coin de la salle, une longue table était couverte de grandes feuilles de papier où on avait peint exactement la même orange. L'agrume qui était au centre de toutes ces attentions était encore posé nonchalamment sur un tabouret, au centre de la table.

Blue jeta un regard circulaire autour de lui, mais rien parmi toutes ces œuvres ne portait la patte fantaisiste du terrarium de Criquette.

– Où est ton travail ?

– Oh, je suis privée de cours d'arts plastiques, expliqua-t-elle d'un ton qu'elle voulait détaché (comme si ça lui était égal alors qu'il était sûr du contraire). Je te laisse deviner pourquoi…

– Par toutes les lunes, Criquette ! s'exclama-t-il avec la voix qu'elle avait déjà prise plusieurs fois pour imiter ses professeurs. Personne n'a jamais étalé autant de couleurs sur une seule feuille. Quel désastre ! Franchement, pourquoi tu ne peux pas dessiner une myrtille bien ronde comme un dragon normal ?

Elle rit si fort qu'il dut la rattraper avant qu'elle s'écroule sur un chevalet.

– Tu étais là ou quoi ? dit-elle en s'essuyant les yeux. C'est exactement ce que m'a dit la directrice !

– Je parie que ta peinture était magnifique.

– Elle en a fait un magnifique tas de bouts de papier, oui ! fit-elle en haussant les ailes. J'ai rêvé que des oiseaux les avaient ramassés pour décorer leurs nids.

Elle ouvrit un autre placard, révélant des rangées de pots de peinture bien classés et des tiroirs pleins de pinceaux – les plus propres que Blue ait jamais vus –, aussi fins que ses antennes.

– Mmm, murmura-t-il tandis qu'elle faisait son choix. Ai-je vraiment envie de savoir à quoi ça va servir ?

– À te maquiller ! annonça-t-elle avec entrain. De quelle couleur as-tu toujours rêvé d'être ? Parce que tu as des écailles splendides, mais comme tu l'as dit toi-même, tu ne peux pas te balader comme ça. Ce violet, n'importe qui pourrait le repérer à deux guêpiers à la ronde. Je m'étais d'abord dit que ce serait cool de te déguiser en Aile de Guêpe, mais ensuite ça m'est revenu : t'es trop bête, Criquette, un Aile de Guêpe sans ailes, ça n'existe pas. Alors que dirais-tu de… orange ? Notre cuisinier est orange.

– Tu vas me *peindre* ?

– Tu peux le faire toi-même, mais je crois que j'y arriverai mieux, à moins que tu sois très doué.

– Aucune idée, je n'ai jamais peint un dragon.

– Moi non plus, avoua-t-elle, mais avec le bon type de peinture, je crois que ça peut marcher. Je peux essayer ? Ça ne te dérange pas ?

– Tu es sûre de toi ? fit-il d'un ton anxieux.

– Peut-être une couleur plus sombre, pour que ça couvre mieux, proposa-t-elle. Il y a des Ailes de Soie dans les teintes foncées ?

– Bombyx est majoritairement bleu marine, expliqua Blue. J'en ai vu des vert sapin, des bordeaux… et aussi de toutes les nuances de marron…

Criquette sortit un assortiment de peinture marron chocolat et bleu nuit.

– Très bien, fit-elle en le conduisant sur un carré de toile qui protégeait le sol. Ne bouge pas, surtout.

Blue ferma les yeux, parfaitement immobile.

« Je remets mon sort entre ses griffes. J'espère qu'elle sait ce qu'elle fait. Parce que sinon, si quelqu'un me reconnaît, alors on sera tous les deux dans un sacré pétrin. »

CHAPITRE 10

– Je ne vois pas comment ça pourrait marcher, protesta Blue tandis que Criquette trempait son pinceau dans un pot couleur de la mer un jour de tempête. Je vais juste avoir l'air d'un Aile de Soie couvert de peinture, non ?

– Non, parce que, pour s'en rendre compte, il faudrait t'examiner attentivement. Et personne ne laisse son regard s'attarder sur les Ailes de Soie.

Elle commença à tapoter légèrement ses écailles violettes. Il avait l'impression d'avoir des salamandres qui lui couraient sur le dos, avec leurs petites pattes humides. Ou bien des fougères pleines de rosée qui le frôlaient, l'effleuraient, le titillaient. Lui mettaient les nerfs à vif.

Criquette prit une éponge afin d'étaler la peinture,

puis changea de pinceau pour passer à une autre couleur. Elle hésita, posant une patte sur son épaule.

– Je vais peindre autour de tes bourgeons d'ailes mais sans les toucher, d'accord?

Il acquiesça. C'était hypnotisant. La caresse du pinceau l'ensorcelait, il se sentait flotter comme si le poison du bracelet coulait encore dans ses veines.

– Criquette, pourquoi tu tiens tant à m'aider? demanda-t-il.

Elle se figea un instant avant de répondre.

– Mmm… peut-être parce que je sais ce que c'est de devoir se cacher quand tout le monde est transformé en zombie. Et parce que je n'ai jamais rencontré de Soie de Feu et que j'ai envie de mieux te connaître. Et parce que tu es…

Elle s'interrompit, cherchant ses mots.

– Pitoyable? Misérable? proposa-t-il. Un cas désespéré?

– Non! le coupa-t-elle. Pas du tout. Tu es…

Elle laissa à nouveau sa phrase en suspens.

– Ha ha! D'une beauté à couper le souffle, dit-il.

Elle se mit à rire et lui tapota le cou avec le manche du pinceau.

– Arrête! Ne me fais pas rire pendant que j'étale la peinture.

Lorsqu'elle se pencha pour faire le tour de ses oreilles, il sentit comme un parfum de cannelle.

Au bout d'un moment, elle reprit :

– Oui, oui, ça, c'est incontestable. Mais ce que je voulais dire, c'est que... tu es intéressant. Alors que je passe mes journées entre Bombardier et Limace qui sont carrément rasoir.

– Ah..., fit-il.

« Elle veut m'étudier, se surprit-il à penser. À ses yeux, je suis un livre de bibliothèque sur pattes, rien de plus. L'occasion d'en apprendre davantage au sujet de mon clan et des Soies de Feu. Elle ne s'intéresse pas vraiment à moi.

Et tant mieux.

Oui, ça vaut mieux. Pour nous deux. »

Il soupira et ferma les yeux. Il imagina un millier de papillons de nuit en train de tisser un cocon de soie autour de lui, l'enveloppant comme une seconde peau.

En séchant, la peinture formait sur chacune de ses écailles comme une petite carapace de scarabée, brillante et dure.

Au bout d'un moment, Criquette demanda :

– Bon... Qu'est-ce que tu en penses ?

Quand il ouvrit les yeux, Blue s'attendait à une explosion de couleurs comme dans son terrarium. Il avait peur de ressembler à un jardin au printemps. Mais le dragon qui lui faisait face dans la porte-miroir du placard avait l'air d'un Aile de Soie comme les autres, bleu nuit et marron feuilles mortes, avec des taches rouge foncé très discrètes le long de la colonne vertébrale et sur le museau.

Il y avait quelques surépaisseurs de peinture autour des griffes et des endroits où ses écailles bleu clair transparaissaient, mais globalement, c'était très réussi. Il avait l'air d'un dragon ordinaire qui se fondrait aisément dans la foule de ses semblables.

Il écarquilla les yeux.

– Waouh ! Merci, Criquette.

– Ce n'est pas parfait, mais j'espère que ça te permettra de quitter le guêpier sans encombre. Surtout si tu as encore tout le clan à tes trousses.

« Quitter le guêpier », pensa-t-il en frissonnant.

Il n'avait jamais été plus loin que les toiles entourant le guêpier des Cigales. Contrairement à Selena, il n'en avait jamais ressenti l'envie.

– Et comme ça, je vais pouvoir aller chercher Bombyx, dit-il d'un ton mal assuré.

Ce serait la première fois qu'il sortirait tout seul la nuit. Il rentrait toujours vite chez lui avant qu'il fasse noir. Pimprenelle et Silverine devaient se faire tellement de souci pour lui !

En parlant de ça…

– Au fait, Criquette, tu n'es pas censée rentrer chez toi ?

Elle jeta un coup d'œil aux autres guêpiers qui scintillaient au loin, par-delà les hautes herbes de la savane.

– Je doute que mon père s'aperçoive de mon absence. Grillonne, oui, mais… elle sait que je reste toujours cachée un moment après les épisodes zombies. Parce que j'ai peur que ça recommence. Et que… j'ai du mal à côtoyer d'autres dragons, après, même ma propre sœur.

Elle entreprit de nettoyer les pots et les pinceaux. Il s'approcha pour l'aider, mais elle l'en empêcha.

– Non, reste tranquille tant que tu n'es pas complètement sec. Grillonne est la seule qui se soucie de savoir où je suis, et elle me couvrira.

« Pendant combien de temps ? » se demanda-t-il.

Jusqu'où la curiosité de Criquette la pousserait-elle à le suivre ? Jusqu'au guêpier royal ? Jusqu'à ce qu'il ait retrouvé Selena ? Pouvait-il en espérer autant ?

– Où est Bombyx, à ton avis ? lança-t-elle en remettant le dernier pot de peinture bleue à sa place.

Blue remarqua qu'elle ne les avait pas reposés dans le bon ordre – le plus foncé devait être après le plus clair –, il tendit donc la patte pour les intervertir.

– Sur le sentier des Délinquants, je suppose. Il n'aime pas qu'on lui dise quoi faire, donc ce ne serait pas la première fois. Mais j'ai peur que… enfin, jusque-là, il n'avait jamais vraiment attaqué un Aile de Guêpe.

L'angoisse lui nouait le ventre.

Qu'allaient-ils faire de Bombyx s'ils estimaient qu'il était dangereux ?

– De toute façon, c'est la première étape, même s'ils décident de l'envoyer en prison après, affirma Criquette. Donc il doit y être. Je n'ai jamais mis une patte sur le sentier des Délinquants.

Elle se pencha en avant pour effleurer la peinture de son museau.

– Même si, selon mon père, mes profs devraient m'y envoyer. «Parce que, de toute façon, c'est là qu'elle finira.» Un truc du genre…

– Mais tu… tu n'y es jamais allée? s'étonna-t-il.

Il fut stupéfait de la voir secouer la tête.

– Comment est-ce possible? C'est seulement à un ou deux niveaux d'ici… Avec ma classe, on y va au moins deux fois par an en sortie scolaire.

– En sortie scolaire? répéta-t-elle en battant frénétiquement des ailes. Pour quoi faire? Qu'est-ce que ça vous apporte? Ce doit être un peu effrayant pour les petits dragonnets, non?

Elle jeta un coup d'œil circulaire pour vérifier qu'elle avait effacé toute trace de leur passage et se dirigea vers la porte.

– Oui! s'exclama-t-il. J'ai toujours trouvé ça terrifiant. En fait, je crois que c'est le but.

Il lui emboîta le pas – ses écailles étaient toutes sèches et raides, ça faisait bizarre. Mais c'était cool quand même, comme s'il portait un masque pile à sa taille.

– Ah! s'exclama-t-elle. C'est pour s'assurer que vous

respectiez les règles. Pauvres petits Ailes de Soie ! Et toutes les écoles font ça ?

– Je pense.

– Ils passent beaucoup de temps à vous faire peur ainsi ? Exprès ?

Il haussa ses bourgeons d'ailes. Il avait du mal à se concentrer sur la conversation parce qu'ils étaient arrivés dans le hall d'entrée de l'école.

À travers les deux étroites fenêtres, de chaque côté de la porte, il apercevait les formes dinosauresques des structures de jeu – là où les Ailes de Guêpe s'étaient soudain rués sur lui tout à l'heure. Désormais, le square était désert, et les jeux gisaient tels des squelettes de baleines échoués au fond de la mer.

Criquette colla son museau contre la vitre pour regarder dehors.

– Je ne vois personne, chuchota-t-elle.

Elle hésita, battant nerveusement de la queue en scrutant le parc.

Le cœur de Blue cognait frénétiquement, comme un insecte qui se jette contre les parois de sa prison de verre. Il s'aperçut alors que Criquette était dans le même état que lui. Elle n'était jamais sortie pendant que ses congénères étaient en mode zombie. Elle était aussi terrifiée que lui.

– Je passe devant, décida-t-il.

– Tu es sûr ?

Elle fixa ses écailles peintes d'un œil inquiet.

– Mais…

– Ne t'en fais pas. J'ai un super camouflage, je te rappelle. Si les Ailes de Guêpe sont encore sous l'influence de la reine Frelonne, ils verront tout de suite que tu n'es pas en mode zombie, en revanche, avec un peu de chance, ils ne remarqueront pas un Aile de Soie quelconque qui traverse le parc. Je te ferai signe quand je serai certain que la voie est libre.

Elle hésita encore un instant avant d'acquiescer. Il prit une profonde inspiration, poussa la lourde porte et descendit les marches du perron.

CHAPITRE 11

Blue traversa le parc à pas prudents en regardant tout autour de lui, sans voir aucun dragon. Arrivé devant l'ouverture, il contempla les lunes nuageuses et la savane qui bruissait.

Qu'était devenue Io ? Avait-elle réussi à s'échapper ?

Il n'avait aucun moyen de le savoir. Rien n'aurait pu laisser supposer qu'une monstrueuse chasse au dragon avait eu lieu dans cet endroit désert et silencieux.

Tête baissée, il revenait vers l'école quand, à mi-chemin, il repéra un dragon surgissant d'une rue adjacente. À demi caché dans l'ombre, celui-ci ramassa un jouet oublié sur l'une des structures et s'arrêta en voyant Blue.

– Tu ferais mieux de rentrer chez toi, fit-il d'une voix sèche. La traque recommencera dès l'aube.

– Oui, monsieur.

Blue reprit sa route d'un pas pressé tout en observant l'inconnu du coin de l'œil. Celui-ci marmonna quelques mots et s'en fut. À la lueur des lampadaires, Blue aperçut des rayures noires sur son dos.

Un Aile de Guêpe. Visiblement maître de ses faits et gestes. La reine avait donc libéré le clan de son emprise, pour le moment.

Blue attendit que le dragon soit hors de vue avant de faire signe à Criquette. Elle se faufila hors de l'école et tous les deux filèrent dans les rues désertes afin de rejoindre la spirale extérieure.

À l'intérieur de certaines maisons, Blue vit des lumières briller, des dragons vaquer à leurs occupations. Il se demanda quand la reine les avait libérés. Combien de temps avait-il fallu aux familles pour se retrouver et dans quel état d'esprit étaient-ils? Certains en voulaient-ils à leur reine? Ou était-ce à lui qu'ils en voulaient d'avoir gâché leur soirée? Ou bien se sentaient-ils utiles et fiers d'avoir participé à la traque d'un dangereux criminel?

«Moi, un dangereux criminel! Alors que tout ce que j'ai toujours voulu, c'est éviter les ennuis… Une minute…»

– Cet Aile de Guêpe, dit-il à voix basse. Il a dit que la traque reprendrait dès l'aube.

– Oh oh, fit Criquette. Alors on a intérêt à se dépêcher si on veut garder un peu d'avance.

LES ROYAUMES DE FEU

Il y avait des gardes avachis à l'entrée de la spirale, mais leurs regards glissèrent sur les couleurs ternes de Blue, notèrent le museau hautain de Criquette, et ils s'écartèrent, indifférents. La dragonnette passa la première, suivie de Blue, tête basse, comme un domestique docile escortant sa maîtresse pour une promenade nocturne.

Elle s'arrêta quelques niveaux plus haut et se tourna vers lui.

Il acquiesça.

– Par ici.

C'était l'un des seuls niveaux fermés par une grande porte. Celle-ci n'était jamais verrouillée cependant : personne ne risquait de s'échapper, en fait. Blue supposait qu'elle était là surtout pour éviter aux Ailes de Guêpe d'apercevoir malencontreusement les prisonniers en passant d'un niveau à l'autre.

Criquette poussa la porte et ils se retrouvèrent sur un sentier sommairement pavé. Elle fit la grimace en posant la patte sur les pierres mal taillées, puis leva la tête vers les colonnes qui bordaient le chemin.

D'habitude, quand Blue venait ici, c'était avec un groupe de dragonnets de soie qui avançaient, les yeux écarquillés, muets de terreur. Il traînait toujours dans les derniers rangs pour ne pas voir les prisonniers de trop près. Pourtant, on ne pouvait pas les rater : perchés sur leur piédestal de pierre, ils étaient exposés aux regards de tous.

Le sentier rocailleux serpentait à travers tout l'étage, contournant des talus sommaires, avant de revenir à son point de départ. Entre les piédestaux des prisonniers se dressaient des pierres gravées rappelant les règles des guêpiers et les châtiments encourus par ceux qui les enfreignaient, chantant les louanges de la reine Frelonne ou reprenant des citations célèbres sur l'obéissance, la sécurité et la communauté. Certaines étaient attribuées à Clairevue en personne. Blue l'avait toujours appréciée car elle semblait aussi respectueuse des règles que lui.

Chaque piédestal était éclairé par un petit spot et accompagné de la liste des crimes du prisonnier avec moult détails sordides.

Ce soir-là, les premiers piédestaux du sentier des Délinquants étaient vides, mais en avançant, ils aperçurent des silhouettes sur les suivants. Criquette fit un bond en arrière et marcha sur la patte de Blue quand elle se retrouva face au premier, à seulement quelques pas devant elle.

– Oups, désolée, murmura-t-elle. C'est… c'est… un vrai dragon ? Ou une statue ? Non, je l'entends respirer, il me semble.

– C'est une vraie dragonne, confirma Blue. Une Aile de Soie, mais pas Bombyx.

Elle n'était pas du tout de la même couleur que son ami – en majorité blanc et marron, tachetée de vert.

D'un œil circonspect, Criquette contempla la prisonnière immobile durant un long moment.

– Elle ne bouge pas du tout.

– Elle ne peut pas, expliqua Blue. Ils ne peuvent pas
remuer un muscle.

Ils s'approchèrent des piédestaux occupés et levèrent
les yeux pour observer les délinquants paralysés.

Cellules et menottes n'avaient aucune utilité sur le
sentier des Délinquants. À la place, la reine Frelonne
avait formé une unité d'élite Aile de Guêpe, dont tous
les membres possédaient un venin neurotoxique dans
la queue ou les griffes. Une fois piqué, le prisonnier était
dans l'incapacité de bouger durant toute une journée.

– J'avais lu des articles là-dessus, murmura Criquette
en rajustant ses ailes, mal à l'aise, mais… ce n'est pas ce
que je m'étais figuré.

Blue poursuivit son chemin. Il vérifiait la couleur de
chaque prisonnier d'un bref coup d'œil en s'efforçant
de ne pas se laisser happer par leur expression. C'était
difficile : nombre d'entre eux étaient figés dans un rictus
de rage ou de terreur. La plupart avaient été paralysés
alors qu'ils se débattaient ou tentaient de s'enfuir, si
bien qu'ils étaient pétrifiés dans une position étrange.

Ils passèrent devant un dragon de soie rose pâle aux
ailes semblables à des pétales de rose, les pattes tendues
dans un geste suppliant, comme s'il demandait grâce, le
museau trempé de larmes. Ils virent un Aile de Guêpe

écarlate, accroupi dans une posture défensive, montrant les dents. Une autre Aile de Soie, dans les tons turquoise et bruns, avait dû être paralysée alors qu'elle tentait de prendre son envol, le cou tendu vers le plafond, les ailes à demi déployées – elle aurait sûrement de terribles courbatures lorsqu'elle retrouverait sa mobilité.

– Je pensais qu'ils dormaient, dit Criquette d'une petite voix. Que le venin les assommait, les plongeait dans le coma un moment.

Elle jeta un coup d'œil au dragon suivant et détourna vite les yeux.

– Mais là… ils sont toujours conscients, n'est-ce pas ? Ils voient que tout le monde les regarde… Tu crois qu'ils souffrent ?

– Oui, confirma Blue. D'après Bombyx, la piqûre est extrêmement douloureuse, comme si tous tes nerfs étaient en feu. Petit à petit, la douleur s'estompe, mais tu restes paralysé, tu ne peux pas fuir, ni même remuer un cil, le temps que les effets du venin se dissipent.

Voilà pourquoi le sentier des Délinquants revenait fréquemment dans ses cauchemars.

– Je ne savais pas…, avoua-t-elle. C'est fou, ça se passe dans notre guêpier et je n'en avais aucune idée. Je suis vraiment idiote.

– Je ne trouve pas.

Au détour d'un virage, Blue étouffa un cri.

– Là-bas ! C'est Bombyx !

Il fonça à toute allure et s'arrêta juste devant son piédestal.

Son ami avait été paralysé les ailes déployées, la queue fouettant les airs. Il tendait la patte, toutes griffes dehors comme pour défigurer son adversaire. Il faisait un peu peur, à vrai dire. Il avait l'air grave et déterminé, comme si c'était sa dernière chance de sauver le monde.

– Salut, fit Blue.

Même s'il ne pouvait pas répondre, Bombyx l'entendait.

– C'est moi, Blue. Et voici Criquette. On vient pour…

Il se tourna vers son amie pour demander :

– Qu'est-ce qu'on va faire ? Le soulever et l'emporter comme ça ?

Elle plissa le museau, retrouvant son regard malicieux pour la première fois depuis qu'ils avaient posé une patte sur le sentier des Délinquants.

– Avec ce plan, on ne risque pas du tout de se faire remarquer, c'est sûr.

Elle s'accroupit, ouvrit son sac et déballa ses fioles en verre. Elles étincelaient comme de précieuses goutte-lettes de pluie sur des pétales de fleur.

– J'ignore si ça va fonctionner, dit-elle en remontant ses lunettes sur son museau. J'avais prévu de devoir le tirer du coma… mais finalement, ça, ce sera peut-être mieux.

Elle sélectionna un liquide vert pelouse et jeta un regard anxieux à Blue.

– C'est l'antidote qu'on utilise pour les plantes qui ont été intoxiquées.

– Pour les plantes ? s'écria-t-il. Et c'est sans danger pour les dragons ?

– Je crois, dit-elle. Enfin, je ne sais pas vraiment. De toute façon, ça ne risque pas de lui faire plus de mal.

Ce n'était pas franchement rassurant comme réponse. Blue leva les yeux vers Bombyx, dans l'espoir que son ami lui adresse un petit signe. Était-il d'accord pour avaler le mystérieux antidote de cette Aile de Guêpe inconnue ? Ou préférait-il qu'on le laisse tranquille ?

« Comme si je ne le savais pas ! Bombyx serait prêt à tout pour sauver Selena. C'est moi qui suis trop trouillard pour prendre le moindre risque. »

– Tu veux bien que j'essaie l'antidote sur lui ? demanda Criquette. Je comprendrais parfaitement que tu refuses.

– Non, vas-y. On n'a pas le choix.

Il jeta un regard en arrière, vers le sentier désert.

Tout le guêpier était sûrement en train de se remettre de l'épisode zombie, voilà pourquoi il y avait si peu de dragons dehors. Mais la reine risquait de reprendre le contrôle de ses sujets à tout moment. Seuls avec Criquette, ils n'arriveraient pas à sortir du guêpier. Avec Bombyx, ils avaient peut-être une chance.

Ensuite, Bombyx pourrait aller délivrer Selena. Il était fort, courageux et il n'avait pas peur des soldats Ailes de Guêpe.

– Très bien, déclara Criquette. Bon… comment je vais m'y prendre ? Réfléchissons.

Elle farfouilla dans son sac et en tira la pince qu'elle avait utilisée pour saisir le filament de soie de feu à la bibliothèque. Blue n'avait même pas remarqué qu'elle l'avait emportée.

– Trouve-moi une grosse pierre, lui dit-elle.

Ce n'était pas trop difficile dans le coin. Il dénicha un pavé branlant et réussit à le desceller. Il le rapporta à Criquette. Elle battit des ailes deux, trois fois, juste assez pour s'élever dans les airs jusqu'au spot qui était au-dessus de Bombyx puis fit du surplace au-dessus de sa tête.

– Tu peux lui cacher les yeux ? demanda-t-elle. Et les tiens aussi.

Blue se hissa tant bien que mal sur un coin du piédestal, puis se pencha en avant pour poser ses pattes sur les yeux de son ami. Puis, docilement, il ferma les paupières.

Il entendit un gros *crac !* et sentit une pluie d'éclats de verre sur son museau. Il secoua la tête et la leva, entrouvrant les yeux, un peu ébloui par une vive lueur.

– Oups, désolée. Ça va ? s'inquiéta Criquette.

Il acquiesça. Elle avait brisé l'ampoule et s'efforçait d'en retirer le filament avec sa pince. Blue ne pouvait le fixer sans être aveuglé.

Ça y était, elle l'avait saisi. Le dragonnet sauta à terre et elle prit sa place sur le piédestal. Comme pour lui, avec d'infinies précautions, elle brûla le bracelet d'identité. Blue croisa le regard de Bombyx quand le lourd jonc de métal tomba avec fracas. Il vit ses yeux briller de joie, et ce n'était pas le fruit de son imagination.

– Bien… c'est l'instant de vérité, annonça-t-elle. Tu peux me passer la fiole ? Fais bien attention.

Il la déboucha et la lui tendit en la tenant fermement dans ses griffes jusqu'à ce qu'elle s'en saisisse.

– Maintenant, retiens ton souffle, dit-elle. Seule Clairevue sait quels peuvent être les effets de cette potion sur nous. C'est trop cool comme expérience. J'ai l'impression d'être une vraie scientifique ! Pas toi ?

Elle prit une profonde inspiration avant de laisser tomber le filament de soie de feu dans la fiole.

Le liquide se mit à bouillonner furieusement. Criquette saisit la fiole avec sa pince et la brandit sous les naseaux de Bombyx. Une volute de fumée verte s'en échappa et nimba le museau du dragonnet d'un nuage émeraude.

Blue fixait son ami, le cœur battant.

CHAPITRE 12

« Faites que ça fonctionne, priait Blue. Pitié, pitié, pitié, pourvu que ça ne lui fasse pas de mal. Clairevue, si vous nous écoutez, délivrez Bombyx. »

Ils attendirent ce qui leur sembla une éternité, tous les trois figés sur place.

Soudain, Bombyx s'ébroua, chassant Criquette du piédestal d'un coup d'aile. Blue la rattrapa de justesse. La fiole tomba, se brisa et le reste de liquide vert grésilla sur les pavés. Criquette s'empressa de reprendre la soie de feu avec sa pince et remit le filament dans une petite jarre en pierre qu'elle referma hermétiquement.

Bombyx laissa échapper un cri étouffé. Il serra les dents. Ses paupières se fermèrent. Et, lentement, il baissa sa patte qui était en l'air en la secouant comme s'il avait des fourmis.

– Bombyx ? fit Blue, anxieux.

– Blue, répondit-il d'une voix rauque.

Il rouvrit les yeux et fit doucement pivoter sa tête dans leur direction. Les effets du venin s'estompèrent petit à petit, libérant progressivement sa tête, son dos, ses ailes et enfin sa queue.

– Ça va ? s'inquiéta Criquette. Tu te sens bizarre ? Comment va ton museau ? J'espère que ça ne t'a pas fait mal, mais c'est possible, je ne sais pas, les plantes ne nous disent pas si elles souffrent. Tu as la tête qui tourne ? Tu respires bien ?

Bombyx porta la patte à son cou strié d'un filet de sang séché.

– Ça va, réussit-il à articuler.

– Euh… Criquette, c'est normal que ses yeux soient verts ? s'affola Blue.

Le blanc de ses yeux, autour de ses iris bleu foncé, était en effet devenu vert pâle, à peine plus clair que le liquide de la fiole.

– Oh, c'est fascinant ! commenta-t-elle. Comment ça se fait ? Est-ce que ça affecte ta vue ? Tu vois bien ?

Il cligna des paupières à plusieurs reprises.

– Un peu verdâtre. Non, attendez ! Ça ne va pas du tout ! Blue n'est pas de la bonne couleur.

– Ah, non, c'est juste de la peinture, ne t'en fais pas, le rassura son ami.

Bombyx s'accroupit en faisant le dos rond comme un

félin. Il déploya ses ailes, sauta du piédestal et s'affala par terre.

– Ouh là, fit-il. Mes pattes ne m'obéissent pas bien.

Il se laissa tomber sur son derrière et les contempla, sourcils froncés.

– Hum ! Je suis fâché, les pattes !

– Criquette, tu es un génie ! s'exclama Blue. Ça a marché ! Je n'y crois pas !

– Je n'en reviens pas non plus, avoua-t-elle. Je devrais écrire un article là-dessus. Non, plutôt un livre. Franchement, c'est une découverte scientifique extraordinaire, non ? On pourrait…

Elle s'interrompit, réalisant ce qu'elle était en train de dire.

– Euh, non, en fait, vaut mieux pas…

– La reine n'apprécierait guère, je pense, acquiesça Blue.

Bombyx les regarda, les yeux brillant d'un nouvel éclat émeraude.

– Moi, je connais des dragons que ça intéresserait beaucoup.

Sa voix était encore légèrement pâteuse.

– Beaucoup beaucoup, même.

« Il veut parler de la Chrysalide ? » se demanda Blue.

Il jeta un regard en arrière, vers les autres dragons pétrifiés.

« S'ils savaient comment Criquette a procédé,

viendraient-ils pour tous les libérer ? Et alors… que se passerait-il ? »

Il imagina les prisonniers s'éveillant sur leur piédestal, tout verts comme Bombyx, soudain libres… et furieux. S'en prendraient-ils aux soldats Ailes de Guêpe ? Ou s'empresseraient-ils de fuir ?

« Quel est le but de la Chrysalide, en fait ? »

Bombyx s'ébroua.

– Blue ! Waouh ! Ça alors ! Je n'arrive pas à croire que tu aies fait ça. Je n'en reviens pas. T'es incroyable. Plein de surprises !

Il ouvrit et ferma plusieurs fois la gueule comme pour tester les muscles de ses mâchoires.

– Enfin, je veux dire… de tous les dragons qui auraient pu venir me délivrer, tu es bien le dernier que je m'attendais à voir ! Toi et cette drôle de petite Aile de Guêpe. Mais merci ! Au fait, je vous ai remerciés ? Je l'ai pensé, en tout cas. Je devrais peut-être le dire à haute voix plusieurs fois.

Il posa sa patte sur l'épaule de Blue puis le relâcha en faisant un drôle de petit bond de côté. Il semblait déborder d'énergie.

– Io a voulu m'aider à fuir le guêpier, expliqua Blue, mais on a dû se séparer. Heureusement que Criquette était là…

– Ça va ? s'inquiéta la dragonnette en observant Bombyx. Comment tu te sens, là ?

– Et Selena, qu'est-elle devenue ? demanda celui-ci, concentrant toute son énergie dans cette question.

Blue secoua la tête.

– Je ne sais pas… On pense qu'ils l'ont emmenée là où la reine retient tous les Soies de Feu. Sans doute à l'intérieur du guêpier royal ou à proximité.

– C'est donc notre prochaine étape, annonça Criquette.

Blue la toisa, surpris.

« Elle a l'air décidée à venir, alors. »

Il n'osa pas poser la question de peur de tout gâcher, mais il lui sourit et elle lui rendit son sourire.

– Il nous faudrait des renforts, dit Bombyx.

Il fouettait l'air de sa queue, ouvrait et refermait ses serres, dressait et plaquait ses oreilles. Tout cela mécaniquement, sans s'en rendre compte. Même ses antennes s'enroulaient et se déroulaient sans arrêt.

– Ça nous serait utile. Je pourrais contacter…

– La Chrysalide ? compléta Criquette. Mais comment les trouver ? Qu'est-ce qu'ils pourront faire pour nous aider ?

Il plissa les yeux, soupçonneux.

– Où as-tu entendu parler de la Chrysalide ?

– Elle ne les connaît que de nom, s'empressa de préciser Blue. Rien de plus. Comme moi, d'ailleurs.

– Et ça vaut mieux, gronda Bombyx.

Ses ailes se déployèrent brièvement avant de se replier.

– Voyons… Ça risque de prendre un moment. Laisser un message, attendre la réponse. Il faut qu'on trouve où se cacher en attendant.

– Blue n'a pas le temps, affirma Criquette. Il faut qu'il quitte le guêpier au plus vite et que, à l'aube, il soit déjà loin. Car dès le lever du soleil, la reine reprendra le contrôle des esprits et enverra tout le clan à ses trousses.

– Tu peux rester pour contacter la Chrysalide, si tu veux, proposa Blue.

– Nous, on part immédiatement, décréta Criquette.

« *Nous*, pensa Blue, le cœur battant. Criquette et moi. »

– À la recherche de Selena ? demanda Bombyx.

Blue hocha la tête.

– Alors je viens avec vous, annonça le jeune Aile de Soie, surexcité.

Il fit jouer les muscles de ses ailes et se mit à sautiller sur place. Soudain, il se rua sur le piédestal comme s'il voulait le renverser d'un coup d'épaule.

– Bombyx ! s'écria Blue.

Le dragon le regarda en souriant. Une large fissure apparut dans la pierre.

– T'as vu ce que j'ai fait ! J'ai l'impression que je pourrais déplacer des montagnes. Toutes les colonnes ! Les maisons ! Le guêpier entier !

– Du calme, du calme ! s'affola Blue. Criquette ? C'est normal ?

La dragonnette écarquilla les yeux.

– Aucune idée. Ce que je lui ai administré, c'est une sorte de stimulant… Ça fortifie les plantes, en effet… elles poussent plus vite…

– OUI! rugit-il. Je me sens plus FORT! Plus rapide!

Il tourna les talons pour piquer un sprint sur le sentier.

– Oh oh…, murmura Criquette. D'habitude, il n'est pas comme ça?

– Non! s'écria Blue. C'est trop bizarre.

– Hum… et, à ton avis, ça va durer combien de temps?

– Comment veux-tu que je le sache?

Un gros *CRAC!* retentit derrière eux. *BOUM! VLAN!*

– HA HA HA! rugit Bombyx.

Blue courut le rejoindre, Criquette sur les talons.

Ils le trouvèrent en train de soulever de gros rochers d'une seule patte pour les jeter sur le mur extérieur du guêpier. Bien que paralysés, les prisonniers les plus proches paraissaient paniqués.

– Qu'est-ce que tu fabriques? le questionna Blue en lui prenant la patte.

– Une porte! répliqua Bombyx. Je travaille sur les chantiers, tu sais. C'est mon boulot!

Il souleva un autre rocher, que Blue aurait été bien en peine de déplacer, et le balança contre la paroi.

L'écorciment commençait déjà à se fendiller.

– Hé, SAUTEREAU! hurla Bombyx. Regarde, comme je travaille dur! T'es content, maintenant?

– Bombyx, je t'en prie, tais-toi, supplia Blue.

– Je crois bien que c'est trop tard, commenta Criquette en jetant un coup d'œil dans leur dos.

– Prends ça !

Bombyx souleva une énorme stèle de pierre et la jeta de toutes ses forces. Elle traversa le mur d'écorciment et disparut de leur vue.

Horrifié, Blue fixa le trou béant d'où montait un nuage de poussière de bois.

« C'est du vandalisme ! Destruction du bien public du guêpier. Il y a sûrement une loi contre ça. Si ça se trouve, elle était même gravée sur la tablette que Bombyx vient de lancer. »

À travers le trou, il apercevait les nuages argentés par la lueur des lunes et, au loin, les lumières d'un autre guêpier.

« Où des dragons passent une soirée tranquille – sans avoir besoin de se maquiller ni de se cacher pour échapper à des zombies, ni de voir leurs amis perdre la boule. »

– En avant ! hurla Bombyx en fonçant dans l'ouverture.

– Impossible, paniqua Blue. On est trop haut. Je n'ai pas d'ailes, je te rappelle.

– Je vais te porter ! proposa son ami avec entrain. Je suis aussi fort que dix dragons ! Je peux même vous porter tous les deux !

– Pas question, merci, répondit Criquette. Mes deux ailes sont en parfait état de marche.

Elle se tourna vers Blue.

– Je crois qu'il vaut mieux sortir par ici, non ? On ne peut pas repartir par où on est venus. Le vacarme a dû alerter les gardes, ils ne vont pas tarder à rappliquer…

– Tu es sûre que tu veux venir ? Tu peux encore rentrer chez toi. Bien en sécurité. Au lieu de t'embarquer dans cette histoire…

– Et ne jamais savoir ce que vous allez devenir ?

Elle rajusta ses lunettes et lui sourit.

– Tu plaisantes ?

Bombyx battit des ailes.

– Décollage imminent, minus !

– Par tous les guêpiers, Bombyx, qu'est-ce qui t'arrive ?

Pour toute réponse, le jeune dragon l'attrapa au lasso avec un fil de soie. Il l'attira près de lui et tissa les fils de sorte à former un harnais qu'il attacha à lui. Blue remarqua alors que sa soie avait également pris une teinte verdâtre.

– Je ne suis pas sûr que ce soit une bonne idée, marmonna-t-il, tout stressé, tandis que Bombyx l'attrapait par la poitrine.

Il était si près du trou qu'il voyait l'herbe onduler loin, très loin en dessous de lui.

– Je ne suis pas spécialement léger, et on est très haut et…

– LUNE, NOUS VOILÀ ! brailla Bombyx en s'élançant dans les airs.

L'estomac de Blue joua les yo-yos lorsqu'ils plongèrent

vers le bas, puis virèrent sur le côté et remontèrent aussitôt pour finalement repartir de l'avant à toute allure.

Le vent lui giflait le museau. Il faisait froid et noir dehors, après la chaleur du guêpier. Il jeta un coup d'œil en contrebas et vit Criquette planer en dessous d'eux.

– Vous avez compris? fit Bombyx d'un ton malicieux. Parce que Selena, ça vient de « lune » en langue ancienne. Donc c'est une façon codée de dire qu'on va rejoindre Selena. Astucieux, non?

Il n'arrêtait pas de jacasser comme s'il ne pouvait contenir le flot de paroles qui sortaient de sa bouche.

Blue jeta un nouveau coup d'œil en arrière et distingua la silhouette massive du guêpier des Cigales, surmontée de toiles argentées. Il pensa à Pimprenelle et à Silverine, qui dormaient seules dans leur alvéole pour la première fois depuis l'éclosion de Selena. Avaient-elles réussi à trouver le sommeil? Ou bien l'inquiétude les empêchait-elle de fermer l'œil?

« Les reverrai-je un jour? »

Sa maison s'éloignait derrière lui, et il ignorait ce qui l'attendait droit devant.

Il savait seulement qu'il ne pouvait pas faire demi-tour. Il contempla donc l'étendue sombre de la savane en laissant ses amis l'emporter dans la nuit.

Guêpier des Tsé-?

Lac du Scarabée

Guêpier
des
Vinaigriers

Guêpier
des
Frelons

Guêpier
des
Cigales

Guêpier
des
Mantes

DEUXIÈME PARTIE
HORS DU GUÊPIER

CHAPITRE 13

Ils voyagèrent toute la nuit. Dès que l'une des lunes sortait des nuages, ils plongeaient pour voler en rase-mottes au-dessus de la savane et éviter de se faire repérer.

Bombyx avait décidé de couper à travers le cercle des guêpiers pour foncer droit sur le guêpier royal – logique, c'était la trajectoire la plus courte, mais elle les entraîna dans une partie de la savane où les dragons s'aventuraient rarement. Dans les herbes hautes et sauvages rôdaient des silhouettes sombres. Des hurlements, des grognements, des cris à vous glacer les sangs résonnaient dans la nuit, couvrant un instant le bourdonnement incessant des insectes.

Une fois qu'il eut surmonté sa peur, Blue se laissa bercer par les battements d'ailes réguliers de Bombyx. Son ami infatigable volait sans s'arrêter. Blue craignait que Criquette ne parvienne pas à le suivre. Il essaya de l'appeler plusieurs fois, mais le vent emporta sa voix.

Au bout d'un long moment, il commença à distinguer les contours des buissons en contrebas, grisâtres et fantomatiques. Levant les yeux, il repéra une bande lumineuse jaune pâle qui se déployait rapidement à l'horizon. Il prévint Bombyx :

– L'aube approche.

– On ferait bien de trouver une cachette où passer la journée car ils vont nous traquer sans relâche, répondit son ami. Il nous reste encore pas mal de trajet jusqu'au guêpier royal. De toute façon, mieux vaut arriver de nuit. C'est l'heure des héros !

– Criquette ! lança Blue en essayant de se retourner.

– Se cacher ? haleta-t-elle. Oui, bonne idée. Où ça ?

Elle avait l'air épuisée, mais elle battait toujours vaillamment des ailes.

« Où ça ? »

Blue scruta la savane aussi loin que portait son regard, tout autour d'eux. L'herbe jaunie ondoyait à perte de vue, seulement interrompue par quelques arbustes malingres, des carrés de terre nue ou le lit serpentant d'une rivière. La saison des pluies approchait, et le sol était extrêmement sec. Il n'y avait rien d'assez grand ni d'assez large pour se cacher derrière, dedans ou dessous. Les patrouilles Ailes de Guêpe n'auraient aucun mal à les repérer du ciel.

– On se déguise en brins d'herbe? proposa Bombyx. Ou en arbustes? NON, ON SE DÉGUISE EN ÉLÉPHANTS? OUAIS, BONNE IDÉE, ALLONS-Y!

– Le fortifiant fait encore effet, constata Blue.

– Ou alors, je pourrais tisser une toile, proposa Bombyx. Une toile immense, assez grande pour nous cacher dessous. Comme ça, ils croiront qu'il y a une invasion d'araignées géantes dans la savane. SUPER PLAN, NON?

– Et si… on poussait… un peu plus loin? proposa Criquette d'une voix haletante. On trouvera peut-être une cachette par là-bas.

Blue fixait le sol sans oser cligner des yeux un seul instant. Sur sa gauche, il vit un troupeau de petits cervidés à grandes oreilles bondir à travers la prairie, dont l'herbe était plus rase par ici. Un échassier gris et blanc à long cou marchait lentement dans le lit d'une rivière, ignorant les petits oiseaux qui se perchaient sur son dos ou se posaient entre ses hautes pattes pour picorer le sol nu.

La gorge de Blue se serra alors qu'ils continuaient à avancer dans un ciel de plus en plus clair. Il n'y avait nulle part où se cacher. C'était une erreur. Ils n'auraient jamais dû s'enfoncer dans la savane.

Le soleil se leva alors à l'horizon, et il aperçut au loin la silhouette imposante d'un guêpier.

Le guêpier royal.

Son cœur s'emballa.

C'était là que vivait la reine Frelonne. Le plus grand et le plus somptueux des guêpiers. Qui abritait le temple où la bibliothécaire vénérait et protégeait le Livre de Clairevue. Un guêpier bien gardé, haut lieu du pouvoir et des secrets.

Où la reine détenait sans doute sa sœur… et son père, et les autres Soies de Feu.

« Non, mais on a vraiment l'intention de faire ça ? s'affola-t-il soudain. Qu'est-ce qu'on s'imagine ? Qu'on va réussir à s'introduire dans le guêpier royal, rien que ça, et découvrir un endroit que la reine tient à garder secret ? »

Afin de rejoindre Criquette, Bombyx opéra un virage serré qui lui retourna l'estomac.

– Mieux vaut ne pas s'approcher davantage. Frelonne pourrait aussi envoyer une patrouille de son propre guêpier à nos trousses si elle est paranoïaque – ce qui ne fait aucun doute, et c'est bien normal parce que…

Il s'interrompit, secoua la tête plusieurs fois et conclut abruptement :

– Parce que PARCE QUE, voilà.

– Mais où nous cacher ? Il n'y a rien du tout dans le coin, se désespéra la dragonnette. J'ignorais que c'était comme ça.

Elle avait l'air épuisée, aux abois. Blue se sentit coupable de l'avoir entraînée dans cette galère. Il essaya de s'imaginer ce qu'elle pouvait ressentir : partir si loin de chez elle pour aider deux fugitifs Ailes de Soie, sachant ce qui l'attendait si elle se faisait prendre en leur compagnie.

– C'est quoi, là-bas ? demanda-t-il soudain en tendant une griffe.

Il avait repéré une entaille plus sombre zébrant l'étendue sans fin d'herbe jaunie et de terre desséchée.

– On va voir, on va voir ! décréta Bombyx.

Deux battements d'ailes plus tard, il survolait l'endroit en question.

« C'est un trou, se dit Blue. Un grand trou. »

On aurait dit que la terre s'était brutalement affaissée, créant une sorte de faille où, entre deux rochers couverts de mousse, de hautes plantes au feuillage vert s'efforçaient d'atteindre la lumière du soleil. Même lorsqu'ils se posèrent au bord pour regarder à l'intérieur, ils n'en virent pas le fond. Les rochers obstruaient la vue et, de toute façon, tout était noir.

Bombyx se servit de ses griffes pour couper les fils de soie qui l'attachaient à Blue. Le dragonnet fit quelques pas chancelants et secoua ses pattes pour faire revenir la circulation du sang.

– Ça va, Criquette ? s'inquiéta-t-il.

Elle était couchée au bord du gouffre, retenant ses lunettes de la pointe d'une griffe, le cou tendu pour voir à l'intérieur.

– Très bien, lui assura-t-elle. C'est quoi, à ton avis? Je me demande ce qui a pu créer ce trou… Tu penses que c'est profond? Qu'est-ce qu'il y a tout au fond? Tu as déjà vu un truc pareil?

– Je n'ai pas souvent mis les pattes dans la savane non plus, avoua-t-il. J'ignorais que ce genre de faille existait.

– Tu crois qu'on peut descendre à l'intérieur? demanda-t-elle en se tournant vers Bombyx.

Elle avait les yeux brillants, comme si sa fatigue s'était instantanément évaporée. L'excitation de la découverte lui avait donné un coup de fouet.

– Je ne sais pas, répondit-il en sautant d'une patte sur l'autre, toujours débordant d'énergie. Je suppose qu'ils vont fouiller par ici, vu que c'est le seul endroit où se cacher. On risque de se retrouver piégés au fond, sans issue. Du coup, je pense que mon plan est mieux. C'est génial, les éléphants. Je peux sans problème me faire passer pour un pachyderme.

Il prit une position étrange, sans doute censée lui donner une allure éléphantesque.

– Et toi, qu'est-ce que tu en dis, Blue? le questionna Criquette.

Bombyx n'avait pas tort, c'était risqué… mais où pouvaient-ils aller sinon? Il jeta un coup d'œil par-dessus son épaule à la silhouette lointaine du guêpier royal.

L'espace d'un instant, il crut qu'il voyait à nouveau

flou, puis il pensa distraitement qu'une nuée tournoyait autour du guêpier… avant de comprendre avec un frisson d'horreur que ce bourdonnement provenait des dragons de guêpe qui surgissaient de toutes les ouvertures, provoquant un courant d'air ébranlant les toiles de soie.

L'aube était là. La traque avait recommencé.

– On descend là-dedans, décida-t-il. Vite, venez !

Criquette n'hésita pas : elle plongea aussitôt dans la faille, disparaissant dans l'obscurité. Bombyx saisit Blue sous les aisselles et s'élança également dans le vide.

Ils s'enfoncèrent toujours plus profond, évitant les parois couvertes de lichen et contournant les rochers qui se dressaient sur leur passage. Plus ils descendaient, plus l'air était frais et humide. La faille était de plus en plus étroite, Bombyx avait tout juste la place de déployer ses ailes.

« Et si c'est un trou sans fond ? paniqua Blue. Et si les Ailes de Guêpe débarquent avant qu'on soit arrivés tout en bas ? »

Connaissaient-ils l'existence de cette faille ? Combien de temps Blue et ses compagnons avaient-ils devant eux avant que leurs poursuivants ne viennent la fouiller ?

Enfin, en contrebas, Blue aperçut des rochers qui s'amoncelaient pour former une sorte de sol. Ce n'était qu'un amas de pierres, mais ils pouvaient se poser dessus. Et ça semblait bien être le fond du trou. Bombyx le déposa délicatement avant d'aller se percher sur un gros rocher pour s'étirer les ailes. Blue leva le museau vers la fine bande de lumière tout là-haut, puis chercha Criquette des yeux.

Il remarqua alors que la faille communiquait avec une sorte de tunnel. C'était le seul endroit où la dragonnette avait pu aller. Il s'y engouffra donc à contrecœur. Au bout de quelques pas, le tunnel débouchait dans une caverne, si faiblement éclairée qu'il n'aurait su évaluer sa taille. Il distinguait le *plic-ploc* de l'eau qui goutte, quelque part au-dessus de sa tête.

– Criquette ? souffla-t-il.

– Par ici.

Elle surgit de l'obscurité et frôla son épaule avec ses ailes.

– Cette grotte est gigantesque ! Surtout, fais bien attention où tu mets les pattes, parce qu'il y a un lac, par là. Un lac souterrain, Blue ! Sous la savane ! Qui aurait pu le deviner ? C'est dingue, non ? Et il y a un autre truc bizarre, j'ai l'impression, mais on n'y voit rien…

Elle le guida dans le noir jusqu'à ce qu'il sente de l'eau lui lécher les griffes. Deux ou trois pas plus tard, il se cogna dans quelque chose.

Il fit un bond en arrière, croyant qu'il s'agissait d'une créature vivante, mais Criquette saisit la chose à tâtons et la lui mit entre les pattes : il s'agissait d'un objet assez volumineux qui flottait à la surface du lac. Il était retenu par une corde nouée autour d'une grosse stalagmite qui se dressait au bord de l'eau.

Une corde. Ce qui signifiait que quelqu'un était passé par là avant eux.

– C'est quoi, à ton avis ? chuchota-t-elle.

– Aucune idée.

– Quelqu'un a dû la laisser ici… peut-être pour transporter des choses sur l'eau. Mais alors pourquoi ne pas survoler le lac en les tenant dans ses serres ? C'est trop bizarre…

Blue distingua un bruissement d'ailes. Bombyx les avait rejoints.

– Je crois que j'ai entendu des voix là-haut, annonça-t-il. On peut aller plus loin ?

– On va voir, répondit Criquette dans un murmure à peine audible.

Ils progressèrent dans la caverne en longeant la paroi rocheuse, tout au bord du lac. Hélas, ce fut bientôt impossible de poursuivre : il n'y avait plus de rive, et ils durent patauger dans l'eau froide. C'était absolument terrifiant de s'enfoncer dans l'eau sans rien voir, mais tout de même moins que d'affronter les Ailes de Guêpe.

Blue ne put réprimer un frisson. L'eau montait petit à petit, lui mouillant les chevilles, puis les pattes, lui léchant le ventre, pour enfin recouvrir ses bourgeons d'ailes.

Il avait vu l'océan au loin depuis le sommet des toiles de soie, mais il ne s'était jamais plongé dans l'eau à ce point, et il ne savait évidemment pas nager. Si le lac devenait plus profond, il ne pourrait pas continuer.

– Il y a un tunnel par ici, annonça Criquette. Ou un renfoncement, quelque chose…

Des vaguelettes ridèrent l'eau quand elle s'éloigna puis revint lui prendre la patte. Blue tendit la queue pour que Bombyx l'attrape et laissa la dragonnette les guider sous un étroit passage voûté.

À sa grande surprise, il distingua la trace poisseuse de fils de soie au plafond et sur les parois. Criquette fit une courte pause, tendant le museau pour les examiner, intriguée, avant de reprendre sa progression.

Ils pataugèrent ainsi durant ce qui leur sembla une éternité, puis le tunnel s'incurva et ils aperçurent soudain devant eux, reflétée par la roche humide, la lueur rougeoyante d'un feu.

Blue se figea, posant la patte sur l'épaule de Criquette. Elle s'immobilisa également, étouffant un petit cri.

« Du feu.

Alors, c'est là ? Là que la reine Frelonne retient les Soies de Feu ?

À moins que… où a-t-on mis les pattes ? »

CHAPITRE 14

Blue se retourna vers Bombyx, dont il distinguait à peine le museau dans cette lueur rougeoyante. Le jeune dragon passa devant pour prendre la tête du groupe et ils avancèrent prudemment, pas à pas.

Le tunnel débouchait dans une autre grotte, dont le haut plafond était hérissé de stalactites. Des lignes orange et blanches striaient les parois, mêlées de veines de minerai scintillant noir et or. L'eau clapotait sur un rivage caillouteux avant de s'engouffrer dans un autre tunnel plus large. Les formations rocheuses ressemblaient à des queues de dragon et donnaient à la salle des allures de forêt pétrifiée.

La lueur orangée ne provenait pas d'un quelconque Soie de Feu mais d'un tas de petit bois qui brûlait au bord de l'eau.

Juste à côté, adossée à une stalagmite, Blue découvrit une créature qu'il n'avait jamais vue dans aucun livre sur les animaux à l'école.

On aurait dit une espèce de singe, en plus grand et moins poilu, à part une touffe sur le sommet du crâne. Dans ses petites pattes agiles, il tenait un objet qu'il fixait intensément. Une partie de son corps était drapée dans une sorte de cocon fait de fourrure de jaguar et de soie rouge foncé.

Au début, il ne sembla pas remarquer les trois dragons qui sortaient du tunnel : il était trop concentré sur ce fameux objet. Blue et Criquette échangèrent un regard perplexe. Elle avait l'air aussi surprise que lui, mais également enchantée par cette découverte.

C'est alors que Blue marcha sur une pierre qui roula sous ses pattes et trébucha dans l'eau, aspergeant les environs.

La créature releva la tête, écarquillant ses grands yeux marron, aussi ronds que ceux de Criquette. Il se mit debout d'un bond, révélant qu'il marchait sur deux pattes et non quatre, lâcha son précieux objet et tira un long couteau de son cocon de fourrure.

Les trois amis s'immobilisèrent. Dragons et créature se toisèrent longuement.

« Qu'est-ce qui se passe dans sa tête ? se demanda Blue. Est-il capable de penser ? Que sait-il des dragons ? Est-il gouverné uniquement par la peur ou peut-il éprouver d'autres émotions? Il a un mignon petit museau. Comme un marmouset… sauf que je n'ai jamais vu de singe armé d'un couteau. »

Parfois, un singe s'aventurait dans les toiles de soie en s'agrippant aux fils pour se hisser sur les ponts argentés. Une fois, Io avait passé toute la journée à jouer avec un jeune. Elle aurait voulu le garder, mais ses parents l'avaient obligée à le ramener dans la savane pour le relâcher. Ils craignaient que les Ailes de Guêpe ne le mangent s'ils le découvraient. Elle n'avait rien eu à répondre à cela.

Cependant, les pattes de ce singe-là ne semblaient pas faites pour grimper aux arbres ni pour se suspendre aux lianes. Il était accroupi, tapi comme une panthère, prêt à leur sauter dessus.

– Tu crois vraiment qu'il a l'intention de nous poignarder avec ça? chuchota Criquette.

Sa voix tira l'animal de sa transe. Il fit volte-face, slaloma entre les stalagmites et s'engouffra dans une fissure de la roche.

– Oh, non! gémit Criquette. Attends! Reviens!

Elle grimpa sur le rivage pour se lancer à sa poursuite.

Mais la fissure était trop étroite pour un dragon. Elle s'assit devant et y colla un œil.

– Je te promets qu'on ne te fera pas de mal, petit singe! Tu es de quelle espèce? Allez, reviens!

– Il était vraiment mignon, commenta Blue.

Il se hissa sur la rive, prenant garde de contourner le feu pour ne pas l'éteindre par mégarde. Après l'obscurité des salles précédentes, c'était agréable d'y voir un peu plus clair. Et il faisait bien plus chaud près du feu que dans le lac.

– Moi, je l'ai trouvé bizarre, intervint Bombyx. Quelle drôle de petite créature ! Vous avez vu comment il nous regardait ? Il était... je me demande...

Il s'interrompit pour lâcher un bâillement monstrueux.

– J'aimerais vraiment savoir de quelle espèce il s'agit, grogna Criquette en tapant de la patte. Je pensais pourtant avoir étudié toute la faune et la flore des environs, même les trucs préhistoriques. Mais je ne me rappelle pas avoir vu de bestiole de ce genre.

Elle leva le museau, le regard dans le vide, comme si elle visualisait une à une les illustrations de ses livres dans sa tête.

– Ce n'est pas un chimpanzé. Ni un orang-outang. Encore moins un gorille... Qu'est-ce que ça peut bien être, par toutes les lunes !

Blue ramassa l'objet que la créature avait lâché.

– Oh, waouh ! Viens voir ça, Criquette !

La dragonnette se fraya un chemin entre les stalagmites pour le rejoindre. Il tournait délicatement l'objet entre ses griffes. L'extérieur était en cuir souple et l'intérieur constitué de plusieurs couches de papier jauni, couvert de tas de petites marques.

– Quoi ? s'écria-t-elle, stupéfaite.

Elle le lui prit des pattes et le feuilleta avec précaution.

– C'est un livre ? Impossible ! Les singes ne savent pas écrire… ni lire !

– Ce n'est pas un livre de dragon, ça ne vient pas des guêpiers, fit valoir Blue. Il est minuscule.

– Un livre de maison de poupée ? suggéra Criquette. Que le singe aurait récupéré quelque part…

Elle secoua la tête.

– Non, tu as raison, le livre lui appartient. Quand on est entrés, je lui ai trouvé une expression familière… c'est parce qu'il était en train de lire.

Elle serra le livre contre sa poitrine.

– Une grotte sous la savane abritant un mystérieux animal… qui sait lire ! Blue, il s'agit de la plus grande découverte scientifique de notre vie ! Si j'en fais part à la reine, elle ne me forcera pas à devenir jardinière, je parie. Elle me laissera changer de formation pour étudier ces bestioles, tu ne crois pas ?

– Eh bien… j'aurais un peu peur qu'elle ne les traque tous pour les dévorer, avoua le dragonnet.

Criquette parut horrifiée.

– Mais pas du tout ! C'est vraiment l'image que tu as des Ailes de Guêpe ? Qu'on est des monstres sans cœur, tout ça parce qu'on mange de la viande ? Et tous les Ailes de Soie partagent tes a priori ?

– Hum, toussota Blue. Je… je n'aurais pas dit « sans

cœur», mais manger des animaux me semble une cruauté inutile.

Criquette fronça le museau et se massa pensivement les tempes. Visiblement, elle ne s'était jamais demandé si manger des animaux était ou non une nécessité.

– On ne mange pas tout et n'importe quoi, expliqua-t-elle au bout d'un moment. On ne mange ni les lézards ni les serpents, vu que nous sommes cousins. Et je suis sûre que personne n'accepterait de manger une espèce qui sait lire et écrire… et qui, de ce fait, est sûrement aussi intelligente que la nôtre.

Un grondement sourd interrompit leur conversation avant que Blue puisse répondre. Ils se retournèrent en sursautant… et découvrirent que c'était Bombyx qui ronflait.

Le grand Aile de Soie s'était couché près du feu, affalé à plat ventre comme s'il s'était laissé tomber là en sortant tout juste de l'eau.

– Bah, c'est normal, dit Blue. Il m'a porté toute la nuit. Il va avoir besoin d'une bonne semaine de sommeil pour récupérer.

Il regretta aussitôt sa plaisanterie : qui savait dans quel état serait Bombyx, une fois les effets du fortifiant dissipés ? De plus, ils ne pouvaient pas le laisser dormir une semaine. Il fallait retrouver Selena au plus vite, avant qu'elle émerge de son cocon.

– Tu as envie de faire un petit somme ? proposa

Criquette. Je peux ouvrir l'œil, au cas où des Ailes de Guêpe s'introduiraient dans la grotte et se faufileraient jusqu'ici… ce qui m'étonnerait beaucoup…

– Non, vas-y, toi. Je prends le premier quart de garde, décida Blue. Toi aussi, tu as volé toute la nuit.

Elle devait avoir les ailes fourbues, il en était convaincu. S'il avait été à sa place, il aurait été aussi très angoissé et complètement chamboulé d'avoir quitté son clan et abandonné sa vie tranquille et sûre d'Aile de Guêpe. L'excitation de découvrir une nouvelle espèce ne compensait quand même pas les dangers auxquels elle s'exposait.

« Et tout ça, elle l'a fait pour moi. Pour me venir en aide. »

– D'accord, fit Criquette en bâillant. Si tu es sûr, je n'ai rien contre une petite sieste.

– Pas de problème.

Il la regarda étirer ses ailes avant de se rouler en boule sur la pierre, tout près de lui – il lui suffirait de tendre la patte en cas de besoin pour la réveiller. Ses écailles jaune orangé se levaient et s'abaissaient à un rythme de plus en plus lent tandis qu'elle sombrait dans le sommeil. Les flammes jetaient des ombres dansantes sur son dos, animant les petites taches noires qui semblaient grandir, rétrécir, remuer.

« Elle n'a peut-être pas aussi peur que moi, finalement, pensa-t-il. Peut-être que, pour elle, le plaisir de la découverte l'emporte sur la peur. Peut-être qu'elle est heureuse de vivre une grande aventure. »

C'était difficile à concevoir pour lui, surtout quand il s'imaginait l'armée d'Ailes de Guêpe-zombies qui patrouillait au-dessus de leurs têtes, passant la savane au peigne fin. Mais qui n'aurait pas eu peur de ça ?

Peut-être Bombyx.

Le meilleur, le plus brave de tous ses amis. Un dragon prêt à affronter une armée entière pour les sauver, sa sœur et lui. Son courage lui avait toujours semblé irréfléchi, ridicule et dangereux, mais aujourd'hui, il regrettait de ne pas en posséder ne serait-ce qu'un dixième.

Il se coucha, le menton posé sur les pattes avant, et pensa à tous ceux qui étaient empêtrés dans cette toile de galères. Io, qui pouvait être n'importe où maintenant. Pimprenelle et Silverine, qui devaient se faire un sang d'encre pour leurs enfants. Grillonne, qui ignorait où se trouvait sa sœur. Tous les Ailes de Guêpe forcés de le pourchasser, sans même comprendre pourquoi.

Et quelque part, au milieu de cette toile, la reine Frelonne qui enlevait les Soies de Feu et manipulait ses sujets comme des marionnettes. Bouillonnait-elle de fureur… ou bien conservait-elle un calme glacial, certaine qu'elle allait le retrouver bientôt ?

Au moins, Selena échappait à tout ça. Bien à l'abri au fond de son cocon, elle dormait, laissant ses ailes pousser en paix. Sans se douter que sa métamorphose avait déclenché un tel chaos… ni qu'elle allait se réveiller dans une prison étrangère.

« J'arrive, Selena ! se dit-il avec une détermination renforcée. Bombyx et moi, on va te retrouver. Tu ne te réveilleras pas seule, je te le promets. »

CHAPITRE 15

Tout au fond du trou, Blue tendait le museau vers le ciel. Il distinguait à peine la lueur argentée des lunes sur les rochers, là-haut. Sa queue frôla une touffe de mousse humide, et il frissonna.

– Vous croyez qu'on peut sortir sans danger ? demanda Criquette.

– Les Ailes de Guêpe préfèrent chasser de jour, affirma Bombyx. Leur vision nocturne est médiocre et, en plus, vu comme ils sont paresseux et arrogants, je parie qu'ils sont en train de dormir dans leurs guêpiers, persuadés qu'ils nous attraperont demain.

Criquette battit des cils, visiblement un peu blessée par ses propos.

– Je ne suis pas en train de dormir dans mon guêpier, moi, fit-elle remarquer.

– C'est vrai, tu es injuste, Bombyx. Ils ne sont pas tous paresseux et arrogants. Ce sont des dragons, comme toi, moi et toutes nos connaissances et, parmi eux, il y a des bons et des méchants.

– Des dragons qui ont capturé ta sœur et passé les dernières heures à te traquer pour te traîner dans leur prison secrète, je te rappelle, souligna son ami d'un ton sec.

– C'est la reine Frelonne qui les force à agir ainsi, fit-il valoir. Ils ne sont pas tous comme ça.

– Et alors ? Ils la laissent faire, sans jamais se plaindre ni protester, de peur de mettre en péril leur petite vie confortable. Désolé, Blue, mais je ne suis pas d'humeur à m'apitoyer sur le sort de ces sales dragons maintenant.

Il déploya ses ailes et prit son envol.

– Je vais voir si la voie est libre.

Blue soupira, tandis que son ami s'éloignait entre les parois rocheuses.

L'effet du stimulant s'était dissipé et, après avoir dormi presque une journée entière, Bombyx s'était réveillé dans son état normal. Ce qui était génial sauf que, dans son état normal, il avait parfois tendance à se comporter comme un rhinocéros râleur qui piétine tout avec ses grosses pattes, sans se soucier de ce que peuvent ressentir les autres.

– Désolé, fit Blue en se tournant vers Criquette.

– Oh, mais non, dit-elle, il a raison. Je ne m'étais jamais

inquiétée jusque-là de savoir comment on traitait les Ailes de Soie ni de ce que devenaient les Soies de Feu.

– Moi non plus, en fait, avoua-t-il. Mais, dorénavant, tu nous aides. Tu n'es pas comme les autres.

– Si la reine Frelonne pouvait prendre le contrôle de mes pensées, je serais sans doute comme eux. C'est juste un heureux hasard de la science que ça ne marche pas sur moi.

Bombyx revint vers eux en piqué.

– Tout est tranquille, on dirait. En partant maintenant, on devrait arriver au guêpier royal avant l'aube.

– Et ensuite ? demanda Criquette.

– Ensuite, on verra, affirma-t-il.

« C'est bien un plan à la Bombyx », pensa Blue.

Cependant, comme il n'avait rien de mieux à proposer, il préféra se taire.

Bombyx lui tissa un nouveau harnais et le saisit à bras-le-corps.

– Allez, on y…

Il s'élança dans les airs mais perdit aussitôt l'équilibre, se cogna contre la paroi du canyon et retomba lourdement sur le sol. Les griffes de Blue crissèrent affreusement contre la roche.

– Grumpf, grogna Bombyx. Désolé, on recommence…

Il prit son élan et tenta à nouveau de décoller, serrant Blue encore plus fort contre lui.

Pas moyen. Le dragonnet glissait malgré le harnais.

Bombyx peinait visiblement à le soulever. Il avait beau battre frénétiquement des ailes, au bout d'un moment, il dut se poser.

– Oh oh, murmura Criquette qui faisait du surplace au-dessus d'eux.

Blue leva les yeux vers l'entrée de la grotte, qui était très très loin et très très haut. « Oh oh… », c'était peu dire.

Bombyx trancha les fils de soie qui les liaient et s'assit, à bout de souffle.

– Si tu ne peux pas le porter, comment va-t-on faire sortir Blue de cette grotte ? soupira Criquette.

– Je ne comprends pas pourquoi je n'y arrive plus ! protesta Bombyx. Je l'ai porté toute la journée d'hier sans aucune difficulté !

Il déplia et replia ses pattes.

– Bon, j'avoue que j'ai quelques courbatures…

– C'était grâce au stimulant, affirma Criquette. Ça t'a donné des forces et de l'énergie, mais il ne fait plus effet. C'est vraiment très intéressant. Je me demande si les scientifiques se doutent de l'action que ce fortifiant a sur les dragons, ou peut-être que personne n'a jamais eu l'idée de l'essayer sur autre chose que des plantes.

Ses yeux devinrent rêveurs.

– Peut-être que, pour le concours de science, l'an prochain…

– Il t'en reste ? la questionna Bombyx en fixant sa pochette.

Elle secoua la tête.

– Non… et je te déconseillerais d'en prendre dans ton état normal. Pas sans l'avoir dilué et testé sur des animaux. Je veux dire, quand je te l'ai administré, tu étais complètement paralysé… et regarde dans quel état ça t'a mis !

– Pourquoi ?… Qu'est-ce que j'ai fait ? s'inquiéta-t-il. J'étais ridicule ?

– Pas du tout, le rassura Blue. C'était trop chou.

– Oh super, marmonna Bombyx. « Trop chou », c'est parfait pour un héros !

– Bon, qu'est-ce qu'on va faire, alors ? demanda Criquette en jetant un coup d'œil circulaire. Blue, tu crois que tu pourrais escalader la paroi jusqu'à la sortie ?

– Euh… peut-être… mais c'est très haut…, balbutia-t-il.

Son courage vacillait déjà.

– C'est que… ça ne me dérange pas d'escalader… C'est risquer de tomber de très très haut et de me rompre le cou qui me plaît moins.

– En plus, pas sûr qu'il arrive là-haut avant l'aube, observa Bombyx. Et alors, comment on fera ? On redescendra ? On s'aventurera en plein jour dans la savane ?

– Il y a peut-être une autre option, affirma Criquette. Attendez.

Elle déploya ses ailes et s'envola haut, si haut que Blue distinguait à peine ses écailles couleur soleil. Il commença à paniquer, se disant qu'elle ne reviendrait peut-être pas... qu'arrivée en haut, elle déciderait peut-être de rentrer chez elle et de les laisser dans leur guêpier.

– Blue, fit Bombyx à voix basse.

Blue leva le museau et croisa le regard apitoyé de son ami.

– Tu te souviens quand tu m'as mis en garde parce que j'étais en train de tomber amoureux de Selena ? commença Bombyx en repliant ses ailes. Tu m'as dit qu'on risquait de ne pas pouvoir rester ensemble... qu'il valait mieux attendre de savoir avec qui on serait affecté pour tomber amoureux.

Blue fixa ses griffes. Il se rendait compte à présent que c'était vraiment un conseil idiot. Comme si un dragon pouvait injecter une toxine dans ses sentiments pour les paralyser le temps nécessaire ! Mais, à l'époque, il s'était imaginé ce que ressentiraient Bombyx et Selena si la reine Frelonne les séparait, et ça lui avait paru tellement affreux... Il avait voulu leur éviter ça.

– Eh bien, là, c'est encore pire, Blue, affirma Bombyx. Criquette est une Aile de Guêpe. Vous ne pourrez jamais avoir une quelconque relation. Tu devrais lui dire de rentrer chez elle maintenant, avant que ce soit trop dur de vous séparer.

– Je crois que c'est déjà trop tard, répondit Blue d'une toute petite voix. Tout du moins pour moi.

Bombyx lui passa une aile autour des épaules et appuya sa tête contre la sienne.

– C'est bien ce que je craignais.

Criquette revint à tire-d'aile et se posa sur un gros rocher en surplomb d'eux.

– Il y a une fissure près de la sortie. Pas très grande, mais ça devrait suffire. Si Blue réussit à l'atteindre d'ici demain matin, il pourra s'y cacher toute la journée en attendant qu'on reprenne notre route vers le guêpier royal le soir.

Blue sentit Bombyx se raidir.

Il comprenait ce qu'il ressentait. Encore une journée à patienter, encore une nuit de perdue parce qu'un dragon sans ailes était bloqué au fond de ce trou. Alors que Selena avait besoin d'eux !

– Tu peux y aller sans moi, si tu préfères, lui dit-il.

Il voyait bien que Bombyx était tenté. Après tout, Blue ne lui serait pas d'une grande utilité pour cette mission de sauvetage. Il ne savait pas se battre et, s'ils devaient filer en vitesse, il les retarderait.

– Non, ne fais pas ça, intervint Criquette. J'espérais qu'on pourrait se servir de ta soie pour aider Blue à sortir de là.

Elle pointa une griffe vers le ciel.

– Pour le rattraper en cas de chute.

– Oh, souffla Bombyx, dont le museau s'éclaira soudain lorsqu'il comprit son plan. Bien sûr ! Bonne idée !

– Criquette a toujours de bonnes idées, affirma Blue.

La dragonnette baissa la tête et lui sourit. Il eut l'impression que son cœur allait exploser.

« C'est définitivement trop tard. Impossible de lui dire au revoir maintenant. Même si ça risque d'être encore plus dur plus tard, je veux passer le plus de temps possible avec elle. »

– OK, on essaie, alors, décréta Bombyx en tendant les pattes pour produire de la soie – cette fois, des fils plus épais dont on se servait en principe pour bâtir les ponts entre les guêpiers.

Il les enroula autour de Blue, lui laissant les membres libres pour grimper, puis sauta sur le rocher à côté de Criquette, tenant toujours l'autre extrémité de la soie.

« Bon, ben, faut y aller », se dit Blue.

Il adressa une prière muette à Clairevue et entreprit d'escalader la paroi rocheuse.

En fait, c'était plus facile qu'il ne l'aurait cru. Il y avait beaucoup de fissures et de creux pouvant servir de prises. La pierre était bien plus solide sous la patte que les toiles de soie. Elle ne rebondissait pas et ne tanguait pas au moindre souffle de vent.

Quand il glissait, qu'il perdait l'équilibre un instant, il sentait les fils de soie se tendre – et la force de Bombyx, juste au-dessus de sa tête, prêt à le rattraper avant qu'il ne tombe. Criquette restait également tout près, lui suggérant de se reposer un peu ici ou de passer par là.

Une fois de plus, Blue leur était reconnaissant d'être à ses côtés.

Même s'il progressait bien, c'était interminable. La faille était vraiment très profonde. Il en était à peine à la moitié qu'il avait déjà mal partout. Il se surprit à rêver de gouttelines de miel et de petites abeilles en sucre à grignoter dans un confortable hamac en fil de soie.

Et quand Criquette annonça enfin : «Ça y est, tu y es presque!», il leva la tête et vit que le ciel était déjà gris pâle et que la plupart des étoiles avaient disparu. Elle avait raison : ils n'étaient pas loin de l'ouverture. Il pourrait sortir ce soir. S'il ne se faisait pas capturer d'ici là.

Dans un dernier effort, il se hissa sur un parapet rocheux, aidé par Bombyx qui le souleva avec son harnais de soie. Il s'affala contre la pierre, hors d'haleine, les pattes coupées.

Bombyx vola jusqu'à la sortie et passa la tête dehors pour scruter le guêpier royal en plissant les yeux.

– Je ne vois personne, leur rapporta-t-il. Mais pour plus de sûreté, mieux vaut se cacher.

– Là-dedans, fit Criquette en pointant sa queue.

Blue avança en rampant et vit que la végétation dissimulait une étroite fissure, juste assez large pour s'y faufiler. Il se demanda comment la dragonnette l'avait repérée.

Lorsqu'elle écarta le rideau de verdure, il découvrit

une petite grotte, où il put pénétrer tout entier, se retourner et se coucher.

Criquette passa la tête à l'intérieur.

– Tu veux de la compagnie, quitte à ce qu'on soit un peu serrés, ou tu préfères être à l'aise mais seul?

– J'aimerais mieux que tu restes, si ça ne te dérange pas.

– Ça ne me dérange pas si ça ne te dérange pas d'avoir mes ailes dans la figure.

Elle s'extirpa de la grotte pour prévenir Bombyx. Blue entendit les battements d'ailes de son ami s'éloigner : il retournait au bord du lac souterrain.

Puis Criquette le rejoignit tant bien que mal dans la grotte en poussant de petits cris quand ses ailes frottaient contre la pierre rugueuse. Blue recula dans le fond, et elle s'installa face à lui.

– Merci pour cette généreuse invitation, fit-elle d'une voix hautaine en rajustant ses lunettes. Vous avez vraiment bien arrangé cet endroit! J'adore! Vous allez nous faire servir du thé et des tranches d'avocat, bien entendu?

Blue posa son menton sur ses pattes et pouffa.

– Ne me parle pas de manger.

– Mais je ne pense qu'à ça! répliqua-t-elle. Je MEURS de faim. Les poissons que j'ai pêchés pour le petit déjeuner étaient minuscules! Et tellement bizarres! Ah oui, c'est vrai, je te les ai montrés. Des poissons sans yeux!

Tu crois que c'est parce qu'il n'y a pas de lumière en bas ? Je préférerais manger quelque chose qui a des yeux, je crois. Tu aurais dû goûter, quand même. J'aurais pu en pêcher plus.

– Ça va, dit Blue en souriant. Je peux attendre de trouver un repas végétarien.

Criquette le dévisagea.

– Qu'est-ce que vous ferez après, avec Selena ? Je veux dire, si tu arrives à la libérer. Où irez-vous ? La reine Frelonne vous traquera sans relâche.

– Aucune idée, répondit-il.

Pour être honnête, il s'était imaginé qu'après avoir récupéré Selena, ils rentreraient tous les deux chez eux, auprès de leurs mères. Une partie de lui était encore convaincue qu'il s'agissait d'un gigantesque malentendu et que s'il arrivait à convaincre la reine qu'ils étaient inoffensifs, elle les laisserait reprendre le cours de leurs vies.

« J'aimerais tant pouvoir faire ça. Pourquoi ce n'est pas possible ?

Enfin… je ne suis pas sûr que ce serait pareil, maintenant que je suis au courant pour les Soies de Feu et le contrôle des esprits…

Sachant cela, comment se sentir en sécurité ? »

– Vous pourriez peut-être vivre dans la grotte avec les singes lecteurs, fit Criquette d'un ton rêveur.

Elle plaisantait, même si elle aurait trouvé ça génial.

– Celui qu'on a rencontré paraissait infiniment sympathique, s'esclaffa Blue. Juste un peu sur la défensive.

– Non… si j'étais à votre place, je partirais loin, reprit-elle. Aussi loin de la reine Frelonne que possible.

– Sur l'une des péninsules, par exemple ? s'étonna-t-il. Je croyais que c'était trop dangereux pour les dragons.

– C'est ce qu'on nous a raconté, affirma Criquette, ça ne veut pas dire que c'est vrai.

Blue n'était pas franchement convaincu. Il avait vu des illustrations représentant la jungle empoisonnée. Les gigantesques plantes se seraient sûrement fait un plaisir de dévorer un dragon ou deux. Ou de les empaler. Ou de les dissoudre avec de l'acide pour se nourrir de bouillie de dragon.

– Mais vous pourriez aller encore plus loin, reprit Criquette.

– Ah bon ? Où ça ?

– Eh bien… peut-être de l'autre côté de l'océan.

Il la dévisagea avec de grands yeux. Dans la pénombre, il ne distinguait pas son expression. Pas moyen de savoir si c'était une blague.

– Tu plaisantes ? demanda-t-il. Les royaumes lointains n'existent pas pour de vrai.

Elle pencha la tête, surprise.

– Bien sûr que si. C'est de là que venait Clairevue.

– Sauf que… Clairevue était magique.

Blue s'était toujours imaginé la dragonne noire

comme une figure mythologique – une étoile devenue dragon qui avait traversé le ciel pour leur rendre visite.

– On raconte qu'elle venait des royaumes lointains mais on pourrait aussi bien dire qu'elle venait du ciel ou des étoiles.

– Je te rappelle que le ciel, les lunes et les étoiles existent, souligna Criquette.

– Oui, sauf qu'on ne peut pas y aller, répliqua-t-il.

– On pourrait rejoindre les royaumes lointains, affirma-t-elle. J'en suis sûre. C'est simplement une autre grosse île comme la nôtre où vivent plein de dragons, quelque part à l'est.

Il la contemplait en se disant qu'ils avaient vraiment reçu une éducation complètement différente. À l'académie des Vers à Soie, il avait appris à vénérer Clairevue et à accepter tous les préceptes de son livre sans se poser de questions. Pas du tout à la considérer comme un dragon normal, semblable à lui, venu d'un royaume normal, semblable au leur.

– D'autres dragons comme Clairevue ? s'étonna-t-il. Un continent entier plein de dragons qui voient l'avenir ?

– Je n'en sais rien, avoua Criquette. Peut-être ! En tout cas, je serais curieuse de le savoir ! Tu imagines si on était les premiers dragons à traverser l'océan depuis des millénaires ? Quels clans vivent là-bas ? Est-ce qu'ils nous ressemblent ? Est-ce qu'ils ont d'autres pouvoirs ? Est-ce qu'il y a aussi des singes lecteurs ?

– Cependant, si ce continent existait et qu'on pouvait s'y rendre aussi facilement, alors Clairevue ne serait pas la seule à avoir réussi à traverser, fit-il valoir.

Il secoua la tête.

– Je pense que c'est un mythe.

– Et moi que c'est la cachette idéale pour ceux qui sont pourchassés par la reine Frelonne, contra la dragon-nette. Mais tu as raison, ce n'est sans doute pas si facile de s'y rendre. Il faudrait savoir comment Clairevue s'y est prise.

– Elle s'est servie de la magie, affirma Blue.

Criquette se pencha en avant et colla son museau contre le sien.

– La magie, c'est simplement un phénomène scien-tifique qu'on n'a pas encore compris, assura-t-elle. Et peut-être qu'on peut trouver l'explication.

– Comment ça ?

– Dans les LIVRES ! s'écria-t-elle comme si c'était une évidence. Il doit bien y avoir une explication dans un ouvrage quelconque.

Il déroula ses antennes, en alerte, et posa une patte sur la sienne.

– Chut !

Il y avait du bruit à l'extérieur.

CHAPITRE 16

Blue et Criquette guettèrent dans un silence tendu.

Des battements d'ailes. Des voix. Un bruissement puis un craquement, du genre cou d'antilope qu'on brise, enfin des bruits de mastication, du style antilope qu'on dévore.

Blue frissonna.

– Qui t'a autorisé à manger ? demanda l'une des voix, féminine et sèche.

– Je n'ai rien avalé de la journée, se lamenta l'autre, masculine et plaintive. Tu le sais bien. Elle ne nous laisse pas nous nourrir tant qu'elle nous contrôle. Alors je me suis dit que, puisqu'on était libres de nos faits et gestes, pour une fois, on pouvait chasser en même temps le petit déj et l'Aile de Soie fugitif.

La première Aile de Guêpe grogna, mais il y eut un

bruit de chair qu'on déchire – elle avait sûrement pris un morceau de la proie.

– On perd notre temps, affirma-t-elle tout en mâchant. Qui se soucie de ce stupide dragonnet ? On n'est même pas sûrs qu'il ait la soie de feu. Il a dû se faire dévorer par une troupe de lions ou tomber au fond d'un trou.

– Un trou comme celui-ci ?

Les voix se rapprochaient. Blue sentit trembler les ailes de Criquette.

– Tu crois qu'on devrait aller jeter un œil en bas ?

– Bah, j'y suis descendue avec ma patrouille hier, répondit la femelle. C'est sombre et humide. Je pense qu'on peut éviter.

– COUCOU ! hurla le dragon d'une voix sonore qui fit sursauter Blue. HOU HOU ! AFFREUX DRAGON SANS AILES ! TU T'ES CRASHÉ SUR LES ROCHERS ? TU ES MORT ? OU PRESQUE MORT ? DANS CE CAS, POURRAIS-TU RÉPONDRE : « OUAIS, JE SUIS MORT ET BIEN MORT, ALLEZ-VOUS-EN », QU'ON PUISSE RENTRER AU GUÊPIER EN DISANT QU'ON T'A RETROUVÉ ?

Sa collègue éclata de rire – ce que Blue trouva extrêmement surprenant.

– Allez, finis ce paquet d'intestins, qu'on puisse filer, dit-elle. Il y a des buissons que j'aimerais bien inspecter vers le guêpier des Tsé-Tsé.

Après d'interminables bruits de succion et de mastication, ils reprirent enfin leur envol. Blue laissa échapper un soupir de soulagement. Il avait des courbatures partout d'avoir tant grimpé. Et maintenant que le danger était passé, ses paupières lui semblaient lourdes. Il se sentait assez en sécurité pour dormir. De toute façon, si quelqu'un les découvrait, ils ne pourraient pas s'enfuir en vitesse.

Il posa le menton par terre, ferma les yeux et sombra dans le sommeil.

Blue passa la majeure partie de la journée à dormir, ouvrant parfois un œil lorsque des bruits résonnaient au-dehors, mais chaque fois, il voyait Criquette auprès de lui et il se rendormait, rassuré.

Enfin, elle le réveilla en lui secouant l'épaule et ils sortirent de leur grotte pour se poster sur le parapet. Quelques étoiles brillaient dans le ciel bleu violacé. Blue étira ses muscles endoloris pendant que Criquette descendait d'un coup d'aile prévenir Bombyx.

Ensuite, il n'eut qu'à escalader un tout petit peu pour arriver en haut et se hisser sur la terre ferme. C'était étonnamment sec après l'humidité de la grotte. La poussière tournoyait autour de ses pattes, tandis qu'il tranchait le harnais de soie pour le jeter dans le trou.

Maintenant qu'il n'avait plus la possibilité de voler, le guêpier royal lui paraissait affreusement loin. Ils n'arriveraient jamais là-bas avant l'aube ! Et même s'ils réussissaient, où pourraient-ils se cacher ?

– Je pars en éclaireur, annonça Bombyx en décollant.

Ses grandes ailes bleu foncé se fondirent dans la nuit. Bientôt, Blue ne distingua plus que les quelques écailles blanches qu'il avait sur le dos, telle une nuée de papillons.

Criquette se posa pour marcher à ses côtés entre les touffes d'herbes et les buissons d'épines. Blue baissa les yeux et s'aperçut que le bain dans le lac ainsi que le frottement de la roche avaient ôté pas mal de peinture de ses écailles. Ses vraies couleurs apparaissaient un peu partout : du turquoise, du violet, ici et là, scintillant comme des pierres précieuses.

Ils marchaient d'un pas vif, mais parfois ils devaient faire un détour pour éviter un gros buisson ou une fourmilière aussi grande qu'eux. À un moment, un scorpion passa entre les griffes de Blue. Le dragonnet faillit hurler mais se retint. Un bourdonnement constant flottait dans les airs, et les hautes herbes bruissaient lorsque les serpents déguerpissaient sur leur passage.

Deux des lunes étaient pleines ; la troisième n'était qu'un fin croissant voilé de nuages. Criquette renversa la tête en arrière pour les contempler.

– Tu as vu la comète, il y a environ une moitié d'année ? demanda-t-elle. Ça a fait comme une quatrième lune dans le ciel. Elle était énorme. J'aurais tellement aimé avoir un télescope pour l'étudier. Il n'y en a qu'un au guêpier des Cigales et dame Scarabée ne le prête à personne.

– Tu connais dame Scarabée ? s'étonna Blue.

– Parce que toi, tu la connais ? demanda-t-elle, incrédule.

– Non, non, on l'a juste… on l'a croisée chez *Rêves de Sucre*, le jour de la métamorphose de Selena. Elle a été… j'allais dire gentille, mais ce n'est pas le bon mot, disons qu'étonnamment, elle n'a pas été odieuse avec nous.

– Oui, c'est bien elle, répondit Criquette d'une petite voix. Étonnamment pas odieuse.

Blue sentit que son amie avait un lien particulier avec la vieille dragonne mais, visiblement, elle ne désirait pas en parler. Il changea de sujet, revenant à l'astronomie, et ils discutèrent joyeusement des constellations et de ses théories sur l'espace jusqu'à ce que Blue s'aperçoive qu'ils étaient arrivés à proximité du guêpier royal.

Ils montèrent au sommet d'une colline pour examiner les environs. Ce guêpier n'était pas tout à fait comme les autres : il était plus grand, pour commencer, et c'était le plus ancien de Pantala, il était donc bâti dans un style plus lourd, plus ouvragé. Des guêpes aux yeux cruels ornaient les cadres de portes, faisant étal de la richesse de la reine avec leurs bois cirés et leurs inclusions d'onyx. Une gigantesque statue de marbre de Sa Majesté Frelonne se dressait au-dessus de l'entrée principale, au rez-de-chaussée, si bien que tous ceux qui passaient par là devaient affronter son regard impitoyable.

La plupart des dragons, cependant, pénétraient dans le guêpier par un niveau supérieur. Blue leva les yeux vers les toiles scintillant au clair de lune. Il distinguait les silhouettes des familles Ailes de Soie qui vivaient là-haut. Des centaines de dragons endormis, en ombre chinoise. Étaient-ils au courant de l'existence des Soies de Feu ? Certains d'entre eux étaient-ils employés à surveiller ou à nourrir les dragons emprisonnés comme Selena et son père ? Détestaient-ils leur travail ou le considéraient-ils comme un boulot ordinaire ? Il se demandait si la Chrysalide comptait des membres dans tous les guêpiers et s'il y en avait ici, parmi eux.

Tout autour du guêpier, en cercles concentriques, s'alignaient des rangées et des rangées d'immenses serres – au moins une trentaine. Dans certaines, la végétation était luxuriante et le feuillage touffu des différents arbres venait se coller contre les parois de verre, comme s'ils rivalisaient pour accéder à la lumière. D'autres étaient plus sages, avec leurs jardinières pleines de légumes bien ordonnés.

Toutes ces serres, tout ce verre… « Elle a eu besoin de feu pour les fabriquer, pensa Blue. Du feu qu'elle a pris aux Soies de Feu. À mon père. »

Les Soies de Feu étaient donc essentiels à tous les projets de la reine.

Elle ne serait sûrement pas disposée à les relâcher.

Bombyx se posa délicatement à côté d'eux.

– La porte principale est barricadée la nuit et sans doute gardée de l'intérieur. Pas moyen de passer par là.

Il se retourna pour étudier le guêpier.

– Réfléchissons. On pourrait peut-être grimper sur l'un des balcons ? proposa Criquette. En se servant des lianes et de ta soie pour Blue.

Le dragonnet contempla les murs lisses du guêpier d'un œil dubitatif. Cela avait l'air beaucoup plus difficile à escalader que la paroi rocheuse de la faille et la première ouverture était très très haut.

– Ou alors…, fit-il lentement, on pourrait se cacher dans l'une des serres. En attendant d'en savoir un peu plus.

– Bonne idée, approuva Criquette. Si on entre directement dans le guêpier, on risque de rester coincés à l'intérieur alors que l'endroit qu'on cherche n'est peut-être même pas là. Si on trouve une bonne cachette, je pourrais par contre me balader dans le guêpier demain pour essayer d'apprendre où la reine cache les Soies de Feu.

Blue lui lança un regard paniqué.

– Toute seule ?

– Évidemment, répliqua-t-elle. Vos têtes sont sûrement placardées partout sur des avis de recherche, à l'heure qu'il est. En revanche, personne ne se soucie de moi. Je suis une Aile de Guêpe qui vaque à ses occupations normales d'Aile de Guêpe.

– Du genre débarquer tout à coup dans un guêpier qui n'est pas le tien, railla Blue. Poser des questions sur ce qui a poussé la reine à lancer une chasse au dragon à travers toute la savane.

– Pas des questions directes, objecta-t-elle, des questions très subtiles. Je suis une dragonnette extraordinairement subtile, moi, monsieur !

– Mmm, marmonna Blue, pas convaincu.

– En plus, ça paraîtra d'autant moins suspect que tout le monde parle des Soies de Feu en ce moment, souligna-t-elle. Quelqu'un doit bien savoir où ils sont.

Bombyx secoua la tête.

– Encore une journée de perdue. Selena reste cinq jours dans son cocon. Il faut la retrouver avant qu'elle en sorte. Et avant que Blue entame sa métamorphose.

L'intéressé sursauta, surpris. Sa métamorphose ! Bombyx avait raison. C'était… bientôt. Très bientôt.

« Où vais-je pouvoir me métamorphoser si je ne peux pas retourner au Cocon ? Et comment pourrai-je aider Selena si je suis emberlificoté dans ma soie ? »

– Je suis d'avis d'entrer tout de suite dans le guêpier, reprit Bombyx. Je vole à l'intérieur, j'assomme deux ou trois gardes et je les force à me dire où elle est.

– Super plan, commenta Criquette. Sauf que ça n'a rien d'un plan.

– Et tu finiras sur la version guêpier royal du sentier des Délinquants. Avant même que le soleil pointe à l'horizon, affirma Blue.

– Et si ça se trouve, la version guêpier royal, c'est genre le chemin des Cadavres sans tête, renchérit Criquette.

Bombyx tapa de la patte.

– Je ne peux pas passer encore une journée à rester assis sans rien faire.

– On ne reste pas assis sans rien faire, contra Criquette. On espionne. On se renseigne. Et on réfléchit. Tu serais surpris de constater comme c'est utile avant d'échafauder un plan.

Elle commença à dévaler la colline en direction des serres. Les deux Ailes de Soie la suivirent. Bombyx marmonnait entre ses dents et Blue se sentait coupable d'être du même avis que Criquette. Bien sûr, il avait autant envie que Bombyx de secourir Selena, mais il ne tenait pas à affronter les gardes ni à tenter d'obtenir des réponses par la force. Dans l'idéal, il aurait aimé sauver sa sœur en s'attirant le moins d'ennuis possible.

Les serres étaient toutes de la même taille – gigantesque – et séparées par des allées de gravier parfaitement ratissées. Des panneaux fléchés indiquaient où trouver telle ou telle plante, et une liste était affichée à la porte de chaque serre : ici, CAROTTES, HARICOTS, AUBERGINES ; là, CLÉMENTINES et CITRONS VERTS ; PAPYRUS et BAMBOU dans une troisième.

Ils évitèrent les serres qui paraissaient trop bien ordonnées – où on voyait le moindre coin et recoin de l'extérieur – et se dirigèrent vers celles qui semblaient envahies par la végétation.

– Ils doivent les entretenir quotidiennement, supposa

Blue, tandis qu'ils marchaient entre les immenses parois vitrées.

Il commençait à avoir des doutes sur son plan.

– Les jardiniers risquent de nous trouver en venant arroser les plantes.

– Alors je leur FLANQUERAI UN BON COUP DE POING POUR LES ENVOYER AU TAPIS, affirma Bombyx.

« Pauvres dragons qui font simplement leur boulot en soignant les plantes. Ils ne méritent pas d'être assommés ni d'avoir le crâne écrasé comme une pastèque », songea Blue. « Tout comme TOI, répondit contre toute attente une petite voix dans sa tête, tu ne mérites pas d'être pourchassé et traité comme un meurtrier, alors peut-être faut-il accepter que tout ne soit pas parfaitement juste. »

Il plissa le front, perplexe. Le fait que les Ailes de Guêpe soient injustes à son égard justifiait-il qu'il s'en prenne à eux ?

Il n'était pas du genre à faire du mal aux autres. Mais il savait très bien ce que Selena aurait répondu : « Tu as le droit de te défendre. Il le faut, puisque ainsi va le monde. »

– Regardez, chuchota Criquette en désignant l'une des dernières serres, à l'arrière du guêpier.

La végétation qu'elle abritait était luxuriante, mais le plus étonnant, c'était que la porte était recouverte d'une épaisse barrière de fils de soie.

Ils s'approchèrent pour lire la pancarte :

Propriété de la reine Frelonne.
Entrée interdite sur ordre royal.
Les contrevenants s'exposent à mutilation,
démembrement, empalement et mort,
dans cet ordre.

Blue tapota la soie du bout de la griffe et celle-ci vibra.

– Ce filet lui permet de savoir si quelqu'un a tenté d'entrer par effraction.

– Tu pourrais le retisser à l'identique, Bombyx ? demanda Criquette. De l'intérieur ? C'est la cachette idéale si personne n'a le droit d'entrer.

– Enfin, personne… à part la reine Frelonne, corrigea Blue.

– Oui, sauf que… c'est peu probable qu'elle passe dans le coin, rétorqua la dragonnette.

– La pancarte est très claire, insista Blue, affolé. C'est interdit, tout ça. Mutilation, empalement, mort… Ça a l'air sérieux.

– Je pense que «protéger Blue du lavage de cerveau des Ailes de Guêpe» est bien plus important, décréta Criquette d'une voix ferme.

Et, sous le regard paniqué de Blue, Bombyx arracha la toile avec précaution, juste assez pour que la petite Aile de Guêpe réussisse à entrouvrir la porte. Elle pénétra à l'intérieur et laissa échapper un cri étouffé.

– Il fait super chaud, là-dedans. Comment fait-elle pour maintenir cette température ?

– J'ai ma petite idée là-dessus, siffla Bombyx.

Il fit jaillir de la soie de ses poignets pour réparer la toile de la porte.

Blue se faufila dans la serre sur les talons de son amie et sentit l'humidité coller à ses écailles comme des feuilles d'arbre trempées. Comme s'il traversait un nuage d'orage. Il regarda autour de lui en se demandant s'il y avait de la soie de feu qui chauffait la serre sous les dalles de pierre.

– À ton avis, pourquoi la reine Frelonne ne veut-elle laisser entrer personne ? lui chuchota Criquette. Tu as repéré des plantes bizarres ? J'en ai reconnu certaines, mais pas toutes. Oh, là, là…

Ouvrant une aile, elle lui effleura l'épaule et ils s'enfoncèrent davantage dans ce méli-mélo de verdure.

C'était une bonne question, se dit Blue – qu'il ne s'était pas posée tant il était angoissé à l'idée d'enfreindre les règles. Qu'est-ce que la reine tenait donc tant à garder secret ? Pourquoi l'accès à cette serre était-il formellement interdit ?

Il distinguait des carrés de terre entourés de cailloux et d'un vague sentier, complètement envahi par la végétation. Les branches entremêlées formaient comme une voûte au-dessus. Lianes et feuillages tombaient en rideaux dans le désordre le plus complet. Les dragon-nets durent baisser la tête et slalomer entre les plantes, sauf que les griffes de Blue ne cessaient de se prendre dans les racines et les ronces.

Il y avait également des fleurs partout : de magni-fiques étoiles d'un violet explosif, de délicates orchidées orange pâle, des grappes de pétales couleur banane, et d'étranges petits globes rouge rubis et bleu saphir.

– Qu'est-ce que c'est ? murmura Criquette comme pour elle-même en saisissant une vigne aux délicates vrilles rosées. Et ça ? Comment se fait-il qu'on n'ait jamais étudié tout ça ? Comment s'y prennent-ils pour que ces deux-là poussent côte à côte ? Waouh, on dirait une nouvelle variété de fougère…

Elle s'aventura plus loin en marmonnant toutes sortes de questions, tandis que Blue s'arrêtait pour observer un ado-rable escargot qui grimpait lentement le long d'un tronc.

Soudain, la voix de Criquette le tira de sa rêverie : un cri strident bien vite étouffé. Il releva la tête. La reine Frelonne ? À l'intérieur de la serre ? Avait-elle capturé son amie ?

Il se précipita à son secours, malgré les plantes ram-pantes qui le faisaient trébucher, malgré les grandes feuilles trempées qui lui giflaient le museau. Il fallait qu'il se rende ! Qu'il dise à la reine que Criquette n'y était pour rien !

Alors qu'il traversait un rideau de lianes, il se sentit agrippé par de puissantes serres. Elles le jetèrent au sol, le retournèrent et lui attachèrent les pattes dans le dos sans lui laisser le temps de réagir. Il allait ouvrir la gueule pour appeler Criquette quand une liane s'enroula entour de son museau, lui clouant le bec. En un clin d'œil, il se retrouva saucissonné par terre, complètement impuissant.

Blue se tordit le cou pour chercher la dragonnette des yeux et la repéra, ligotée à un arbre. Devant elle se dressait un énorme dragon vert foncé.

« Bon, ce n'est pas la reine Frelonne, tout compte fait. Il s'agit peut-être de l'Aile de Soie qui a barricadé la porte pour elle. »

Il se contorsionna pour essayer d'apercevoir son agresseur et constata qu'ils étaient trois. Tous couverts d'écailles vert foncé, aux aguets, prêts à capturer Bombyx qui accourait, alerté par le raffut.

Et là…

Blue remarqua un détail.

Leurs ravisseurs… ils avaient deux ailes, et non quatre.

De longues ailes gracieuses en forme de feuille.

CHAPITRE 17

« Des Ailes de Feuille ! »

Ils n'avaient pas disparu, finalement. Il y en avait ici même. Dans la serre de la reine Frelonne ! Et ils venaient de les attaquer. De véritables Ailes de Feuille ! Les affiches disaient donc vrai !

« Il faut que je prévienne immédiatement les autorités, pensa Blue, complètement hystérique. Sauf que je ne peux pas parce que les Ailes de Guêpe risquent de m'arrêter.

Mais quand même, des AILES DE FEUILLE ! Et tout près du guêpier royal, en plus ! »

Il essaya de grogner pour avertir Bombyx, en vain. Le trio de dragons de feuille était monstrueusement efficace et, en quelques battements de cœur, Bombyx se retrouva ligoté à côté de Blue, aussi abasourdi que lui.

– Il y en a d'autres ? demanda l'un de leurs agresseurs.

– Je vais vérifier, répondit un de ses deux compagnons avant de s'engouffrer entre les arbres.

Il y eut un long silence. Blue jeta un nouveau regard à Criquette. Elle fixait les Ailes de Feuille avec les mêmes yeux écarquillés que devant le singe qui lisait au fond de la grotte.

« Ce n'est pas une découverte scientifique révolutionnaire, Criquette ! avait-il envie de lui crier. Ce sont des DRAGONS EXTRÊMEMENT DANGEREUX ! »

Les Ailes de Feuille avaient tout de même essayé d'éliminer leurs deux clans au cours de la dernière guerre. Elle aurait dû être terrorisée !

Il essaya de les voir à travers les yeux de son amie. Peut-être que ça l'aiderait à avoir moins peur. Et qu'il les trouverait fascinants et incroyables et non mortellement dangereux et dangereusement mortels.

Les deux qui étaient restés à leurs côtés étaient des femelles. Elles se ressemblaient un peu, sans doute étaient-elles de la même famille. Celle qui se tenait près de Criquette ne devait pas être plus âgée que lui – environ six ans –, bien qu'il n'ait aucune idée de la courbe de croissance des Ailes de Feuille. De petites écailles dorées constellaient ses ailes, ses pattes et son museau froncé en une expression revêche.

Sa compagne était beaucoup plus grande et plus vieille, avec un air autoritaire qui donna instinctivement envie à Blue de se cacher ou de s'excuser, ou les deux à la fois. Ses écailles étaient d'un vert plus clair avec des taches marron, et elle avait des cicatrices de brûlures sur les pattes. Son expression n'était pas plus amicale. Les deux dragonnes portaient différentes pochettes en bandoulière, faites d'herbes tissées ou de feuilles cousues. Blue se demanda ce qu'elles contenaient, tout en ayant le sinistre pressentiment que s'il l'apprenait, il le regretterait aussitôt.

« Qu'est-ce qu'elles ont en tête ? » se demanda-t-il.

Leurs mines mauvaises indiquaient des intentions vraisemblablement hostiles à leur égard.

« Depuis combien de temps sont-elles là ? Et pourquoi ? Sont-elles contentes de nous avoir attrapés ou ennuyées que nous ayons débarqué dans leur cachette ? Et surtout, que comptent-elles faire de nous ? »

Les feuilles bruissèrent, annonçant le retour du mâle Aile de Feuille, d'un vert si foncé qu'il se fondait dans le décor. Il portait un petit coquillage blanc passé sur une cordelette autour du cou. Il secoua la tête.

– Personne d'autre.

– Bien, fit la femelle la plus âgée. Ils ont déchiré la toile de la porte ?

– Oui, mais ils l'ont retissée ensuite.

– Tant mieux.

« C'est vrai, ça, pensa Blue, oubliant un instant de se ronger les sangs. Comment les Ailes de Feuille ont-ils fait pour entrer ? Ils n'ont pas de soie, ils n'ont donc pas pu fabriquer cette barrière… Mais alors, la reine Frelonne est au courant de leur présence ? »

Il en doutait. La souveraine Aile de Guêpe vouait une profonde haine aux Ailes de Feuille, qui avaient refusé de la reconnaître comme reine. Pourquoi en aurait-elle gardé trois en réserve dans une serre ?

Face à lui, Criquette battit de la queue pour tenter d'attirer l'attention de la plus jeune, mais la dragonnette de feuille l'ignora.

La grande femelle, qui semblait être la chef, toisa ses trois prisonniers de ses yeux verts calculateurs. Puis elle s'avança pour couper le lien qui muselait Blue.

– Ouille ! couina-t-il.

– Qui êtes-vous et que faites-vous là ? le questionna-t-elle.

Elle désigna Criquette du menton.

– Deux Ailes de Soie avec une Aile de Guêpe. Vous travaillez pour elle ?

– Non, c'est mon amie, affirma Blue.

La plus jeune Aile de Feuille partit d'un rire méprisant, mais celle qui interrogeait Blue parut intriguée.

– Les Ailes de Guêpe ne sympathisent pas avec les Ailes de Soie. Ils vous manipulent. Ils vous asservissent. Ils vous donnent des ordres. Vous avez signé pour ça, non ?

– Je… je n'ai rien signé du tout, balbutia Blue. Enfin, je crois.

– C'est vrai, acquiesça le mâle Aile de Feuille. Il est trop jeune.

– Ne prends pas tout au premier degré, Sumac, intervint la chef. Toi, donne-moi vos noms.

– Je m'appelle Blue, annonça-t-il. Elle, c'est Criquette, et lui…

Il laissa sa phrase en suspens en s'apercevant que Bombyx secouait frénétiquement la tête.

– Euh… un autre Aile de Soie.

– Faire des cachotteries ne vous servira à rien, affirma la dragonne de feuille. Pour vous, ça peut se finir de deux manières : soit vous collaborez, soit vous mourez. Dans le premier cas, ce serait beaucoup plus commode de connaître vos noms. Sinon, on peut passer directement à la seconde option.

Comme Bombyx grognait, la petite Aile de Feuille lui montra les dents.

– Et… et vous, comment vous vous appelez ? demanda Blue, épaté par sa propre audace.

L'Aile de Feuille esquissa un sourire.

– Je m'appelle Belladone, voici Sumac, et notre fille, Droséra.

– Pourquoi tu leur as dit ? s'emporta cette dernière, furieuse. Ils ne peuvent pas nous aider. Ils nous dénonceront à la première occasion. On devrait les tuer et déposer leurs cadavres quelque part pour effrayer les vers de guêpier !

Elle leva une aile et tira un mille-pattes écarlate d'une pochette. Il se débattait furieusement, agitant toutes ses pattes en sifflant.

– Droséra, fit Belladone d'un ton menaçant. Garde ça pour plus tard. Des cadavres qui traînent révéleraient notre présence à la reine, ce qui compliquerait notre mission. Compris ?

La dragonnette remit le mille-pattes dans sa pochette, fronçant encore davantage le museau.

– Et… et puis, bafouilla Blue, la reine sera sûrement ravie si vous nous tuez. Et j'imagine que… que vous n'avez aucune envie de lui faire plaisir.

Belladone le fixa, les yeux plissés.

– La reine veut votre mort ? Et pourquoi ça ?

– Eh bien…, commença-t-il.

Hélas, il n'avait jamais su mentir alors, comme il ne savait pas quoi répondre et qu'il ne trouvait pas d'explication plausible, il préféra dire la vérité :

– Elle veut m'emprisonner au cas où je serais un Soie de Feu.

Il tendit les pattes pour montrer ses poignets qui avaient l'air parfaitement normaux, sous leur peinture écaillée.

– Et elle veut sûrement exécuter Bombyx parce qu'il a attaqué des gardes pour sauver ma sœur et qu'il s'est enfui du guêpier des Cigales. Quant à Criquette… la reine n'est pas encore au courant pour elle.

« Enfin, j'espère. »

– Si c'était le cas, elle serait furieuse parce que Criquette nous a aidés à fuir.

– Une Aile de Guêpe qui aide des dragons d'un autre clan ? répéta Belladone, pensive.

Elle examinait Criquette d'un œil… Blue avait des visions de sables mouvants et de lianes vénéneuses rampant dans la nuit.

– Ça m'a tout l'air d'une dragonne à compter parmi ses amis, déclara-t-elle.

– Ça m'a tout l'air d'un tissu de mensonges, cracha Droséra. Si la reine Frelonne voulait vous voir sous les verrous, vous seriez sous les verrous.

– Pas forcément. Elle désirait exterminer tout votre clan et, visiblement… hum, vous n'êtes pas tous morts, souligna Blue. À ce propos, comment ça se fait ? Vous êtes nombreux ? Où étiez-vous pendant tout ce temps ?

– C'est pas vos oignons ! siffla Droséra. Parce que tu crois qu'on va te confier quoi que ce soit ! Tu rêves ! Tueur d'arbres !

« Tueur d'arbres », pensa Blue, sous le choc. Quelle horreur. C'était donc comme cela que les Ailes de Feuille surnommaient les deux autres clans ?

« Évidemment. Après tout, c'est ce qu'on a fait. »

Sauf que… ils mettaient les deux clans dans le même sac… alors que si les Ailes de Soie avaient abattu les arbres, c'était uniquement pour obéir aux ordres. La plupart avaient préféré ne pas s'impliquer.

« Mais si j'étais un Aile de Feuille, je considérerais que les Ailes de Guêpe ont détruit mon habitat avec l'aide ou sous le regard consentant des Ailes de Soie. »

– Si vous tentez d'échapper à la reine Frelonne, intervint Belladone, alors qu'est-ce que vous fabriquez dans sa serre ?

Blue hésita. Bombyx secouait la tête comme un fou au point que son ami craignait qu'elle ne se détache de son cou. Qu'est-ce que ça pouvait faire que les Ailes de Feuille soient au courant pour Selena ? S'il parlait, c'était pour gagner du temps. Peut-être que s'il leur expliquait la situation et qu'il promettait de ne révéler à personne qu'ils avaient vu des Ailes de Feuille, alors Belladone déciderait de les relâcher. Après tout, ce devait être assez clair que ni lui ni ses amis ne risquaient de se confier à la reine Frelonne ou à des Ailes de Guêpe prochainement.

– On cherche ma sœur, dit-il. C'est une Soie de Feu et la reine Frelonne l'a fait arrêter. Nous pensons qu'elle retient tous les Soies de Feu quelque part dans le coin.

Belladone, Sumac et Droséra se consultèrent du regard, visiblement intrigués.

– C'est…, commença la petite.

– Oui…, acquiesça son père.

– Ha ha ! s'exclama sa mère.

– Quoi ? les questionna Blue. Comment ça, « ha ha » ?

– Il semblerait, dit Belladone en faisant un pas vers lui, que nous puissions finalement nous entraider.

– Ah bon ?

– Vois-tu, nous savons où sont les Soies de Feu.

La mâchoire de Blue manqua se décrocher. Criquette releva la tête, les oreilles dressées. Même Bombyx avait soudain l'air plus excité qu'inquiet.

– Où sont-ils ? demanda Blue. Est-ce que vous avez vu un nouveau cocon là-bas ? Il allait bien ?

– Nous pouvons vous conduire à leur prison, affirma Belladone. Nous pouvons même vous aider à entrer en douce pour délivrer ta sœur. Il faut juste que vous fassiez une chose pour nous en échange.

Le cœur de Blue se serra. Quoi que les Ailes de Feuille leur demandent, ça ne devait pas être simple. Ni facile. Ni sans danger.

– Je ne veux faire de mal à personne, prévint-il.

– Pas besoin, promit Belladone avec son sourire de sables mouvants. Nous ne sommes pas là pour attaquer le guêpier ni pour nous battre avec d'autres dragons, quoi que prétende la propagande de votre reine. Nous sommes ici pour une chose bien précise et, comme nous avons eu beaucoup de mal à trouver comment l'obtenir, vous tombez à point. Un Aile de Soie aux abois et une Aile de Guêpe serviable, c'est exactement ce qu'il nous faut.

– Pourquoi ? s'enquit Blue. Qu'est-ce que vous aimeriez qu'on fasse ?

– Si vous voulez qu'on vous aide à retrouver ta sœur, reprit Belladone d'un ton mielleux, il faut juste que vous voliez le Livre de Clairevue pour nous.

CHAPITRE 18

Blue sentit un frisson lui parcourir la colonne vertébrale à la seule mention du Livre de Clairevue. Il avait
passé des centaines de nuits, allongé dans son hamac, à
contempler les étoiles voilées de soie, en essayant d'imaginer sa vie. La plus célèbre dragonne de toute l'histoire.
La plus sage. L'ancêtre de tout un clan.

La légende racontait que Clairevue voyait l'avenir
– pas un seul avenir, mais tous les futurs possibles. Ce
pouvoir lui avait permis d'assurer la sécurité des clans
durant sa vie entière. Grâce à elle, ils avaient survécu aux
ouragans, aux feux de forêt, à une ou deux princesses
malintentionnées. Protégés de tous les dangers, ses
enfants, petits-enfants et arrière-petits-enfants étaient
devenus de plus en plus forts, puissants et nombreux,
au fil du temps.

Puis quand Clairevue avait vu sa mort approcher, elle avait légué un dernier cadeau à ses descendants : un livre prédisant leur avenir.

Il les avertissait de tout ce qui risquait de se produire dans les années à venir. L'écroulement d'une partie de la falaise, sur la côte, à cause de la foudre. L'explosion de la population de requins dans la baie. La propagation d'une maladie dévastatrice, qui s'attaquait à l'écorce des arbres. Clairevue avait tout consigné, des siècles et des siècles de prévisions, afin de continuer à protéger ses enfants Ailes de Guêpe bien-aimés, longtemps après sa mort.

Le Livre de Clairevue était l'un des plus grands trésors des Ailes de Guêpe. Grâce à lui, ils demeuraient le clan le plus puissant de Pantala. La reine Frelonne s'en était servie pour remporter la guerre contre les Ailes de Feuille. Ce livre la rendait invincible.

Et sans doute, songea Blue, tandis que des tentacules d'angoisse glacés s'insinuaient dans son esprit, sans doute le Livre l'avait-il prévenue que de stupides dragons allaient tenter de le lui voler. Elle savait peut-être même où ils se trouvaient en cet instant.

– Oui, je me suis fait la même réflexion, intervint Belladone en le voyant pâlir. Mais jusqu'ici on a réussi à se cacher dans sa serre quatre jours durant sans que personne ne débarque pour nous capturer. Si le Livre l'a avertie de notre présence, elle ne s'est pas donné la peine de réagir.

– Pas encore, précisa Sumac.

Belladone lui lança un regard.

– On n'a pas besoin d'eux ! protesta Droséra. Je suis parfaitement capable de voler le Livre de Clairevue toute seule.

– Tu ne serais même pas capable de franchir la porte du guêpier toute seule, objecta sa mère.

– Nous non plus, renchérit Blue. Nous ne pouvons vous être d'aucune utilité. Nous sommes des fugitifs. Nous sommes recherchés.

– Pas elle, rappela Sumac en pointant une griffe sur Criquette.

Il avait raison. La dragonnette aurait pu, mais elle secoua la tête. La petite flamme d'espoir de Blue s'éteignit brutalement.

C'était normal qu'elle refuse, il ne pouvait pas lui en vouloir. Elle n'avait jamais rencontré Selena. Elle n'allait pas risquer l'avenir de son clan tout entier pour une Aile de Soie qu'elle ne connaissait même pas.

Aider un pitoyable dragon à échapper à ses poursuivants, c'était une chose – une aventure excitante, incluant expériences scientifiques délirantes et découverte d'espèces hors du commun.

Mais voler le Livre de Clairevue, là… c'était un crime impardonnable. Ce serait trahir son clan, et pas uniquement la reine.

– Non ? gronda Belladone, hors d'elle.

Elle fondit sur Criquette et serra son menton entre ses griffes.

– Je ne suis pas le genre de dragonne à qui l'on dit non, Aile de Guêpe. Tu n'as pas le droit, après tout ce que ton clan a fait au nôtre !

– Ne lui faites pas de mal ! paniqua Blue.

Il tenta de se libérer, mais il était soigneusement ligoté.

– Écoutez, vous devez quand même comprendre pourquoi elle refuse, non ? Elle désire protéger son clan, comme vous le vôtre. Vous prétendez que vous ne voulez de mal à personne, mais que comptez-vous faire du Livre, une fois que vous aurez mis la patte dessus ?

Belladone siffla au museau de Criquette avant de la repousser.

– Nous souhaitons simplement rééquilibrer les forces, affirma-t-elle. Vous trouvez ça juste que les Ailes de Guêpe bénéficient de cet avantage depuis si longtemps ? Qu'ils en aient profité pour asservir ou éliminer d'autres clans ? Vous croyez que c'était ce que votre précieuse Clairevue avait en tête ?

Criquette fixa ses griffes, penaude.

– La reine Frelonne a sans doute dû le lire en entier, poursuivit Belladone. Elle en a même sûrement une copie quelque part, ou alors c'est une idiote. Nous aimerions juste le lire également. Comme ça, en ayant les mêmes informations, nous serons à égalité.

– Ce ne serait que justice, acquiesça Sumac.

– Mais… euh…, intervint Blue, tout gêné, vous n'exploiterez pas ces informations pour attaquer les guêpiers ?

Les yeux de Belladone étincelèrent.

– Ça dépendra de ce que raconte le Livre.

– Vous êtes trop curieux ! s'emporta Droséra.

Elle porta machinalement la patte à l'une de ses pochettes, avant de se raviser et de la laisser retomber.

– Soit vous nous aidez, soit vous mourez, c'est simple.

Blue jeta un regard à Bombyx. Il vit que son ami approuvait ce plan. Il était prêt à aider les Ailes de Feuille du moment que ça lui permettait de sauver Selena. Peu importe ce qui arriverait aux Ailes de Guêpe ensuite.

Mais Criquette… c'était trop lui demander.

Pourtant, le plan ne pouvait pas fonctionner sans elle.

Blue ferma les yeux et prit une profonde inspiration avant de déclarer :

– Je dois discuter un moment avec mes amis. Laissez-nous le temps de réfléchir.

– RÉFLÉCHIR ? rugit Droséra.

Elle ramassa une branche morte et la réduisit en miettes.

– AAAARRRRGGGH !

– Vous avez jusqu'à midi, annonça Belladone en faisant signe à sa fille. Ensuite, nous commencerons à échafauder notre plan.

Elle tourna les talons et disparut dans la végétation. Droséra la suivit d'un pas rageur.

Sumac dénoua le lien qui réduisait Bombyx au silence, puis celui de Criquette. Tandis que la liane tombait à terre, il la regarda droit dans les yeux.

– Fais le bon choix, la menaça-t-il.

Et sur ces mots, il s'engouffra également entre les feuilles.

Blue leva le museau. La végétation était si fournie qu'il ne distinguait ni les parois ni le plafond de la serre, c'était comme s'ils se trouvaient dans une grotte de feuillage. Mais d'après la lumière verte de plus en plus intense qui filtrait à travers la verdure, il devina que le soleil se levait. Il se demanda si les patrouilles étaient déjà à sa recherche.

Avait-on remarqué l'absence de Criquette?

Il roula sur le côté et rampa sur le sol de pierre pour se rapprocher d'elle. Elle lui adressa un demi-sourire en frottant son museau dans son cou.

– Je suis désolé, lui dit-il. Vraiment vraiment désolé de t'avoir entraînée là-dedans.

Son amie parut extrêmement surprise.

– Je crois que je me suis entraînée là-dedans toute seule. Que j'y ai carrément sauté à pattes jointes! Peut-être même en me disant: «Youpi! Vive l'aventure!» si je n'ai pas osé le crier tout fort.

– Peut-être, mais tu ne devais pas t'attendre à ça, rétorqua-t-il.

– Toi non plus, fit-elle valoir. Capturés par des Ailes

de Feuille ! C'est dingue, non ? Je n'en reviens pas qu'ils aient survécu, tout compte fait ! Où étaient-ils passés pendant tout ce temps ? Bon, j'avoue qu'ils sont un peu plus belliqueux que je ne l'aurais imaginé…

Elle frotta pensivement sa mâchoire endolorie.

– C'est vrai ? s'étonna Blue. Nous, on nous a tellement rabâché que c'étaient des tueurs sanguinaires que je les trouve presque sympathiques de ne pas nous avoir tués sur-le-champ.

Criquette lui adressa un faible sourire.

– Tu crois qu'il y a une chance pour qu'ils ne nous tuent pas du tout, finalement ?

– Peut-être, si on les aide… ou si on arrive à s'enfuir.

Blue se tourna vers Bombyx, qui se contorsionnait sur le sol pour tenter de ronger ses liens.

– Hum… Bombyx ? Qu'est-ce que tu en penses ?

– Je pense qu'ils sont en train d'écouter notre conversation, grogna-t-il, alors inutile d'échafauder des plans d'évasion.

– Exact, confirma la voix de Belladone à travers le feuillage.

– Malgré tout, on devrait les aider, affirma Bombyx. Ils ont raison. Les Ailes de Guêpe ont détruit tous leurs arbres. La reine Frelonne s'est servie du Livre pour les exterminer. Alors pourquoi n'auraient-ils pas le droit de le consulter à leur tour ? Je m'en fiche, du moment qu'ils nous conduisent à Selena. Le seul point sur lequel j'hésite, c'est savoir s'ils tiendront parole une fois qu'ils auront ce qu'ils veulent.

– Oui, fit la voix de Belladone.

– Mais évidemment, espèces de cafards ingrats ! hurla Droséra d'un autre endroit. Nous ne sommes pas des menteurs d'Ailes de Guêpe ! Nous sommes des Ailes de Feuille. Nous sommes dignes de confiance, nous !

– Si vous souhaitez participer à la conversation, revenez avec nous, dit Blue.

Ils entendirent des bruissements de feuilles.

– Non, non, continuez ! Faites comme si on n'était pas là, répondit Belladone.

Bombyx laissa échapper un reniflement méprisant.

– Moi, ça m'inquiète, reprit Blue. Primo, je suis sûr que c'est mission impossible de voler ce livre. Secundo, même si on réussissait, le donner à un clan qui a essayé de nous rayer de la carte, ce n'est peut-être pas une très bonne idée.

– MAIS ON N'A JAMAIS…, vociféra Droséra.

Sa mère la fit taire :

– Chuuuuuut !

– De toute façon, contra Bombyx, on ne pourra jamais rentrer chez nous. Toi, moi, Selena et Io, si un jour on la retrouve – et toi aussi, si tu en as envie, ajouta-t-il à l'adresse de Criquette, il faudra qu'on se trouve un nouvel endroit où vivre, loin de Frelonne, de ses hordes de zombies et des guêpiers. Alors peu importe ce qu'ils deviendront ensuite. Nous, on sera bien en sécurité, loin de tout ça.

– Mais… et les autres ? protesta Blue. Pimprenelle et Silverine ? Tes parents ? Tous nos camarades de classe ? Tous nos professeurs ? La sœur de Criquette ? Tu t'en moques ?

Bombyx enroula sa queue autour de ses pattes et ouvrit ses ailes.

– Je me soucie de Selena. C'est tout.

Blue ne le croyait pas. Car lui, il se souciait de tout le monde : des dragons à qui il avait un jour adressé la parole aussi bien que de ceux qu'il n'avait jamais croisés. Des dragons qui étaient en train de manger des myrtilles, des dragons qui riaient en voyant un bébé tigre pataud, des dragons qui prenaient des cours de danse, des dragons qui pleuraient toutes les larmes de leur corps à cause d'une mauvaise note. Il avait été à leur place et il ne pouvait pas filer en les laissant aux griffes de ces dragons en furie, avides de vengeance.

Il se tourna vers Criquette. Elle avait réussi à arracher une branche à un buisson et, la tenant entre ses dents, elle la passa à ses pattes liées. Croisant le regard de Blue, elle tapota la terre avec.

– Je ne crois pas qu'on ait le choix, dit-elle tout haut.

Maladroitement, elle écrivit avec son bâton : « Fais mine d'être d'accord. On s'échappera plus tard. »

Blue inclina la tête, surpris. Ah bon ? Parce qu'ils pouvaient faire ça ? Dire d'accord aux Ailes de Feuille… accepter de voler le Livre… et s'enfuir une fois dans le guêpier ?

Les Ailes de Feuille ne leur révèleraient pas où était retenue Selena, mais avec un peu de chance, ils la trouveraient peut-être seuls.

C'était sournois, comme plan. Il n'aimait pas mentir ni rompre ses promesses.

Mais il n'aimait pas non plus voler des objets précieux.

– De toute façon, Droséra a été claire, poursuivit Criquette, soit on obéit soit ils nous tuent.

– Je ne les laisserai pas te tuer, affirma Blue.

Un cri satisfait monta de l'endroit où se tenait Droséra, suivi par un « chuuut » et les échos d'un chahut.

Criquette tapota à nouveau son message en fixant Blue d'un regard entendu.

– Écoutons-les exposer leur plan, reprit-elle. S'il faut voler le Livre pour délivrer ta sœur… et échapper à la mort, alors OK. Ils ont raison, la reine Frelonne et la bibliothécaire savent déjà tout ce qu'il contient, de toute façon.

Bombyx avait cessé de se débattre avec ses liens et gisait par terre, bizarrement contorsionné et l'air grognon.

Il n'avait sans doute pas réussi à lire ce qu'avait écrit Criquette dans cette position, mais ce n'était pas grave.

Une fois qu'ils seraient hors de portée des Ailes de Feuille, ils lui expliqueraient.

– Bon, ben voilà, on est tous d'accord, lança Bombyx.

Blue soupira et se pencha pour effacer le message de Criquette.

– Ça marche ! annonça-t-il. On va tenter de vous voler le Livre de Clairevue !

CHAPITRE 19

Le plan de Criquette capota presque instantanément. Pour commencer, les Ailes de Feuille tenaient absolument à ce que Droséra s'introduise avec eux dans le temple.

– Quoi ? s'écria la dragonnette. Comment voulez-vous qu'on la fasse entrer dans le guêpier ? Le premier garde qui l'apercevra la tuera… D'ailleurs, n'importe quel Aile de Guêpe aura la même réaction en la voyant.

– C'est vrai, confirma Blue. Il y a d'affreuses affiches appelant à se méfier de vous partout.

– On a tout prévu, déclara Belladone.

Blue ne put s'empêcher de remarquer qu'elle n'avait pas l'air particulièrement soucieuse d'envoyer sa fille au-devant du danger. La dragonne exhiba deux feuilles exactement de la même forme que la seconde paire d'ailes des dragons de soie.

Droséra fixait Criquette d'un regard assassin, tandis que ses parents les attachaient sous ses vraies ailes par un système de lianes.

– Pas question de voler ! lui rappela Sumac en lui donnant une petite tape sur le museau.

– Tant qu'elle garde les ailes repliées, ça devrait faire illusion à l'intérieur du guêpier, indiqua Belladone. Le souci, c'est lorsqu'il s'agira de s'approcher des gardes qui sont à l'entrée, en pleine lumière…

Elle sourit à Criquette – un sourire mécanique qui n'illuminait pas ses yeux.

– C'est là que tu interviens.

– Elle est tout de même très verdoyante et feuillue, protesta la dragonnette. Même ses vraies ailes ressemblent à des feuilles. Et elle est tellement verte… Blue, il n'y a pas d'Ailes de Soie de ce vert-là, pas vrai ?

Il se remémora toutes les nuances de vert qu'il avait pu croiser chez ses congénères avant de comprendre ce que Criquette attendait de lui.

– Non non non, aucun n'est aussi vert !

– On peut arranger ça, affirma Droséra.

Elle renversa le contenu d'une de ses pochettes. Une pluie de pétales tomba sur le sol. Elle saisit au hasard une fleur écarlate et la frotta sur ses épaules, créant une tache vert rougeâtre.

– Laisse-moi faire, dit son père en lui prenant délicatement la fleur des pattes.

Il tria d'une griffe assurée les pétales par couleurs, puis les appliqua en motifs réguliers – jaunes, rouges et bleus.

Criquette l'observait d'un œil dubitatif. Blue, lui, était impressionné. Ce n'était pas aussi soigné que la peinture de camouflage de Criquette, néanmoins lorsque Sumac eut terminé, Droséra ressemblait déjà moins à une Aile de Feuille. Bon, pas franchement à une Aile de Soie non plus. Elle avait l'air trop en colère, et la combinaison de couleurs sur ses écailles n'était pas des plus harmonieuses. Mais Belladone avait sans doute raison : sa fille pouvait désormais circuler dans le guêpier sans se faire repérer.

«Attends. Ça ne va pas du tout, se souvint-il. On voulait la semer. On ne pourra jamais s'échapper si elle nous suit partout.»

Hélas, comment en dissuader les Ailes de Feuille sans éveiller leurs soupçons?

Et ce n'était pas fini!

– Ces deux-là restent avec nous, annonça Belladone en montrant les deux Ailes de Soie.

– Pas question! rugit Bombyx.

Criquette replia ses ailes et leva le menton.

– Je n'irai pas sans eux, décréta-t-elle. Je ne veux pas. Je n'ai pas confiance en vous.

– Et moi, je n'ai pas confiance en toi, Aile de Guêpe, riposta Belladone. Donc, ils vont rester là où je peux les avoir à l'œil. Tu les récupéreras quand j'aurai le livre.

Criquette lui tint tête.

– Non, je ne réussirai pas toute seule.

– Tu auras Droséra, fit valoir Belladone.

– Ouais ! renchérit celle-ci. Tu m'auras, moi. C'est tout le contraire d'être seule. J'abats le boulot de vingt dragons, au moins.

– J'ai besoin de mes amis, répliqua fermement Criquette.

Belladone et Sumac échangèrent un long regard.

Finalement, le dragon de feuille déclara :

– Juste un.

– Les deux, insista Criquette.

– Un seul, gronda Belladone. Dis-nous lequel ou on en tue un au hasard pour te faciliter la tâche.

Criquette hésita. Blue se sentait mal pour elle. Comment parviendraient-ils à s'échapper si l'un d'entre eux était coincé dans la serre ? Mais il voyait bien qu'elle ne pouvait rien y faire.

– Blue, lâcha Criquette d'une voix morne. Je prends Blue.

– Tu devrais choisir Bombyx, répliqua-t-il. Il se bat mieux que moi, si jamais ça tourne mal.

– Je suppose que c'est à ça qu'elle sert, fit Criquette en désignant Droséra du menton. Je veux vraiment que tu m'accompagnes, Blue. S'il te plaît.

Il comprit alors qu'elle avait peur, peut-être encore plus que lui. Elle l'avait choisi parce qu'elle se sentait plus en sécurité avec lui qu'avec Bombyx, qu'elle connaissait à peine et qui avait tendance à critiquer sans arrêt les Ailes de Guêpe. Blue craignait de ne pas lui être très utile, mais si elle y tenait, il irait où elle voudrait, même à l'autre bout de Pantala, et au-delà…

– Bien sûr, répondit-il.

Peut-être auraient-ils l'occasion d'échapper à Droséra. Puis ils trouveraient un moyen de sauver Bombyx et de sortir de là… même s'il ne voyait pas trop comment pour le moment. Sumac les détacha et laissa Criquette utiliser la teinture de fleur pour recouvrir les endroits où les vraies couleurs de Blue apparaissaient. Le résultat était vraiment bizarre, comme s'il avait une maladie de peau. Mais peut-être que, justement, ça dissuaderait les autres – en particulier les Ailes de Guêpe – de l'approcher.

La journée leur parut interminable. Pourtant, ce fut bien trop tôt que Belladone leur annonça :

– Le soleil se couche. Il est temps d'y aller.

Blue serra la patte de Bombyx dans la sienne.

– On revient te chercher, promit-il.

– Je sais, répondit son ami. Avec le Livre. Je suis sûr que vous allez réussir.

«Comment lui dire qu'on fait semblant? se désespérait Blue. Comment l'avertir qu'il doit s'échapper?»

Il n'y avait aucun moyen. Sumac se tenait à côté de lui, les fixant d'un regard d'aigle.

– À bientôt, Bombyx, murmura-t-il.

Droséra les conduisit à travers le méli-mélo de végétation jusqu'à l'arrière de la serre, face au guêpier. Elle glissa ses griffes dans l'interstice d'une vitre et fit levier.

– Oh! s'exclama Criquette. On se demandait comment vous aviez fait pour entrer. Mais… ce n'est pas mauvais pour les plantes?

– Je me moque des plantes comme de ma première écaille, répliqua Droséra d'une voix rauque. Avance.

Criquette passa à travers l'ouverture. Comme Blue se baissait pour la suivre, il vit Belladone pointer une griffe entre les omoplates de sa fille pour qu'elle se tienne droite.

– J'espère que tu vas nous faire honneur, lui recommanda-t-elle. Il n'est pas question d'échouer. N'oublie pas que tu as éclos pour ça. Rappelle-toi à quel point ils sont diaboliques. Laisse ta rage te porter.

– Oui, mère, répondit Droséra d'un ton assuré. Je n'échouerai pas.

Et Blue se retrouva dehors au côté de Criquette, dans une allée de gravier bien ratissée, sous un ciel gris baleine. Des nuages bas obscurcissaient les lunes et la plupart des étoiles. Cette fois, la saison des pluies était bel et bien arrivée.

Droséra apparut un instant plus tard, et remit la vitre en place derrière elle. Ils se faufilèrent en silence entre les serres. Alors qu'ils approchaient du guêpier royal, l'Aile de Feuille leva une patte pour les arrêter, puis se cacha à l'angle de la serre suivante pour scruter l'entrée.

– Deux gardes, murmura-t-elle. Ceci devrait faire l'affaire.

Elle fouilla dans une de ses pochettes et en sortit avec précaution une boîte en bois. Elle l'ouvrit, révélant une fleur couleur de lune, de la taille d'une raie.

– Prends ça, dit-elle à Criquette. DÉLICATEMENT. Ne l'écrase surtout pas avant d'être arrivée tout près des gardes. Puis attire leur attention et écrase-la juste sous leur museau.

– Qu'est-ce que ça va leur faire ? s'inquiéta la dragonnette en contemplant la belle fleur blanche. C'est toxique ? D'où ça sort ? Je ne veux empoisonner personne.

– Ça ne les empoisonnera pas, répliqua Droséra, agacée. Ça va juste les endormir un moment. Mais toi, retiens ta respiration, ou tu ne nous seras plus d'aucune utilité.

Tenant la fleur à bout de patte, Criquette prit une profonde inspiration et s'avança. Elle marchait lentement, se traînant prudemment sur trois pattes afin de tenir la fleur entre ses serres avec une infinie douceur.

Blue réalisa soudain que son amie se trouvait à un tournant décisif. Jusque-là, elle n'avait jamais été vue en compagnie des fugitifs. Elle aurait pu rentrer chez elle n'importe quand et reprendre le cours de sa vie comme si de rien n'était en inventant une vague excuse.

Là, elle était face à de vrais gardes Ailes de Guêpe qui se souviendraient d'elle. Quoi qu'il arrive ensuite, Criquette aurait des ennuis – et même de gros gros ennuis.

« Je suis désolé, Criquette, pensa Blue, abattu. J'aimerais… »

Il s'interrompit. Il ne pouvait pas dire : « J'aimerais qu'on ne se soit jamais rencontrés » parce que c'était complètement faux. Il aurait juste aimé qu'elle ne risque rien.

Les deux gardes se redressèrent d'un bond en la voyant approcher.

– Halte ! cria l'un d'eux.

Criquette s'arrêta où elle était, à mi-chemin de la porte, tandis que les gardes discutaient entre eux à voix basse.

Blue jeta un coup d'œil à Droséra, qui observait la scène avec une tension palpable. Elle semblait prête à se ruer sur les gardes pour les poignarder au moindre petit éternuement.

– Ta mère a dit que tu avais éclos pour cette mission… c'est quoi, cette histoire ? lui demanda-t-il.

Elle lui jeta un regard incrédule.

– Je rêve… tu crois que le moment est bien choisi pour bavarder, là, maintenant ? T'es pas obligé de remplir les blancs, tu sais.

– Non ! protesta-t-il. Ce n'est pas pour remplir les blancs. C'est une question sérieuse. Enfin, une vraie question, quoi. J'ai vraiment envie de savoir.

– Rien de mystique, je te rassure, grogna-t-elle. Elle voulait une fille pour perpétuer l'héritage familial. Elle m'a entraînée toute ma vie dans un seul but : celui-ci.

– Voler le Livre de Clairevue ?

Elle plissa les yeux et confirma :

– Évidemment.

Blue sentait qu'il y avait autre chose, mais il n'eut pas le temps de creuser, les gardes faisaient signe à Criquette d'approcher.

– Comment tu t'appelles ? la questionna celle de gauche, une femelle. Pourquoi tu n'es pas rentrée avant le couvre-feu ?

– Et qu'est-ce que c'est que ça ? lui demanda l'autre, un mâle.

– J'ai fait une découverte extraordinaire, affirma Criquette. La reine va vouloir voir ça tout de suite.

Blue avait du mal à entendre ce qu'elle disait à cette distance. Sa voix portait beaucoup moins que celles des gardes.

– À moins que ce soit un plan montrant où se cache ce satané Aile de Soie, elle risque de t'arracher la tête, affirma la première garde. Si j'étais toi, je tenterais d'abord ma chance auprès de la bibliothécaire, petite dragonne. Elle aime les curiosités.

– Et elle est un peu moins meurtrière que la reine, ajouta l'autre en souriant.

Blue sentit la culpabilité lui nouer la gorge. Ces gardes

étaient plutôt sympathiques. Et ils allaient être tellement dans le pétrin si Blue et Droséra pénétraient dans le guêpier et que la reine l'apprenait. Perdraient-ils simplement leur boulot… ou risquaient-ils un châtiment plus sévère? Blue se rongeait nerveusement les griffes. Pourquoi fallait-il justement que ces gardes-là soient sympas?

La voix de Selena susurra dans sa tête : « Ils sont peut-être gentils parce qu'ils parlent à une Aile de Guêpe. Tu as déjà vu un garde sympa avec un Aile de Soie? Tu savais qu'ils pouvaient sourire?

Ces gardes ont dû passer les trois derniers jours à te pourchasser. Si ça se trouve, ils étaient dans l'unité qui m'a mise en cage. Peut-être même qu'ils aiment piquer les Soies de Feu avec leur lance pour qu'ils produisent davantage… »

Blue frissonna, tenta de faire taire cette voix.

– Alors, c'est quoi? demanda la première garde en tendant le cou alors que Criquette s'approchait d'eux.

– Elle est belle, hein? dit-elle. Et elle a un parfum incroyable…

Elle tendit la fleur entre les deux Ailes de Guêpe, qui se penchèrent pour la renifler.

Criquette serra alors le poing, écrasant les pétales entre ses griffes.

Blue ne vit pas exactement ce qui se passait, mais un instant plus tard, les deux gardes s'écroulèrent. Le mâle se cogna la tête contre le mur du guêpier en tombant, Criquette voulut le rattraper, trop tard. Elle s'accroupit auprès de lui pour lui replier les ailes et vérifier son pouls. La fleur couleur perle gisait là où elle l'avait laissée tomber, dans la terre, à présent toute flétrie et marron sur les bords.

Droséra fonça vers l'entrée et Blue la suivit tant bien que mal.

– Laisse-les, ordonna-t-elle à Criquette. Je ne sais pas combien de temps ils vont rester dans cet état. À ta place, je leur aurais carrément fourré la fleur dans les naseaux.

– Eh bien, ce n'est pas mon genre, répliqua la dragonnette, agacée. Et ça a marché, non ? C'est quoi, comme fleur ? C'est de la famille de la belladone ?

Blue se pencha au-dessus de l'autre garde pour s'assurer discrètement qu'elle était en vie (oui !) et qu'elle était tombée dans une position confortable. Droséra repartit sans attendre, et ils durent se relever d'un bond pour la suivre sous le regard mauvais de la gigantesque statue de la reine Frelonne.

La porte d'entrée principale du guêpier était massive, en bois sculpté, à double battant. Sur chacun d'eux, un motif de guêpes entourait le profil de la reine. Droséra marqua un temps d'arrêt, puis lacéra le museau élégant de Frelonne, laissant des sillons hérissés d'échardes dans le bois.

– Pourquoi tu as fait ça ? protesta Criquette. Tu as abîmé un magnifique panneau sculpté !

– Attends que je me retrouve face à elle pour de vrai, gronda l'Aile de Feuille.

Elle entrouvrit la porte et y risqua un œil, puis elle se faufila dans l'entrebâillement. Blue et Criquette s'engouffrèrent à sa suite dans le dédale du guêpier royal.

Ils se retrouvèrent dans une ruelle déserte, bordée de rangées de bâtiments identiques – des cubes beiges, sans fenêtres et munis d'une seule porte. Sans doute des entrepôts, supposa Blue. Chaque porte était marquée d'un symbole qui ne lui évoquait rien.

Il n'eut pas le temps de creuser, car Droséra avait déjà pris le couloir menant au niveau suivant. Blue lui courut après et l'attrapa par l'épaule.

– QUOI ? rugit-elle.

– Laisse Criquette passer en premier et marche comme une Aile de Soie. On ne fonce pas droit devant avec cet air de je-suis-pressée-j'ai-quelqu'un-à-incendier. Même avec un meilleur camouflage, ton allure et ton expression revêche te feraient repérer en un éclair.

– Très bien, répliqua-t-elle, furibonde. Alors montre-moi comment *vous* marchez.

Blue se tourna vers Criquette.

– Tu es déjà venue ? la questionna-t-il. Tu sais où se trouve le temple ?

– Oui, confirma-t-elle. On l'a visité avec ma classe l'an dernier, et mon père m'y a emmenée deux ou trois fois. C'est au centre du guêpier.

Il acquiesça et s'écarta pour la laisser prendre la tête du groupe. Puis il lui emboîta le pas, la tête basse et l'air aussi inoffensif et insignifiant que possible.

Droséra l'imita, pestant entre ses dents.

– Rentre un peu plus le menton, lui suggéra Blue à mi-voix. Les yeux rivés au sol. Ne soutiens jamais le regard d'un Aile de Guêpe. Essaie de ne pas faire de bruit.

– Tu es exactement comme j'imaginais les Ailes de Soie : un ver servile et soumis.

Il se figea et la dévisagea, sourcils froncés.

– Pas du tout. Nous sommes pacifiques, d'accord. Et nous suivons les règles. C'est ce qui nous a permis de rester en vie, non ? Il y a beaucoup plus d'Ailes de Soie vivants en ce monde que d'Ailes de Feuille, je parie, s'empressa-t-il d'ajouter car, en réalité, il n'en avait aucune idée.

Le matin même, il était persuadé qu'il n'y avait plus aucun dragon de feuille à Pantala.

Mais il avait dû voir juste car elle pivota face à lui, les yeux étincelants.

– Si vous aviez accepté de vous battre à nos côtés, on serait encore tous en vie !

– Ou on serait tous morts, répliqua-t-il. Scénario beaucoup plus plausible.

– Je ne comprends pas pourquoi Saule veut sauver votre clan, cingla Droséra. Vous êtes aussi nuisibles que les Ailes de Guêpe, à hocher docilement la tête en vous laissant marcher dessus, sourire aux lèvres. Je vous jetterais tous autant que vous êtes à la mer si ça ne tenait qu'à moi.

Criquette, qui s'était avancée jusqu'au prochain tournant, revint vers eux en chuchotant :

– Vous pouvez être un peu plus discrets ? On va bientôt arriver dans les étages résidentiels.

Ce qui signifiait qu'il y aurait davantage de dragons dans les parages, davantage d'Ailes de Guêpe susceptibles de les entendre se disputer. Blue ravala tout ce qu'il avait envie de répliquer et suivit Criquette en marchant comme il en avait l'habitude en présence des Ailes de Guêpe, d'une façon tout à fait normale, et qui lui évitait de s'attirer des ennuis, et qui était polie et… Et si Droséra avait raison ? Confondait-il obéissance et sagesse avec soumission et servilité ? Se laissait-il piétiner par les Ailes de Guêpe ?

« Et qu'est-ce que je serais censé faire sinon ? Soutenir le regard des Ailes de Guêpe, les contredire, me battre ? Finir sans arrêt sur le sentier des Délinquants, comme Bombyx ? Je déteste qu'on me crie dessus. Et mon comportement m'a toujours permis d'éviter ça. »

Le guêpier royal était construit sur le même plan que celui des Cigales mais en plus grand, avec des couloirs plus larges, des plafonds plus hauts… Les murs étaient peints de rayures jaunes et noires ou de motifs d'alvéole, selon les niveaux. Des tissages et des affiches représentant la reine Frelonne les guettaient à chaque tournant.

À mesure qu'ils montaient, les couloirs étaient de plus en plus fréquentés. Blue se rapprocha de Criquette, le cœur battant. Ils croisèrent une famille d'Ailes de Guêpe qui se chamaillaient pour savoir où aller dîner ; un Aile de Soie portant un panier de linge propre ; un couple de dragons de guêpe en train de chanter, s'accusant mutuellement de ne pas connaître les paroles. Tout le monde était parfaitement normal. Ils continuaient leurs vies tranquilles alors qu'ils passaient leurs journées téléguidés par la reine. Certains adressèrent un signe de tête poli à Criquette, mais aucun ne jeta le moindre regard à Blue ou à Droséra.

Puis Criquette ralentit et replia les ailes pour sortir du couloir. Ils débouchèrent dans une vaste salle au sol en vrai bois, et non en écorciment. Blue étouffa un cri en posant une patte sur la surface polie, veinée d'or et d'ambre. En levant les yeux, il venait d'apercevoir le temple de Clairevue.

CHAPITRE 20

Blue avait lu que le temple de Clairevue était le plus beau monument au monde. Il savait qu'il avait été édifié par les petits-enfants de la dragonne, puis partiellement détruit des siècles plus tard, durant la guerre contre les Ailes de Feuille. On l'avait déplacé pour le reconstruire ici, au cœur du guêpier royal, à l'abri.

Les livres lui avaient appris qu'il était constitué de soixante essences de bois différentes, polies et patiemment assemblées afin de créer ce miracle.

Mais les livres ne pouvaient décrire le sentiment de paix qui s'en dégageait.

Le temple n'était ni haut ni imposant, contrairement à ce que Blue s'était figuré. Il n'était pas plus grand que le Cocon, mais plus gracieux et parfaitement proportionné. Les colonnes du fronton étaient en bois foncé, presque noir, serti d'éclats de quartz scintillant comme des étoiles dans la nuit. Les quatre coins du toit étaient élégamment recourbés telles des queues de dragon, et des tuiles dorées semblables à des écailles recouvraient le dôme central.

Le temple était paisiblement posé au milieu d'une vaste cour aux magnifiques terrasses en bois, entouré de bassins où il se reflétait et de petites alcôves aux étagères pleines de livres. Même à cette heure tardive, Blue vit quelques dragons ici et là – assis sur un banc, allongés au bord de l'eau ou sur un tapis de bambou près d'une étagère –, tous en train de lire. De petites lanternes de soie de feu répandaient une lumière chaleureuse, certaines flottant sur les bassins, d'autres suspendues aux poutres du temple.

Une autre source éclairait le dôme. Levant le museau, Blue s'aperçut qu'un puits de lumière diffusait sa clarté du sommet jusqu'aux niveaux inférieurs du guêpier. Une vitre empêchait certainement la pluie d'entrer par là, mais elle était si propre qu'on avait l'impression d'une ouverture sur le ciel.

Cet endroit tenait à la fois de la bibliothèque magique et du jardin féerique… Blue fut envahi par une profonde tristesse : il venait pour la première fois et ne pourrait sans doute jamais revenir. Il aurait aimé vivre ici, comme ces Ailes de Guêpe, avec un si bel édifice à portée de griffe. Il aurait aimé travailler pour la bibliothécaire, entretenir le temple, prendre soin des livres, balayer le sol, nourrir les carpes koï, pour que tout reste toujours aussi beau, au lieu de se faire hurler dessus par des Ailes de Feuille déchaînés ou traquer par des zombies en furie.

À la place, il était là pour détruire ce lieu paisible en volant ce qui était sa raison d'être.

Ils s'avancèrent jusqu'au temple aussi silencieusement que possible. Un tapis de soie bleu, orné de libellules dorées et de lézards verts, tout en longueur, étouffait leurs pas. Il était encore plus beau que les plus somptueux tissages du Cocon… et sûrement beaucoup plus ancien.

Le dragonnet de soie jeta un coup d'œil à Droséra pour vérifier si l'aura de paix du temple avait un effet sur elle. Elle surprit son regard et fronça le museau.

– Incroyable, cet endroit, n'est-ce pas ? chuchota-t-il.

– Pas du tout, répliqua-t-elle en fouettant l'air de sa queue. Tu imagines combien d'arbres ont dû mourir pour le bâtir ?

Il ne répondit pas. Il était convaincu que ce temple en valait la peine. Mais il comprenait que cela contrarie Droséra, qui regrettait les immenses forêts couvrant autrefois Pantala. La reine Frelonne et les Ailes de Guêpe avaient tout détruit – non seulement l'habitat des Ailes de Feuille, mais aussi les esprits des arbres, auxquels ils étaient visiblement attachés.

Deux gardes Ailes de Guêpe brandissant de longues lances encadraient la porte du temple. Blue se sentit pris de panique. Il posa une patte sur l'aile de Criquette, qui se retourna vers lui.

– Droséra et moi, nous n'avons pas de bracelets d'identité, lui glissa-t-il à voix basse. Les gardes risquent de le remarquer.

Son amie acquiesça, comme s'il venait de lui montrer une espèce rare de poisson. Elle sortit du tapis pour s'asseoir au bord d'un bassin et fit signe à ses compagnons de l'imiter.

– Ce ne sont pas les seuls gardes, murmura-t-elle. Il y en a deux à l'entrée du sanctuaire et, à l'intérieur, avec le Livre, il y a toujours soit deux autres gardes, soit la bibliothécaire. Le Livre se trouve dans un coffret en bois cadenassé, dont elle seule possède la clé.

– Et où est la bibliothécaire quand elle n'est pas auprès du Livre ? chuchota Droséra.

– Elle a une chambre au fond du temple, ainsi elle demeure en permanence à proximité. Une fois la bibliothécaire désignée, elle ne quitte plus jamais le temple.

Blue l'ignorait. C'était affreux. Quelle pouvait être la vie d'une dragonne qui n'avait jamais pu voler ou voir le ciel ? Le temple avait beau être un endroit merveilleux, qui pourrait être heureux de se retrouver prisonnier pour toujours ?

– Donc six gardes, plus la bibliothécaire, récapitula

Droséra. Tu sais, ç'aurait été utile que tu nous en parles plus tôt, lorsqu'on échafaudait le plan.

– J'avais oublié, ça m'est revenu en voyant le temple, affirma Criquette d'un ton innocent. Désolée. Je n'étais pas venue depuis longtemps.

Avec un grognement réprobateur, Droséra entreprit de fouiller dans ses pochettes. Criquette adressa un petit sourire à Blue. Il était persuadé qu'elle se souvenait parfaitement du nombre de gardes depuis le début mais qu'elle essayait toujours d'éviter de voler le Livre. Il aurait aimé pouvoir l'aider. Il aurait aimé avoir un plan pour délivrer Selena, protéger les clans contre les Ailes de Feuille, sauver le Livre de Clairevue et s'échapper avec ses amis. Dans l'idéal avec un minimum de violence et de dragons qui lui hurlent dessus.

Soudain, son cœur faillit s'arrêter.

Peut-être y avait-il une issue… Bon, c'était un plan risqué et fou… mais pas pire que de voler le Livre.

«On pourrait prévenir les gardes, pensa-t-il. Dénoncer Droséra en leur montrant qu'elle est déguisée. La livrer à la reine Frelonne. Puis lui révéler où se cachent Belladone et Sumac pour que les soldats interviennent, libèrent Bombyx et arrêtent les dragons de feuille.

On serait des héros.

Non?»

Capturer trois Ailes de Feuille et déjouer un complot pour voler le Livre de Clairevue serait sans doute le plus beau cadeau qu'ils pourraient jamais faire à la reine Frelonne. Un si beau cadeau qu'elle leur pardonnerait tout le reste, non ?

Il poussa un peu plus loin sa réflexion. Pardonnerait-elle à Bombyx d'avoir attaqué ses soldats ? Et Io, l'absoudrait-elle de ses crimes, elle aussi ? La reine laisserait-elle Blue et Selena reprendre leurs vies tranquilles avec leurs mères ? (Peut-être… s'ils promettaient de lui donner toute leur soie de feu…) Accepterait-elle que Bombyx et Selena vivent ensemble ? Et son père, lui rendrait-elle sa liberté (s'il était encore en vie) ? Et les autres Soies de Feu ? Estimerait-elle que trois Ailes de Feuille étaient une monnaie d'échange équitable contre les Soies de Feu prisonniers de sa fabrique de filaments ? Et Blue, aurait-il le droit de vivre libre, connaissant leurs conditions de vie ?

Et si la reine exploitait leurs informations et tuait les Ailes de Feuille, mais sans rien leur donner en retour ? Il aurait trahi Droséra et rompu sa promesse, pour se retrouver avec mille fois plus de problèmes qu'avant. Il aurait foncé droit dans les griffes de la reine sans rien y gagner. Et comment justifier la présence de Criquette ? pensa-t-il soudain. Quand ils lui raconteraient toute l'histoire, la reine comprendrait que la dragonnette échappait à son contrôle mental. S'il mettait son plan à exécution, il fallait à tout prix que son amie reste en dehors de tout ça. Mais comment ? Aucune idée. Il devait demander conseil. Réfléchir…

Il n'en eut pas le temps.

Droséra sortit quelque chose d'une de ses pochettes et le garda au creux de sa patte. Elle adressa un signe de tête à Criquette.

– Entre à l'intérieur en marchant d'un air détaché.

– Qu'est-ce que tu vas faire ? chuchota la dragonnette.

– Un truc efficace, siffla Droséra. Allons-y !

Criquette retourna sur le tapis de soie et se dirigea vers l'entrée du temple. L'un des gardes les observait attentivement, tandis que l'autre demeurait les yeux rivés sur sa lance. Blue avait de plus en plus de mal à respirer. Devait-il passer à l'action maintenant ? Il aurait pu courir se livrer aux gardes. S'il voulait trahir Droséra, il fallait agir avant de se faire arrêter, afin d'obtenir la clémence de la reine Frelonne.

« Mais Criquette sera-t-elle d'accord ? »

Il entendit deux bruits légers dans son dos, comme deux souffles d'air. Il jeta un coup d'œil à Droséra. Elle tendit le menton pour lui signifier de continuer à avancer. Criquette avait atteint les marches du temple. C'était maintenant ou jamais. Les gardes allaient faire un pas en avant et demander à voir leurs bracelets. Ils les arrêteraient, lui et Droséra, et il ne leur faudrait qu'un instant pour se rendre compte que la deuxième paire d'ailes de la dragonnette était fausse.

« Dénonce-la. Dénonce-la immédiatement. »

Blue prit une profonde inspiration et se concentra sur le gardien qui les dévisageait.

Il s'aperçut alors qu'il ne bougeait pas. Il fixait toujours l'endroit du tapis où ils se trouvaient un instant plus tôt, plusieurs pas en arrière. Ses ailes noires, tachetées de jaune et de rouge, étaient à demi dépliées et sa bouche légèrement entrouverte, comme s'il était sur le point de parler.

Pourtant, il était aussi immobile que la statue de la reine Frelonne à l'extérieur.

« Aussi immobile que les prisonniers sur le sentier des Délinquants. »

Blue tourna la tête vers l'autre garde. Elle était également paralysée, figée avec sa lance dans la patte, les sourcils légèrement froncés.

« Comment Droséra s'y est-elle prise ? »

Seuls les Ailes de Guêpe possédaient ce genre de neurotoxine, et encore, pas tous. Et d'après ce que savait Blue, ils devaient être à proximité de leur victime pour injecter leur poison avec leurs dards.

Mais Droséra avait agi à distance et si discrètement qu'aucun dragon dans l'enceinte du temple n'avait levé les yeux de son livre. Personne ne remarquerait sans doute que les gardes avaient été paralysés pendant la majeure partie de la nuit.

– Continuez à avancer, siffla Droséra. Ne les fixez pas comme ça.

Criquette se secoua et passa sous l'arcade donnant accès au temple. Blue aurait voulu la prendre à part pour lui parler. Elle devait être terrifiée. En tout cas, lui, il l'était. La salle dans laquelle ils pénétrèrent était aussi tranquille que les jardins à l'extérieur. À leur gauche, encadré de petites lanternes vacillantes, un portrait de Clairevue occupait presque le mur entier. Elle avait l'air gentille et sage, telle que Blue se l'était toujours imaginée. Des offrandes étaient empilées sous le tableau : des bouquets de soucis fanés, de minuscules gâteaux au glaçage argenté, des poèmes tissés.

À leur droite, le mur était divisé en centaines de petites alvéoles. La plupart contenaient des morceaux de papier : des souhaits écrits à la griffe, des rêves pour le futur. Dans un coin, un petit bureau proposait feuilles et encre pour ceux qui souhaitaient rédiger leur message.

Blue imagina tous les dragons qui étaient passés par ici, les serres tremblantes, priant Clairevue de leur donner l'espoir, la chance ou l'amour. Ailes de Guêpe ou Ailes de Soie, tous avaient foi en elle. Elle les aidait à croire en un avenir meilleur. Perdraient-ils cette foi sans le Livre ?

« Si on le vole, tout ça s'effondrera ? Et plus personne ne viendra sans doute ici… »

Blue savait ce qu'il aurait aimé écrire sur l'un de ces bouts de papier.

« S'il vous plaît, veillez sur mes amis. S'il vous plaît, dites-moi quoi faire. »

Criquette ne s'arrêta pas dans l'antichambre. Elle entra directement dans le sanctuaire. Blue, qui avait ralenti pour regarder autour de lui, observa Droséra quand elle passa près de lui. Elle porta quelque chose à sa bouche et souffla dedans. Une fois. Légère inclinaison à droite. Deux fois.

Elle visait vraiment bien. Il vit les gardes se figer, lances légèrement levées, bouche entrouverte comme si, pressentant la menace, ils étaient sur le point de leur ordonner de s'arrêter.

Quoi qu'elle leur ait injecté, les gardes ne lui seraient plus d'aucune utilité, désormais. Blue ne pouvait pas livrer Droséra à une paire de statues.

« Comment va-t-on s'en sortir ? »

Il existait certainement d'autres dispositifs de sécurité entre eux et le Livre, tout de même.

Peut-être que le coffre se révélerait impossible à ouvrir. Il l'espérait, en tout cas.

Criquette passa entre les deux gardes en leur lançant un regard nerveux. Ni l'un ni l'autre ne réagit. Prenant une profonde inspiration, elle poussa la porte à double battant et fit un pas dans le sanctuaire.

Il était petit, sombre et parfaitement carré, comme une boîte en bois. Blue plissa les yeux, ébloui par le plafond scintillant. Il s'aperçut alors qu'il était incrusté d'étoiles en pierre de lune. La seule lumière provenait d'une lanterne suspendue au-dessus du coffre contenant le Livre.

Blue retint son souffle. Le coffre lui-même était en forme de livre, un livre avec des dragons déployés sur la couverture, escaladant la reliure. Leurs queues se mêlaient à la végétation, leurs ailes se fondaient dans les nuages, leurs yeux brillaient comme des soleils. Son présentoir ressemblait à un arbre sans feuilles, avec le coffre au creux de ses branches ouvertes. Au début, Blue se demanda pourquoi la reine avait autorisé cela, alors que les arbres étaient interdits dans toute œuvre d'art. Puis il comprit que le présentoir était sans doute aussi vieux que le temple, plus ancien que les décrets de la reine Frelonne et antérieur à la destruction des forêts. Quand il se rapprocha de Criquette, elle lui effleura l'épaule avec son aile. Il savait qu'elle le sentait aussi… le caractère sacré de cet endroit. La magie du Livre de Clairevue.

Mais si Droséra y était sensible, cela ne l'arrêta pas. Elle se faufila entre eux, se dirigea vers le présentoir et saisit le coffre à pleines pattes.

Il ne bougea pas. Elle eut beau tirer comme une folle, le coffre ne faisait qu'un avec le présentoir. Et quand elle essaya de soulever ce dernier du sol, elle découvrit qu'il était aussi fermement enraciné que s'il avait naturellement poussé dans le parquet. Avec un grognement de frustration, Droséra saisit le cadenas et tenta de l'arracher. Blue comprit que cela échouerait également et que la prochaine étape serait de fracasser le coffre. Il s'approcha d'elle, s'efforçant de rassembler le courage d'intervenir.

Soudain, une voix monta du fond du sanctuaire :

– Arrêtez. Le Livre de Clairevue n'est pas à vous.

La bibliothécaire sortit de l'ombre : c'était une grande dragonne osseuse, aux écailles orange pâle, couleur abricot pas mûr, avec de petits triangles noirs zigzaguant le long de sa colonne vertébrale et de sa queue.

Un voile de soie noire lui couvrait le visage.

– Petits dragons, siffla-t-elle, je vous attendais.

CHAPITRE 21

« Elle sait. Elle sait tout. Le Livre l'a avertie qu'on tenterait de le voler, je m'en doutais. »

Le cœur de Blue cognait à coups sourds dans sa poitrine. Ils étaient pris au piège.

« Si je prends la parole tout de suite, je peux encore leur livrer Droséra. Ils n'ont peut-être pas découvert Belladone et Sumac. La reine pourrait se montrer clémente si on lui raconte tout… Si je ne me débats pas. Si j'exécute les ordres. Si je baisse la tête en disant que je suis désolé. »

Mais lorsqu'il leva les yeux vers le visage voilé de la bibliothécaire, il comprit que c'était hors de question.

Il ne pouvait pas livrer les Ailes de Feuille à cette souveraine cruelle. Il ne pouvait pas baisser la tête et continuer à obéir, maintenant qu'il était au courant pour les

Soies de Feu, le contrôle des esprits et la Chrysalide. Après avoir vu les gardes se jeter sur sa sœur, il ne pourrait plus jamais avoir confiance en cette reine.

La bibliothécaire fit un autre pas vers eux et se pencha vers Droséra. Un sifflement s'échappa de sous le voile :

– Une Aile de Feuille…

– Vous avez l'air surprise, s'esclaffa la dragonnette. Je pensais pourtant que vous nous attendiez. Votre précieux livre ne vous avait pas prévenue que j'étais une Aile de Feuille ?

– Une Aile de Feuille, un Aile de Soie… et une Aile de Guêpe, murmura la bibliothécaire en les dévisageant tour à tour.

Son regard s'attarda sur Criquette, puis elle arracha brusquement son voile.

Ses yeux étaient vides, blancs comme des perles.

Criquette étouffa un cri et recula en titubant.

– Une traîtresse ! rugit la bibliothécaire. Pourquoi ne puis-je pas pénétrer dans tes pensées, misérable ver ?

Blue s'interposa entre elles sans vraiment savoir ce qu'il faisait, juste pour se mettre entre Criquette et cette reine qui voyait tout.

– C'est moi que vous cherchez ! s'écria-t-il. Blue ! Le frère de Selena ! Celui qui a peut-être la soie de feu.

Il se frotta les écailles pour ôter les restes de peinture et montrer ses vraies couleurs.

– Vous voyez ? Je me rends, alors relâchez-les.

– Jamais, gronda la reine par la voix de la bibliothécaire.

Elle tendit les pattes, et de longs dards jaillirent de sous ses griffes.

Soudain, Droséra se rua sur elle et la plaqua contre le mur. L'Aile de Guêpe poussa un cri furieux, tentant de la griffer au visage. La dragonnette esquiva et pivota pour lui flanquer un coup de queue dans la poitrine.

La bibliothécaire était plus grande et plus forte, mais l'Aile de Feuille se défendait comme une lionne. Elles se battirent furieusement dans le minuscule sanctuaire, sifflant, griffant, cognant, mordant jusqu'à ce que Droséra attrape son adversaire par la tête afin de la jeter à terre. Alors que l'Aile de Guêpe faisait jaillir ses dards, la dragonnette la saisit par le poignet et lui cassa la patte dans un craquement sinistre.

Hurlant de douleur, la bibliothécaire lacéra le ventre de Droséra avec ses pattes arrière. Elles roulèrent l'une sur l'autre, laissant une traînée de sang sur le sol.

« Qu'est-ce que Clairevue penserait de nous ? se demanda Blue, au désespoir. Qu'on se batte ainsi pour ce qu'elle nous a légué. Avait-elle prévu tout cela et qu'en disait-elle ? Était-elle fière que la bibliothécaire défende le Livre ? Nous en voulait-elle d'avoir tenté de le voler ? »

Il leva le museau comme si l'esprit de la dragonne flottait au-dessus d'eux, observant la scène depuis le plafond constellé de pierres de lune.

Il s'adressa à elle mentalement : « Je suis désolé, Clairevue. Je n'ai jamais voulu causer tant d'ennuis. Je ne l'ai pas cherché. J'ai toujours été un bon dragon. »

Il remarqua alors qu'à un endroit le plafond scintillait plus fort, son éclat intense l'aveuglant un instant. Il baissa les yeux et aperçut un petit objet par terre, qui reflétait la lueur de la lanterne.

Une clé.

La clé.

Elle avait été arrachée du cou de la bibliothécaire dans la bagarre.

Il jeta un coup d'œil à Criquette, couchée près de la porte, le museau caché sous ses pattes. La culpabilité lui serra la gorge. La reine connaissait dorénavant le secret de son amie et c'était entièrement sa faute. Même si, par miracle, ils arrivaient à sortir de cette pièce, toute sa vie allait changer. Elle ne pourrait plus rentrer chez elle. La reine la pourchasserait pour découvrir pourquoi elle échappait à son contrôle.

La reine Frelonne voulait s'approprier l'existence de Selena, Blue et Criquette. Elle privait de libre arbitre son clan tout entier. Elle avait ôté la vie à des milliers d'Ailes de Feuille et à leurs arbres bien-aimés.

Il était temps d'inverser le cours des choses.

Blue saisit la clé et se précipita sur le coffre. Les griffes tremblantes, il glissa la clé dans le cadenas et tourna.

« Pardon, Clairevue. »

Il sentit le poids de toutes les règles qu'il n'avait jamais enfreintes peser sur ses écailles et alourdir son cœur lorsqu'il souleva le couvercle.

«Le voilà. Le Livre de Clairevue. Pour de vrai.»

Il était beaucoup plus petit qu'il ne s'y attendait et il n'était pas en or. La reliure en cuir bleu, sans fioritures, était douce et usée, comme s'il avait été lu et relu un million de fois. Le bord des pages, jaunies par le temps, était irrégulier. Le Livre dégageait une odeur de vieux papier avec une légère pointe de résine de pin.

Il le prit délicatement entre ses pattes.

– Attends! s'écria Criquette.

Il se tourna vers elle, mais ce n'était pas à lui qu'elle parlait.

Elle s'adressait à Droséra qui avait plaqué la bibliothécaire au mur.

– Ne la tue pas!

– Et pourquoi donc? répliqua l'Aile de Feuille.

Elle avait une plaie au ventre et l'une de ses fausses ailes avait été arrachée, ainsi que plusieurs de ses pochettes. Elle respirait fort, de façon entrecoupée, tout comme la bibliothécaire.

– Parce que ce n'est pas contre elle que tu te bats, affirma Criquette.

Elle s'approcha et plongea ses yeux dans ceux de la bibliothécaire.

– C'est contre la reine. La reine vous contrôle… en

permanence ? C'est pour ça que vous portez toujours ce voile ?

Pour toute réponse, le regard blanc et vide continua à la fixer.

– Ce serait logique, reprit la dragonnette. De cette manière, la reine est sûre que la bibliothécaire ne révélera jamais les secrets de Clairevue. Le clan s'imagine que deux dragonnes partagent le savoir du Livre… alors que seule la reine y a accès parce que la bibliothécaire n'est plus elle-même.

Blue en avait la chair de poule. Passer sa vie enfermée dans le temple lui semblait déjà cruel… Hélas ! la réalité était encore pire. La bibliothécaire était prisonnière dans son propre corps, incapable de prendre la moindre décision seule.

Droséra la dévisagea, les yeux plissés.

– J'avais entendu dire que la reine Aile de Guêpe pouvait contrôler ses sujets par la pensée, mais je croyais que c'étaient des histoires pour nous faire peur.

La reine, sous les traits de la bibliothécaire, laissa échapper un rire rauque.

– Non, c'est vrai. Je les contrôle tous. Voilà pourquoi tous les dragons du guêpier sont en train d'encercler le temple. Je ne peux pas faire bouger les gardes que vous avez paralysés, mais tous les autres oui. Dès que vous mettrez une patte dehors, ils vous tueront.

– Cependant, vous ne les faites pas entrer, murmura

Criquette, parce que vous ne voulez pas qu'ils vous voient téléguider la bibliothécaire de cette façon.

– On va tenter un truc, Aile de Guêpe, décida Droséra.

– Je m'appelle Criquette, corrigea-t-elle.

– Criquette, reprit l'Aile de Feuille.

Et le fait qu'elle emploie son prénom lui donna un instant l'air d'une vraie dragonnette et non plus seulement d'une boule de haine.

– Déniche-moi la pochette avec un *A* dessus.

Criquette examina les sachets gisant à terre, puis s'approcha de Droséra pour regarder ceux qui étaient encore sur elle.

– Trouvée ! annonça-t-elle.

– Sors le petit pot qui est à l'intérieur, avec précaution, ordonna l'Aile de Feuille. Surtout, ne l'ouvre pas avant que je te le dise.

– Tu peux être encore un peu plus stressante ou ce n'est pas possible ? demanda sèchement Criquette.

Elle sortit le pot et le tint délicatement entre ses pattes.

– Bon… Tu vas l'ouvrir et le vider sur sa queue aussi vite et loin que possible…

Criquette renversa le contenu du pot sur la bibliothécaire et retourna d'un bond auprès de Blue. Deux minuscules fourmis noires en tombèrent, atterrirent sur la queue de la dragonne et s'y agrippèrent de leurs petites pattes. Elles effleurèrent ses écailles de leurs antennes, visiblement surprises.

– Qu'est-ce que vous fabriquez ? voulut savoir la reine.

– Lorsque vous vous introduisez dans le cerveau d'un dragon, vous ressentez tout ce qu'il ressent, n'est-ce pas ? Sinon, vous n'auriez pas crié quand je lui ai cassé la patte.

– Oui, répondit Criquette à sa place, elle quitte l'esprit des dragons qui sont blessés ou à l'agonie.

– Oh, je vois clair dans votre jeu, s'esclaffa la reine. Je peux supporter bien plus qu'une patte cassée, vous savez. Ce que vous pouvez infliger à ce corps ne me fait pas peur.

– Peut-être, convint Droséra, mais c'est sans doute parce que vous n'avez jamais été piquée par une fourmi balle-de-fusil.

C'était la première fois que Blue entendait parler de cet insecte, et vu qu'elle ne répliquait pas, il devina qu'il en était de même pour la reine. Ils regardèrent les petites fourmis tourner en rond un instant avant de remonter le long de la queue puis de la colonne vertébrale de la bibliothécaire. Celle-ci demeura parfaitement immobile, immobile, immobile mais quand, soudain, l'une des fourmis se mit à courir dans son cou, instinctivement, elle lui donna un petit coup d'aile pour la chasser.

Alors, la fourmi se cramponna au bord de son aile et la mordit avec ses petites mandibules.

Jamais Blue n'avait entendu de cri aussi déchirant que celui qui s'échappa de la gueule de la bibliothécaire. Elle s'affala comme si ses os avaient brutalement fondu, et Droséra la laissa tomber à terre, où elle se contorsionna sans cesser de hurler.

Droséra enjamba avec précaution les flaques de sang, prit le pot des pattes de Criquette et récupéra les deux fourmis d'un geste vif en prenant garde de ne pas les toucher. Elle referma soigneusement le couvercle et remit le pot dans sa pochette.

Puis elle s'accroupit au niveau de la tête de la bibliothécaire et lui souleva une paupière.

– Alors ? demanda-t-elle au globe oculaire blanc. La douleur dure une demi-journée, je vous préviens. Ça ne risque pas de s'arrêter de sitôt.

– Tu me le paieras ! siffla la reine.

Brusquement, les yeux se révulsèrent et reprirent leur allure normale. Deux iris orange foncé entourant des pupilles dilatées fixaient Droséra.

La bibliothécaire cessa de crier.

– Vous… vous avez réussi, fit-elle d'une voix éprouvée. Aïe. Aïe. Aïïïe ! Je sais que ça en vaut la peine, mais c'est difficile à admettre, là, tout de suite. J'avais déjà essayé de me faire mal pour la chasser, malheureusement, ça n'avait pas marché. Là, c'est bien pire.

Elle s'assit, tendant son aile dans une position étrange avec un gémissement.

– Elle est vraiment partie ? demanda Droséra.

La bibliothécaire acquiesça.

– Oui, pour la première fois depuis des années.

Elle inspira et expira lentement, puis jeta un coup d'œil à son aile et gémit à nouveau.

– Si elle est réellement partie, alors tenez, dit la dragonnette en sortant deux feuilles vert foncé d'une autre pochette. Mâchez ça et étalez la pâte obtenue sur l'endroit où la fourmi vous a piquée. Ça anesthésiera le nerf et calmera la douleur, un moment tout au moins.

– Merci, dit la dragonne.

Elle mit les feuilles dans sa bouche et mastiqua.

– Ça va aussi vous engourdir la langue, la prévint Droséra.

– Grmle, marmonna la dragonne avec une grimace.

– La reine vous contrôle depuis toujours? la questionna Criquette.

La bibliothécaire acquiesça et s'efforça d'articuler malgré les feuilles :

– Depuis la cérémonie d'initiation. Quand je me suis réveillée, après le rituel, elle était dans ma tête. Quand elle dort, elle m'endort. Elle est toujours là.

Elle frissonna.

– J'étais tellement fière d'avoir été choisie. Je n'imaginais pas ce que cela signifiait… J'ignorais que c'était truqué.

– C'est affreux, murmura Blue.

Le Livre semblait fragile et chaud entre ses pattes. Il tenait de tout son cœur à le protéger et il était sûr qu'il en était de même pour tous les dragons ayant postulé pour devenir bibliothécaire. Inutile de leur faire un lavage de cerveau. La reine Frelonne ne leur laissait même pas une chance de prouver leur loyauté ; elle obtenait tout par la force.

– Elle reviendra dans votre tête dès qu'elle estimera ne plus rien risquer, affirma Criquette.

– Je sais, acquiesça la bibliothécaire. Mais un seul instant à être vraiment moi, c'est toujours plus que ce que j'avais osé espérer.

Elle étala la pâte de feuilles sur le bord de son aile. Aussitôt, son museau se détendit.

– Oh, merci, Clairevue !

Droséra jeta un regard à Blue.

– Alors, on a le Livre, c'est génial. Mais on est entourés d'Ailes de Guêpe-zombies qui ne rêvent que de nous tuer. C'est moins génial.

– Tu ne pourrais pas leur lancer des fourmis balles-de-fusil ? suggéra l'Aile de Soie. Ou des fléchettes tranquillisantes ?

– Je n'ai plus de fléchettes, répondit-elle. Ni assez de fourmis pour tout le guêpier, pourtant ça m'aurait bien plu comme vengeance.

Elle entreprit de ramasser les pochettes qu'elle avait perdues pendant la bagarre, vérifiant leur contenu avant de les rattacher sur elle. Elle envoya sa paire de fausses ailes dans un coin d'un coup de patte.

– Je vais vous aider, proposa la bibliothécaire.

– Ah bon ? s'étonna Blue. Pourtant, on vous vole le livre que vous avez consacré votre vie à protéger.

La dragonne prit le Livre entre ses mains, une profonde tristesse dans les yeux.

– Il est temps que d'autres aient accès aux secrets du Livre. Et si la reine me tue, ce sera toujours mieux que ce qu'elle me fait subir.

– Quelle aide pouvez-vous nous apporter ? demanda Droséra, qui avait l'esprit pratique. Il y a une autre issue ?

– Non, pas exactement, répondit-elle, mais je peux vous faire monter jusqu'au dôme.

Elle se leva tant bien que mal, endolorie par les multiples blessures que l'Aile de Feuille lui avait infligées, puis retourna en boitant d'où elle avait surgi. Elle ne pouvait pas s'appuyer sur sa patte cassée. Blue se demanda si Droséra ressentait un dixième de la culpabilité qu'il éprouvait.

Elle fit coulisser un panneau secret camouflé dans les boiseries, et ils se glissèrent à sa suite dans ses quartiers. Comparée aux autres pièces du temple, celle-ci semblait froide et vide, meublée seulement d'un tapis de bambou dans un coin et d'une petite étagère.

« On dirait une cellule de prison », pensa l'Aile de Soie.

Le poste de bibliothécaire était censé être l'un des plus honorifiques du clan. En réalité, ce n'était qu'un leurre, un piège tendu pour capturer les esprits les plus vifs des Ailes de Guêpe et les mettre hors jeu à jamais.

Un autre panneau coulissa, révélant un escalier en spirale. Ils grimpèrent à la suite de la bibliothécaire et débouchèrent dans un grenier qui sentait les copeaux de bois et la soie bouillie. Dans la coupole qui se déployait au-dessus de leur tête, Blue remarqua une porte qui donnait sur un petit balcon.

– À quoi sert cette pièce ? demanda Criquette en contemplant les caisses abandonnées.

Elle saisit un étrange outil qui ressemblait un peu à une langue de dragon recourbée.

– Je suppose que les bibliothécaires d'autrefois fabriquaient des livres ici, expliqua la dragonne d'un ton mélancolique.

– Oui, c'est bien ce que je pensais, dit Criquette en effleurant du bout de la griffe une table poussiéreuse. Mais vous n'en faites plus ?

– Non, depuis très longtemps.

Elle les conduisit jusqu'à la porte du balcon et regarda dehors.

– Oh, par mes écailles, soupira-t-elle.

Droséra s'approcha pour jeter un coup d'œil également.

– Grumpf, grogna-t-elle. Je m'en charge !

– De tous les dragons de ce guêpier ? fit Criquette. Tu as beau être terrifiante, j'ai du mal à y croire.

– À moins que tu aies un autre truc monstrueux caché dans tes pochettes ? demanda Blue, plein d'espoir.

Droséra pianota pensivement des griffes.

– Peut-être… mais il me faudrait du feu pour que ça marche…

– J'ai du feu ! s'écria Criquette.

Elle s'empressa de sortir la petite fiole contenant le filament de soie de feu pour la montrer à l'Aile de Feuille.

– Ça t'irait, ça ?

Les yeux de Droséra étincelèrent.

– Oui, je crois.

– Soyez prudentes, supplia la bibliothécaire, tandis qu'elle prenait la fiole entre ses griffes. Ne mettez pas le feu au temple. Vous pouvez emporter le Livre, mais je vous en prie, ne détruisez pas le temple.

Droséra hésita, comme si elle avait bien envie d'incendier tout le guêpier. Finalement, elle hocha la tête.

– Reculez, leur conseilla-t-elle.

Elle tira une branche aux longues feuilles cireuses brun-rouge d'une de ses fameuses pochettes. Avec précaution, elle trempa la pointe de chaque feuille dans la fiole pour qu'elles touchent le filament. Elles s'enflammèrent et brûlèrent un instant, avant de s'éteindre en dégageant des volutes de fumée rougeâtre. Droséra rendit la fiole à Criquette et sortit sur le balcon en tenant la branche incandescente loin d'elle.

Blue aperçut alors les jardins du temple : les Ailes de Guêpe occupaient tout l'espace entre le bâtiment et la sortie. Leurs écailles orange, jaunes, rouges et noires ondulaient comme une vaste mer de serpents venimeux. Lorsque Droséra sortit sur le balcon, ils levèrent tous la tête vers elle d'un même mouvement, la fixant de leurs yeux blancs.

La petite branche incandescente semblait une bien piètre défense face à toutes ces griffes, ces dents, ces dards. Blue frissonna et sentit Criquette poser une aile sur son dos et se serrer contre lui.

« C'est moi qui devrais la réconforter, se dit-il. C'est moi qui ai fichu sa vie en l'air. »

Mais si elle se blottissait ainsi contre lui, c'était peut-être qu'elle ne lui en voulait pas. Qu'elle l'appréciait quand même.

Face à la foule des Ailes de Guêpe, Droséra laissa échapper un sifflement. La fumée se déployait, toujours plus épaisse et plus rouge. Elle jeta un dernier coup d'œil à la branche pour s'assurer qu'il n'y avait plus de flammes, juste de la fumée. Puis elle la jeta de toutes ses forces au milieu de la foule.

La branche atterrit sur un dragon jaune et noir qui s'écarta d'un bond en criant. Ses voisins se mirent à tousser, puis s'écroulèrent, peinant à respirer, tandis que la fumée se répandait, engloutissant un à un les dragons aux alentours.

Mais ce n'était pas suffisant. Pour chaque Aile de Guêpe indisposé par la fumée, il en restait cinq autres qui se dressaient entre eux et l'unique issue.

– **Capturez le Soie de Feu**, psalmodièrent-ils en chœur. **Tuez les deux autres.**

L'un après l'autre, les dragons décollèrent pour foncer vers le dôme. Le bourdonnement de leurs ailes emplit la pièce.

Le pouls de Blue s'emballa.

« Mais… attends… ce n'est pas la seule issue. »

Il leva les yeux et, au sommet du dôme, vit les étoiles qui brillaient au-dessus d'eux. L'ouverture était sans doute étroite pour un dragon adulte, mais avec Criquette et Droséra, ils étaient encore assez petits. S'ils arrivaient à briser la vitre, ils pourraient au moins sortir du guêpier.

– Là-haut ! cria-t-il en prenant la patte de Criquette et en tendant la griffe. On peut s'enfuir par là.

Elle suivit son regard puis le dévisagea.

– Mais… et toi ? Comment on te monte jusque là-haut ?

Oh…

Il tourna la tête vers ses bourgeons d'ailes, comme s'ils avaient pu par magie se changer en ailes.

– On va le porter.

Droséra déploya ses ailes et sauta du balcon.

– Allons-y ! Et surtout, ne lâche pas le Livre !

Elle commença à écarter les Ailes de Guêpe à coups de griffes et de queue.

Blue serra le Livre contre sa poitrine. Criquette tourna sur elle-même, paniquée, et saisit une corde abandonnée sur une table. Avec la bibliothécaire, elles l'enroulèrent autour du torse de Blue et la nouèrent en vitesse, puis elles en prirent chacune une extrémité et se ruèrent sur le balcon.

« Si seulement j'avais des ailes, pensa Blue en fermant les yeux. Je ne serais pas un poids mort que mes amis doivent traîner derrière eux. »

La corde se tendit et il fut projeté contre la balustrade du balcon, manquant basculer par-dessus. Soudain, il sentit qu'il décollait. Il penchait dangereusement sur le côté car la bibliothécaire avait de plus grandes ailes que Criquette, qui peinait sous son poids. Alors Droséra s'approcha d'elle et prit également la corde pour l'aider, le ramenant à la position verticale.

Il se retrouvait suspendu dans le vide, serrant le Livre sur son cœur, impuissant. En contrebas, la fumée continuait à se répandre et les Ailes de Guêpe à s'exciter. Trois d'entre eux claquaient des dents, tentant de le mordre. Il les repoussa tant bien que mal, paniqué.

– ARGH ! Au secours !

Une pluie de petits mille-pattes rouges tomba alors du ciel. À leur contact, les dragons hurlaient et se détournaient pour se lacérer les écailles de douleur.

Regardant vers le dôme, Blue aperçut Droséra, puis Criquette se faufiler par l'ouverture. La bibliothécaire faisait du surplace devant, remontant petit à petit sa corde, le temps qu'elles soient passées.

Soudain, elle baissa les yeux vers lui… ils étaient redevenus blancs !

– Bien essayé, commenta-t-elle.

– Criquette ! hurla Blue.

D'un coup de griffes, la dragonne trancha la corde qui le reliait à ses amis. Il bascula sur le côté, se cramponnant au bout de corde restant, mais il sentait déjà les liens se desserrer autour de son torse.

Criquette revint à l'intérieur et se jeta sur la bibliothécaire. Avec un sourire machiavélique, celle-ci lâcha la corde retenant Blue.

Son estomac joua au yo-yo tandis qu'il tombait à pic, puis s'arrêtait brusquement : Criquette avait rattrapé la corde. Mais elle n'avait pas assez de force pour le soulever seule. Elle avait beau battre des ailes avec l'énergie du désespoir, ils perdaient inexorablement de l'altitude, se rapprochant des Ailes de Guêpe.

– Criquette ! Laisse-moi ! Va-t'en ! Ils ne me tueront pas, alors qu'ils ont ordre de te tuer. Prends le Livre et file !

– Pas ques…, commença-t-elle, mais il lui avait déjà lancé le Livre.

Elle était obligée de lâcher la corde pour le rattraper.

Et c'est ce qu'elle fit instinctivement, comme il s'en était douté. Tout comme lui, elle avait été élevée dans l'adoration de ce Livre. Toute leur vie, on leur avait répété que c'était le bien le plus précieux au monde. Elle tendit par réflexe la patte pour le saisir au vol, alors que sa conscience lui aurait fait choisir Blue.

En tombant vers les pattes tendues des Ailes de Guêpe, le dragonnet vit son amie serrer le Livre contre son cœur en criant son nom. Il vit Droséra assommer la bibliothécaire d'un coup de poing et la saisir par la patte pour l'entraîner. Il vit Criquette lui jeter un dernier regard par-dessus son épaule avant de filer à l'air libre.

Puis, il ne vit plus que du orange, du jaune, du rouge et du noir, alors que les serres des Ailes de Guêpe se refermaient sur lui.

La reine le tenait enfin entre ses griffes.

TROISIÈME PARTIE
MÉTAMORPHOSE

CHAPITRE 22

Blue fut traîné sans ménagement à travers les couloirs du guêpier. La reine avait détaché cinq gardes pour l'escorter, ce qui en faisait quatre de trop pour un dragonnet aussi inoffensif. Ils ne cessaient de grogner, de se marcher sur les griffes ou de se cogner les ailes en essayant de le tenir par le coude – or il n'avait décidément pas assez de coudes pour eux tous.

Leurs yeux n'étaient plus blancs, la reine considérait donc qu'elle n'avait plus à se soucier de lui. Mais elle avait dû lancer le reste de ses troupes de zombies télécommandés aux trousses de Criquette et Droséra.

«Ont-elles réussi à s'enfuir? Sont-elles saines et sauves?»

Ces questions tournaient en boucle dans la tête de Blue, tandis que ces brutes d'Ailes de Guêpe le pressaient d'avancer. Il descendait d'étage en étage, sans avoir aucune idée d'où ils le conduisaient. Craignant à tout instant de voir la reine en personne surgir devant lui, il sursautait dès que des rayures jaunes et noires entraient dans son champ de vision.

Ils atteignirent cependant le niveau inférieur sans l'avoir croisée. Les gardes le poussèrent dans la ruelle bordée d'entrepôts qu'il avait empruntée avec Criquette et Droséra en arrivant. Quand l'une des gardes déplia une aile dans sa direction, il s'aperçut que la pointe était munie de petits dards, sans doute venimeux. Un autre garde ne cessait de lui montrer les dents, découvrant ses crocs pointus, qui devaient également être mortels.

«Où m'emmènent-ils ? se demanda Blue tandis que les bâtiments identiques défilaient sous ses yeux. Quelle punition me réservent-ils ? »

Il avait la chair de poule en repensant aux museaux torturés des dragons du sentier des Délinquants.

Cette sensation – d'avoir des ennuis, d'avoir fait quelque chose de mal, de savoir qu'on était en colère après lui –, c'était tout ce qu'il avait toujours voulu éviter. Il avait horreur de ça. Il voulait reprendre sa place au premier rang de la classe, donner toutes les bonnes réponses aux questions du professeur qui sourirait en le félicitant : «Bravo, Blue.» Il aurait voulu brandir sa médaille de bon citoyen pour leur prouver qu'il n'était pas la mauvaise graine à qui ils pensaient avoir affaire.

Sauf que…

«Non, je ne suis pas un mauvais dragon. D'accord, j'ai fait tout ce dont on m'accuse, mais je ne suis pas mauvais pour autant.»

Il se cramponnait à cette idée comme s'il s'agissait d'un harnais qui pouvait lui permettre de prendre son envol.

«Oui, j'ai enfreint les règles. Mais pour de bonnes raisons. Je ne voulais de mal à personne, je désirais juste retrouver ma sœur pour la délivrer. La reine Frelonne n'a qu'à pas jouer les conspiratrices menaçantes et terrifiantes, après tout.»

Les Ailes de Guêpe s'arrêtèrent soudain devant un petit bâtiment cubique, en tous points semblable aux autres. À un détail près, le symbole gravé sur sa porte grise : une lanterne entourée de petits traits signifiant qu'elle était allumée.

Tout à coup, Blue devina où on l'emmenait.

L'un des Ailes de Guêpe frappa en suivant un rythme précis : trois coups brefs, quatre longs, deux brefs. Au bout d'un moment, la porte s'ouvrit à la volée, révélant un dragon tout ratatiné, presque complètement orange, avec des taches noires ici et là. Il leur fit signe d'entrer et claqua la porte derrière eux.

Dans la pénombre, Blue distingua des montagnes de caisses empilées jusqu'au plafond. Ils slalomèrent entre elles : à gauche, à droite, à droite, puis encore à gauche, jusqu'à ce qu'il perde le fil. Ils devaient être au centre de l'entrepôt lorsqu'ils débouchèrent dans un espace dégagé, bien éclairé, où des Ailes de Guêpe montaient la garde.

Au début, Blue crut qu'ils regardaient dans le vide, ou peut-être scrutaient-ils l'autre côté de la pièce. En approchant, il se rendit compte que leurs yeux étaient rivés vers le bas... Ils fixaient le plafond de verre d'une sorte de caverne souterraine. C'était de là que provenait toute cette lumière.

Le dragon venu leur ouvrir la porte le força à avancer avant qu'il ait pu réellement observer les lieux. Il eut juste le temps d'apercevoir des dragons qui s'affairaient autour de chaudrons remplis d'un liquide chatoyant comme de l'or fondu.

Un peu plus loin, le vieil Aile de Guêpe déplaça une caisse et ouvrit la trappe cachée dessous, révélant un escalier qui s'enfonçait dans les entrailles de la terre. Les gardes poussèrent Blue à sa suite.

Les lampes murales ne servaient pas à grand-chose : l'éclat venu des profondeurs aurait éclairé un escalier trois fois plus long. En arrivant en bas, Blue mit sa patte en visière, aveuglé comme en plein soleil.

– C'est pour quoi ? demanda une voix grincheuse, alors que les yeux du dragonnet ne s'étaient pas encore accoutumés à la lumière.

– Voilà le Soie de Feu que tout le monde cherchait, répondit une autre voix.

– Non ! Pas possible !

Quelqu'un lui donna un coup dans l'épaule.

– Il est même pas de la bonne couleur, fit un garde en l'effleurant. Beurk ! Il perd ses écailles.

– On dirait de la peinture, non ? hasarda une dragonne. Elle lui gratta le dos avec ses griffes.

– Ouiii, ça part ! Allez chercher une brosse.

– Quoi ? C'est l'avorton qu'on a pourchassé dans toute la savane ? s'écria quelqu'un. Mais il a ni soie ni aile, pour l'instant !

– On le sait bien, idiot, reprit la première voix. Mais il s'agit sans doute d'un Soie de Feu. Il faut qu'on le garde à l'œil, au cas où.

– Oh, la plaie ! C'est quand, sa métamorphose ?

– Aucune idée. Bientôt, je crois.

Le cœur de Blue bondit dans sa poitrine. Oui, c'était bientôt, très très bientôt. Ça lui sortait sans arrêt de l'esprit, il n'avait même pas le temps de s'angoisser pour ça. Sa métamorphose débuterait dès que Selena aurait achevé la sienne. Devrait-il tisser son cocon ici ? Loin de sa mère, de son guêpier et du Cocon où il aurait dû se transformer ?

Il tâta son poignet du bout de la griffe. Normal… aucune douleur, pas la moindre sensation de chaleur. Et s'il n'était pas un Soie de Feu, finalement ? Qu'est-ce que la reine ferait de lui ?

Hélas, le renvoyer chez lui auprès de Silverine et de

Pimprenelle ne figurait sûrement pas parmi les options les plus probables.

Quelqu'un revint avec des brosses à récurer pour ôter la peinture de ses écailles. Il se tint tranquille, sans même se débattre. À quoi bon se camoufler, désormais ?

De plus, ses yeux s'étaient enfin accoutumés à la luminosité ambiante et il était fasciné par ce qu'il découvrait au pied de l'escalier. Ils étaient sur une sorte de promontoire rocheux surplombant la fosse qu'il avait entraperçue de là-haut. En levant le museau, il croisa le regard des gardes qui les fixaient à travers le plafond de verre.

D'autres Ailes de Guêpe étaient postés ici pour contrôler le remplissage des chaudrons et « encourager » les dragons de soie à coups de queue ou de lance. Il y avait quelques Ailes de Soie ordinaires, qui transportaient le matériel, apportaient de l'eau ou de la nourriture, nettoyaient, éteignaient les feux.

Mais les autres…

Les autres étaient tous des Soies de Feu.

Blue en compta environ une dizaine. Ils étaient disséminés aux quatre coins de la grotte, chacun dans un creux de la roche formant un nid. Quatre d'entre eux dormaient, deux étaient en train de manger. Trois autres tendaient les pattes, afin de remplir de soie incandescente les énormes chaudrons de pierre disposés devant eux.

Blue les dévisagea un à un, tentant de deviner lequel était son père. Le gros à l'air si las qu'il semblait prêt à piquer du nez dans son chaudron de soie de feu ? Celui aux rayures vert acide qui grignotait un kaki d'un air indigné comme si le pauvre fruit l'avait personnellement offensé ? Celui aux écailles rose pâle qui remuait les ailes dans son sommeil ?

Enfin, il repéra ce qu'il cherchait : un cocon doré et scintillant, dans une alcôve, tout au fond de la grotte.

Selena.

Il fit un pas vers elle, hésita et jeta un regard aux Ailes de Guêpe. Ils avaient rangé les brosses. Ceux qui l'avaient escorté jusque-là étaient remontés, le laissant avec le gardien de l'entrepôt et les trois gardes qui s'étaient approchés à son arrivée. Ils étaient en train de discuter, appuyés sur leurs lances et mâchouillant des bâtonnets de gazelle séchée.

Une dragonne croisa son regard et lui sourit de toutes ses dents.

– Vas-y. Fais comme chez toi. J'imagine que tu es là pour un moment.

Les autres gloussèrent alors que ça n'avait franchement rien de spirituel.

« Bon, je vais visiter les lieux, alors… »

Il s'attendait à être enfermé dans une cage ou à subir une injection de toxines paralysantes, ou au moins à recevoir quelques coups…

Mais c'était sans doute ainsi que la reine lui faisait savoir à quel point il était insignifiant à ses yeux. Et impuissant : il pouvait aller et venir comme il voulait… parce qu'il n'y avait nulle part où aller. Aucune issue.

Blue descendit de son perchoir, sautant de rocher en stalagmite pour s'enfoncer dans la fosse, au même niveau que le cocon de Selena. Il entendait les gardes Ailes de Guêpe rire dans son dos. Sans doute hilares de le voir sautiller sans ailes.

« Pas pour longtemps », pensa-t-il.

Ce qu'il redoutait le plus – sa métamorphose – aurait lieu dans quelques jours. Comme s'il n'était pas déjà assez stressé comme ça !

Pour s'approcher du cocon, il devait passer devant le Soie de Feu affalé sur son chaudron. Le regard de ce dernier s'éclaira en le voyant.

– Hé ! fit-il d'une voix traînante mais autoritaire. T'es qui, toi ?

Blue hésita. Il ne désirait pas se mettre quiconque à dos dès son arrivée. Après tout, il se trouvait peut-être face à Amiral.

– Je m'appelle Blue, dit-il. C'est ma sœur qui est dans le cocon, là-bas.

– Oooh…

Le dragon secoua vigoureusement l'un de ses poignets, regarda la soie s'écouler un instant, puis se tourna de nouveau vers Blue.

– Ah, oui, la relève.

– Vous étiez au courant de notre venue ? s'étonna Blue.

– Certains d'entre nous l'espéraient, répondit-il. Amir comptait les jours.

Quand il tendit le menton en direction du cocon de Selena, Blue remarqua qu'il y avait un dragon juste à côté.

« Amir… Amiral ! »

Blue observa son père en s'approchant. Amiral était d'un bleu-vert irisé, entre le bleu papillonnesque de son fils et l'élégant vert chenille de sa fille. Ses ailes étaient rayées de violet foncé avec deux taches blanches symétriques. Il avait des yeux marron aux reflets dorés. Tout en surveillant le cocon de Selena, il traçait le signe de l'infini par terre du bout d'une griffe.

Il ne réagit pas tout de suite lorsque Blue se planta face à lui. Quand, finalement, il releva la tête et le vit, son regard s'éclaira.

– Voilà l'autre ! Tu es en avance !

– Euh… oui, dit Blue en désignant d'un geste vague les gardes à l'entrée. J'ai été… Euh…

« Capturé, en fait. »

– Je suis si content que vous soyez là, tous les deux ! s'enthousiasma le dragon. Je suis ton père. Amiral.

– Je sais… Je m'appelle Blue. Mais… attendez… comment ça, vous êtes *content* qu'on soit là ?

« Content que Selena et moi, nous soyons prisonniers dans ce trou, comme vous ? »

– Notre mission est tellement importante ! affirma Amiral en se frottant les poignets. D'une importance capitale ! Tu penses qu'elle va se réveiller bientôt ?

Blue calcula dans sa tête.

– Pas demain soir, mais le lendemain, répondit-il. Ça fera cinq jours.

Amiral acquiesça.

– Tu peux me tutoyer, fiston ! Je n'arrive pas à croire qu'une de mes enfants soit une Soie de Feu ! Et peut-être même les deux ! Machaon a été emmené pour avoir des œufs un an avant moi, mais aucun des siens n'a la soie de feu !

Il bomba le torse, tout fier.

– Mais…

Blue regarda autour de lui.

– Mais… ce n'est pas… hum ! Désolé, mais ce n'est pas un peu affreux ? D'être un Soie de Feu ?

– Affreux ? Par toutes les lunes, non ! protesta Amiral. Je veux dire… bien sûr, on pourrait apporter quelques améliorations à notre situation. J'y travaille, d'ailleurs.

– Vous y travaillez… comment ça ? s'enquit Blue.

Peut-être que son père faisait également partie d'un mouvement secret de résistance ?

Amiral désigna un nid creusé dans la roche, non loin de là, entouré d'étagères où étaient soigneusement rangées des liasses de paperasse nouées d'un fil de soie doré.

– J'essaie de changer le système! De résoudre les problèmes!

– Avec… des papiers? demanda Blue, incrédule.

– Ce sont des lettres, lui expliqua-t-il d'un ton patient. Enfin, leurs copies. J'écris à la reine tous les sept jours pour lister les problèmes et proposer des solutions.

– Oh, fit le dragonnet, impressionné par le nombre de courriers. Et elle te répond? Ou elle te rend visite?

– Ni l'un ni l'autre, elle est très occupée. Beaucoup de guêpiers à gérer. Deux clans à diriger. Et la menace des Ailes de Feuille à surveiller. La baisse de la production de soie de feu n'est qu'un des nombreux problèmes qu'elle doit régler. Et je vais l'y aider!

– On manque de soie de feu? s'étonna Blue.

– Non, non, fit Amiral d'un ton peu convaincant cependant. Et ce n'est plus un problème de toute façon, puisque je suis en train de le résoudre. Avec son aide, ajouta-t-il en désignant le cocon de Selena, et la tienne, espérons!

Blue le dévisagea, paniqué.

– C'est ça, ton plan? Donner naissance à plein de Soies de Feu pour que davantage de dragons passent leur vie prisonniers de cette grotte?

– Euh… non, reconnut-il. Ça, c'est la reine qui a eu l'idée. Vraiment astucieux. Et ça me convient tout à fait parce que : 1) ça me fera de la compagnie, et 2) j'aurai plus de monde pour signer mes pétitions !

– Tes pétitions ? répéta Blue, abattu.

– En revanche, c'est moi qui ai suggéré de rallonger le temps de récupération entre les cycles de production et d'ajouter des agrumes à notre régime. Et j'ai obtenu satisfaction ! Pour les agrumes, en tout cas. Des tangerines pour tout le monde à tous les repas. TOUS LES REPAS. Maintenant, on regrette presque de ne pas avoir un citron ou une banane de temps à autre. Enfin, c'est bon pour la santé, alors... Pour la récupération, elle a dit non, mais ce n'est pas grave.

– Et... sinon, tu as réussi à changer quoi d'autre ? s'enquit Blue.

– Oh, beaucoup de choses, affirma Amiral avec un haussement d'ailes modeste. J'ai commencé à mon arrivée, dès que j'ai compris qu'il y avait un système et qu'on pouvait l'améliorer de l'intérieur.

– Ah, oui ? fit Blue, intrigué.

Changer le système en respectant les règles, ça lui convenait mieux que de faire la révolution comme Selena et Bombyx. Peut-être son père pourrait-il lui apprendre. Peut-être y avait-il moyen d'être un bon dragon, de ne pas s'attirer d'ennuis, tout en améliorant les choses.

Enfin, des tangerines, ce n'était pas vraiment le changement radical dont le monde avait besoin...

– Je peux lire certains de tes courriers?

– Bien sûr!

Amiral se leva d'un bond enthousiaste et fila dans son alcôve. Il revint les bras chargés de lettres qu'il étala devant Blue.

– Attends... c'est de la soie de feu? demanda Blue en effleurant le filament doré qui les liait.

Il fronça le museau, stupéfait.

– Comment se fait-il que le papier ne prenne pas feu?

Amiral s'esclaffa.

– C'est formidable! Je joue enfin mon rôle de papa! J'ai tant à t'apprendre! Il y a différentes sortes de soie de feu, fiston. Ce ne serait pas très utile si elle brûlait tout ce qu'elle touchait. De même que pour la soie ordinaire, il existe une variété qui sert à tisser des toiles, une autre à fabriquer les hamacs, et encore une autre plus poisseuse pour l'escalade : on peut choisir le type de soie de feu qu'on produit.

Il tendit les poignets, puis jeta un coup d'œil au garde le plus proche, qui pourtant ne leur prêtait aucune attention, et se ravisa.

– Hum... je te montrerai plus tard. Mieux vaut ne pas gâcher le moindre filament.

Tout en feuilletant les liasses de courrier, Blue digéra cette nouvelle information. Quel soulagement de savoir qu'il ne risquerait pas de mettre le feu chaque fois qu'il aurait une montée de soie. Finalement, c'était une chance d'avoir son père à proximité quand il se métamorphoserait.

« Peut-être est-ce pour cela que la reine nous a fait venir ici, Selena et moi… »

Et pourtant… Il jeta un coup d'œil circulaire à la grotte. Les Soies de Feu allaient bien. Ils n'avaient pas l'air malheureux. Mais s'ils étaient si importants à ses yeux, si la reine était à l'écoute de leurs désirs, alors pourquoi étaient-ils emprisonnés ici, cachés du reste de leur clan ? Pourquoi n'avaient-ils pas le droit de choisir ce qu'ils voulaient faire de leur vie ?

– Papa, est-ce que vous sortez de cet endroit, parfois ?

– Bien sûr, répondit Amiral contre toute attente. Tu vois bien, je suis sorti, non ? Assez longtemps pour t'avoir !

– Oui, d'accord, mais… As-tu pu décider quand et où tu voulais aller ? Et avec qui ?

– Non, reconnut-il, mais c'était une agréable sortie. Le guêpier des Cigales est vraiment joli, surtout le jardin des Mosaïques.

– Et tu es allé ailleurs ? On te laisse sortir régulièrement ?

– Mmmm…

Amiral plissa le museau comme s'il comptait dans sa tête. Blue se pencha vers lui, plein d'espoir.

– Non… en fait, c'était la seule fois.

– De toute ta vie ? fit le dragonnet, abasourdi. Tu as passé ton existence entière dans cette grotte ?

– Oh, non, le détrompa son père, j'ai passé mon enfance au guêpier des Frelons. Je suis venu ici au moment de ma métamorphose. J'ai tissé mon cocon là-bas… et je me suis réveillé ici ! Quelle surprise ! Mais j'étais vraiment ravi quand j'ai compris à quel point notre mission était importante. Un véritable honneur.

Blue le dévisagea, sceptique.

– Tu as déjà demandé à la reine si tu pouvais partir ?

– Bien sûr ! Dans cette pile, tu as toutes mes demandes de congés, mes propositions de sorties culturelles… et surtout ma théorie : je pense que voler un peu nous permettrait de produire davantage de soie. Hélas, je n'ai aucune preuve scientifique de ce que j'avance. C'est juste une hypothèse, je m'en rends bien compte. Je comprends tout à fait qu'elle refuse toujours.

Blue déplia une autre lettre. Son père avait une écriture nette, très lisible, une orthographe parfaite. Ses phrases étaient concises et convaincantes. Dans celle-ci, il suggérait poliment qu'une lucarne ou toute autre ouverture leur permettant de sentir le soleil sur leurs écailles augmenterait sans doute leur productivité.

Plusieurs lettres de ce type ajustaient la proposition afin de réduire son coût et de faciliter au maximum sa mise en place. Dans l'un de ces courriers, il avait même inclus un croquis présentant une installation de miroirs visant à faire pénétrer le soleil au plus profond de la grotte par un jeu de reflets.

Un simple coup d'œil autour de lui suffit à Blue pour constater que toutes les suggestions d'Amiral avaient été ignorées.

– C'est qui, le nabot? demanda l'un des autres Soies de Feu – celui aux rayures vertes. C'est ton rejeton? Il est aussi maigrichon que toi! Est-ce que c'est un ver-misseau vaniteux dans ton genre?

– Occupe-toi de tes écailles! rugit Amiral. Il se passe très bien de tes commentaires de crapaud fielleux.

– C'est toujours mieux que tes gesticulations de mille-pattes névrosé! répliqua l'autre. Tu lui farcis déjà la tête avec tes idées idiotes? Tu lui as dit que la reine mâchouillait toutes tes lettres avant de les recracher? Parce qu'elle n'a jamais rien lu d'aussi stupide!

– C'est faux! Et on se porterait bien mieux si CER-TAINS DRAGONS n'étaient pas systématiquement contre tout. Qui irait croire qu'un régime sans agrumes pour-rait nous être bénéfique?

Amiral se tourna vers Blue.

– Je te jure! Je crois qu'il vient en douce lire mes lettres juste pour pouvoir écrire à la reine et réclamer exactement le contraire de ce que je demande.

– C'est qui? s'étonna Blue en ouvrant de grands yeux. Pourquoi est-il si méchant?

– C'est Demi-Deuil, grogna son père. Il voudrait que tout le monde déteste autant la vie que lui. Ignore-le.

Il se força à sourire à Blue.

– Tu vois, c'est pour ça que je suis content que tu sois là. Ce sera sympa d'avoir quelqu'un avec qui discuter. Un dragon ouvert d'esprit. Quelqu'un qui prend la vie du bon côté. Tu prends la vie du bon côté, non ?

– Oui, je crois, confirma Blue.

C'était bien ce qu'il passait son temps à faire. À voir le bon côté des choses. À guetter le soleil après la pluie. À se convaincre qu'il n'y avait rien à redire à la façon dont étaient traités les Ailes de Soie. À ignorer les récriminations de Selena. À supposer que leur sécurité valait bien la peine de sacrifier quelques libertés.

Il baissa les yeux vers les lettres qu'il tenait entre ses serres.

Après des années au cœur même du guêpier royal à s'efforcer d'améliorer le système tout en suivant les règles de la reine Frelonne, tout ce que son père avait réussi à obtenir, c'était une poignée de tangerines.

Il avait accepté de renoncer à toute liberté parce qu'il espérait que ça fonctionnerait un jour… N'attendait-il rien de plus de sa vie ? N'avait-il pas envie de se défendre ?

« Et moi ? » se demanda Blue.

Criquette avait raison : certaines règles étaient injustes. Et il y avait parfois plus important que de les suivre.

Il reposa les lettres et posa ses pattes à plat sur le cocon doré de Selena. Il était très chaud, et pourtant ça ne le brûlait pas.

Il adressa une promesse silencieuse à sa sœur : « On ne va pas vivre comme ça, Selena. Je ne vais pas passer les cent prochaines années à écrire des lettres pour rien. La technique de papa, respecter le système, n'a rien donné.

On va trouver un autre moyen.

Ou alors on va tout casser. »

CHAPITRE 23

Amiral dénicha un petit coin pour Blue à côté de son propre nid, un trou dans la roche assez large pour s'y coucher, avec plusieurs niches dans la paroi pour y ranger ses affaires, s'il en avait. (Apparemment, pour les récupérer, il fallait en faire la demande en remplissant un formulaire en plusieurs exemplaires.)

Lorsque Blue s'y installa, le nid lui sembla un peu trop vaste… puis il frissonna en comprenant que son père pensait à son avenir et avait prévu qu'il grandisse ici. Amiral avait choisi un nid où Blue pourrait passer toute sa vie.

« Il n'en est pas question. Ça n'arrivera pas. »

Le dragonnet essaya de se rassurer tant bien que mal pour parvenir à s'endormir, mais il eut un sommeil agité. Il rêva qu'il s'était coincé la patte dans une fissure et qu'il n'arrivait pas à la dégager. Il rêva qu'il était enseveli sous une mer de lettres. Il rêva que Clairevue, assise sur les marches de son temple, le toisait d'un air profondément déçu.

Quand il se réveilla, ses poignets le picotaient.

« Alors… vais-je avoir la soie de feu ? »

Il n'y avait pas un bruit autour de lui. La plupart des dragons de soie ordinaires étaient partis, et sept des Soies de Feu dormaient. Blue se faufila jusqu'au cocon de Selena et s'appuya tout contre. Il aurait aimé pouvoir parler à sa sœur. Ou à Criquette.

« J'espère qu'elle va bien… A-t-elle réussi à s'échapper ? Ou… »

Il préférait ne pas y penser. Il n'imaginait pas le monde sans Criquette. Il n'imaginait pas sa propre vie sans Criquette.

Une garde Aile de Guêpe s'approcha à pas lourds. Blue se redressa, plein d'espoir. Peut-être que cette dragonne pourrait lui donner des nouvelles.

Mais elle passa devant lui sans s'arrêter et pointa une de ses griffes acérées entre les côtes d'Amiral. Celui-ci se réveilla avec un ronflement sonore et en clignant des yeux.

– C'est l'heure de remplir ton chaudron ! grogna-t-elle. Tu es en retard.

– Désolé, fit Amiral en se frottant les yeux. Vous avez raison. J'ai été un peu bousculé par l'arrivée de mes enfants. Car d'habitude, je suis toujours à l'heure, n'est-ce pas ? Un dragon très ponctuel. Sérieux dans son travail, pas vrai ?

– Assez de bavardages et d'excuses, marmonna la garde. La soie. Maintenant.

Elle tira un chaudron de sous le nid d'Amiral et le plaça juste devant lui.

– Bien sûr.

Il tendit les pattes avant et ferma les yeux.

Un interminable moment s'écoula avant qu'un filament enflammé jaillisse de l'un de ses poignets. Il tomba lentement dans le chaudron, comme du miel froid. Une éternité plus tard, un second filament sortit de l'autre poignet, plus ténu que le premier.

La garde fronça les sourcils. Blue se demanda ce qu'elle pensait. S'inquiétait-elle des conséquences d'une pénurie de soie de feu pour les guêpiers ? Ou les gardes étaient-ils punis s'ils ne remplissaient pas un certain quota ? Ou alors, mais c'était peu probable, se faisait-elle du souci pour les dragons qui étaient sous sa surveillance… ?

« Quelle vie étrange, pensa-t-il. Se réveiller chaque matin pour descendre dans une grotte secrète cachée sous un entrepôt. Passer ses journées à houspiller des dragons pour qu'ils travaillent plus dur ou à monter la garde pour les empêcher de s'enfuir.

Est-ce qu'ils s'ennuient ? Oui, ce doit être vraiment

rasoir. Surtout pour ceux qui sont assis en cercle dans le noir, au fond d'un entrepôt désert, à fixer la vitre du matin au soir. »

Alors que l'Aile de Guêpe s'apprêtait à tourner les talons, Amiral ouvrit brusquement les yeux.

– Moucheronne, tu connais mon fils ? demanda-t-il. Je te présente Blue. Il a dit que ma fille s'appelait Selena. Et qu'elle sortirait de son cocon demain soir. Avec ses ailes ! Et de la soie pour remplir les quotas ! Merveilleux, non ?

Moucheronne regarda tour à tour Blue et le cocon doré. Elle ne répondit pas tout de suite. Ses écailles jaune pâle, constellées de petites taches noires, rappelaient un essaim de moucherons. On comprenait aisément d'où elle tenait son nom.

– Ils sont très jeunes, déclara-t-elle finalement.

Blue n'arrivait pas à savoir si elle était embêtée pour eux car une longue vie de captivité les attendait, ou bien si elle se réjouissait de la quantité de soie qu'ils allaient produire durant tout ce temps.

Il osa finalement intervenir :

– Excusez-moi, désolé de vous déranger, mais je me demandais… vous savez ce que sont devenues les dragonnes qui ont volé le Livre de Clairevue hier soir ?

Moucheronne sursauta comme si une anguille électrique l'avait piquée.

– QUOI ? rugit-elle.

La moitié des museaux ensommeillés de la grotte se redressa et se tourna dans leur direction.

– N'importe quoi ! IMPOSSIBLE. Personne n'oserait !

– Oh, fit Blue.

Il n'avait pas pensé que la reine allait sûrement mentir – et faire mentir la bibliothécaire également. Maintenant qu'il y réfléchissait, ça ne l'étonnait pas. Avoir perdu le Livre de Clairevue serait un terrible aveu de faiblesse. Elle n'avait qu'à refermer le coffre et prétendre qu'il était toujours dedans. Enfin, si Criquette et Droséra s'étaient bien enfuies avec.

– Quelle HORREUR d'insinuer cela ! aboya Moucheronne.

Derrière elle, Amiral lança un regard implorant à son fils, lui intimant de régler le problème.

– Désolé, désolé ! s'écria Blue. Je voulais dire les dragonnes qui ont *essayé* de voler le Livre de Clairevue. Mais bien entendu, la bibliothécaire les en a empêchées. Il est en sécurité. Bref… ces dragonnes, vous savez si elles se sont enfuies ?

Moucheronne s'ébroua en agitant ses ailes comme si elles grouillaient de chenilles.

– Argh… Je vais en faire des cauchemars pendant des jours et des jours. Quel sale traître peut bien vouloir voler le Livre de Clairevue ? Quel crime abject !

« Un crime abject. »

Blue fixa ses griffes. Ses griffes qui avaient justement

déverrouillé le coffre pour en sortir le précieux livre. «C'était moi. C'est moi, le sale traître.» Sauf que la bibliothécaire avait été d'accord pour qu'ils l'emportent lorsqu'elle avait été elle-même. Selon elle, il était temps que d'autres dragons aient accès aux secrets du Livre.

Il préféra garder ces remarques pour lui, de peur que Moucheronne ne fasse une crise cardiaque. Il avait aussi soigneusement omis de préciser que l'une des criminelles était une Aile de Feuille, au cas où cette information n'aurait pas été dévoilée afin d'éviter une émeute.

– Bien… La reine voulait vraiment les attraper, elle a réussi? insista-t-il.

– Aucune idée, répondit Moucheronne.

Elle replia ses ailes.

– J'ai travaillé ici jusqu'à minuit hier soir. À la maison, personne n'a parlé d'une exécution, mais peut-être qu'elle aura lieu aujourd'hui ou demain.

Blue se retint de crier. Ou de fondre en larmes.

«Elle suppose qu'elles ont été capturées parce que c'est une Aile de Guêpe. En vérité, elle n'en sait rien. Elles s'en sont peut-être tirées.

Ou alors elles sont au fond d'une cellule je ne sais où à attendre leur exécution.»

Si seulement il pouvait s'échapper pour partir à leur recherche! Malheureusement, il n'avait ni l'inventivité de Criquette ni le courage de Bombyx ni les pochettes fort utiles de Droséra. Il n'était qu'un dragonnet sans ailes, coincé au fond d'une grotte.

Cependant, il pouvait quand même *essayer*.

Blue passa le restant de la journée à explorer les moindres coins et recoins de la caverne. Il la parcourut de long en large, escaladant les rochers lorsqu'il le fallait. Les gardes lui lançaient de drôles de regards, sans pour autant l'arrêter. Aucun Soie de Feu ne réagit, néanmoins, il avait la nette impression qu'ils ne le quittaient pas des yeux.

Il y avait trois femelles et sept mâles, tous beaucoup plus âgés que Blue. Il supposait qu'Amiral était le plus jeune Soie de Feu dont la reine disposait. Quelques-uns semblaient ne jamais quitter leur nid, alternant sommeil, repas et production de soie sans bouger d'un pouce. Certains se levaient et voletaient de-ci, de-là, même s'ils ne pouvaient aller bien loin. Il y avait assez de place pour déployer ses ailes, mais pas le moindre souffle de vent pour planer.

«Si c'est l'avenir qui m'attend… ça veut dire que je ne volerai jamais en plein ciel? Comment vais-je apprendre à voler correctement alors qu'il n'y a même pas de courants d'air ici?»

Gardes et prisonniers semblaient suivre un emploi du temps très précis. Cycles de production et de repos s'enchaînaint de sorte qu'il y ait toujours au moins trois Soies de Feu au travail, même la nuit.

Blue avait fait le tour de la grotte, le temps que son père ait terminé son service. Il lui restait quelques parapets rocheux qu'il n'avait pas encore réussi à escalader, mais il avait zigzagué entre toutes les stalagmites et fourré son museau dans les plus gros trous. Il n'avait cependant pas découvert le moindre passage secret, hélas.

À l'autre bout de la grotte, il vit Moucheronne lâcher un seau de nourriture à côté de son père avant d'emporter le chaudron. Il entreprit de le rejoindre, la tête bourdonnant de questions.

– Salut, mon beau ! fit l'une des Soies de Feu en sortant brusquement la tête hors de son nid alors qu'il passait devant.

Elle gloussa en le voyant sursauter.

– Je m'appelle Danaïde. Par toutes les lunes, tu es magnifique ! On n'a pas eu de visiteurs depuis si longtemps… et, du jour au lendemain, voilà deux nouveaux Soies de Feu ! Quelle joie !

Elle soupira de bonheur.

Sa couleur orange vif lui donnait presque l'air d'une Aile de Guêpe, bien qu'elle n'ait pas une seule écaille noire. À la place, de petites taches blanches mouchetaient son dos et des rayures de la même couleur zébraient ses ailes. Vu son grand âge, elle aurait sûrement pu être l'arrière-grand-mère de Blue.

– Je ne suis pas sûr d'avoir la soie de feu, tempéra le dragonnet en jetant un coup d'œil à ses poignets.

– Ne t'en fais pas, dit-elle. Je suis convaincue que tu seras tout de même d'agréable compagnie. Toujours mieux que ces vieux grincheux, en tout cas. Il y en a qui sont si bavards qu'on ne peut même pas leur confier un secret.

Elle lança un regard agacé à l'Aile de Soie rose pâle.

– Et d'autres qui se prennent pour je ne sais qui !

– J'ai ENTENDU ! cria Demi-Deuil depuis son nid.

– On a *tous* entendu, renchérit un autre.

– JE SAIS ! répliqua Danaïde. On est dans une GROTTE ! Mais je suis en train d'avoir une conversation privée avec quelqu'un, alors allez fourrer vos museaux ailleurs !

– Je t'ai déjà expliqué ! J'ai cru que tu voulais que je dise à Demi-Deuil que ses rayures te plaisaient, se justifia le dragon rose d'une voix peinée. Tu ne me pardonneras donc jamais ?

– Eh bien, de toute façon, elles ne me plaisent plus ! riposta Danaïde. Ça lui donne l'air arrogant... et tout maigrichon, en plus ! On dirait qu'il a une patate à la place du cerveau !

– Si seulement tu avais l'intelligence d'une demi-patate ! cingla Demi-Deuil.

– J'espère que tu vas te faire dévorer le museau par des asticots !

– Hé ho ! Du calme ! intervint l'un des gardes Ailes de Guêpe d'une voix blasée.

Danaïde se retourna vers Blue et demanda d'un ton mielleux :

– Bon, où en étions-nous, déjà ?

– Ce n'est pas de ma faute si Thaïs t'a entendue dire à Azurée que tu pensais que c'était lui qui volait tous les radis, poursuivit plaintivement le dragon rose. C'est à lui que tu devrais en vouloir d'espionner tout ce qu'on dit, pas à moi, d'abord !

– Malheureusement, il est mort depuis cinq ans, tête de linotte.

– Ah, oui, c'est vrai.

Le dragon rose se laissa tomber sur le flanc dans son nid.

– Ne les écoute pas, mon chéri.

– C'est tout le temps comme ça ? s'inquiéta Blue en désignant les Soies de Feu d'un revers de patte.

– Que veux-tu dire ? s'étonna Danaïde.

– Les… chamailleries ?

Il avait vu au moins trois autres disputes éclater ce matin tandis qu'il explorait la grotte.

– Qui se dispute ? Ce vieux grincheux de Demi-Deuil ? Il n'y a pas pire ! Ne lui adresse surtout pas la parole. Xenica est affreuse également, toujours à colporter des ragots et à dire du mal de tout le monde. Tu sais déjà qu'on ne peut pas faire confiance à Piéride, qui est dans le coin là-bas.

Avec un soupir peiné, le dragon rose leur tourna le dos.

– Machaon est très sympa, mais il n'arrête pas de

parler, nom d'un guêpier! Quant à Azurée, elle gâche toujours tout.

Elle posa sa queue sur le bord de son nid et sourit.

– Franchement, je suis la seule fréquentable.

– Danaïde, arrête de farcir la tête de mon fils, intervint Amiral en surgissant soudainement près d'eux. Il est dans mon camp, pas dans le tien.

– Parce qu'il faut choisir un camp? s'étonna Blue.

– Non, mais Danaïde est sans conteste dans le mauvais camp. Je vais te présenter les dragons que tu peux fréquenter.

– Tu ne peux pas garder tous les nouveaux pour toi! siffla la dragonne. On a tous le droit de se faire de nouveaux amis, il faut partager! Laisse-le décider à qui il a envie de parler!

– Va manger des cafards! rétorqua sèchement Amiral.

Et il entraîna son fils à sa suite, le museau dressé d'un air hautain.

– Elle est abominable, chuchota-t-il assez fort pour qu'elle l'entende.

– Elle m'a semblé plutôt gentille, objecta Blue.

– Non, elle est odieuse.

– Mais enfin, qu'est-ce qui se passe ici?

– Comment ça? s'étonna son père.

Il s'arrêta pour lui lancer une tangerine, tout sourire.

– C'est juste que… vous passez vraiment beaucoup de temps à vous disputer.

– Ah bon ?

Amiral paraissait sincèrement surpris.

– Pas plus que les autres dragons, je suis sûr.

– Si, beaucoup plus que ceux que je connais, en tout cas, affirma Blue.

Son père balaya sa remarque d'un revers d'aile.

– Bah… on est coincés ensemble depuis si longtemps, c'est normal qu'il y ait quelques tensions de temps à autre. Viens, je vais te présenter Xenica, elle est adorable. Elle fait toujours des remarques très constructives.

La dragonne en question partagea son chou kale et ses kumquats avec eux en s'assurant que tous les autres puissent bien voir qu'on l'avait présentée au nouveau la première. Elle mit également Blue en garde contre Danaïde et quelques autres Soies de Feu.

Ce rituel se reproduisit avec chaque dragon dont Blue fit la connaissance, et le temps qu'il revienne dans son nid, il était épuisé. Il n'avait pas réussi à retenir qui détestait qui, sauf qu'ils semblaient tous haïr Demi-Deuil – qui le leur rendait bien. Rivalités mesquines, rancœurs tenaces et susceptibilités excessives pourrissaient visiblement l'atmosphère de la grotte.

Il se laissa tomber près du cocon de Selena et y appuya le front. Il avait tellement hâte de retrouver sa sœur, si drôle, aimable… et normale.

« Pas étonnant qu'ils guettent avec impatience l'arrivée

des nouveaux. Vivre en vase clos leur est monté au cerveau. »

– Bon, ça va bientôt être à nouveau l'heure de mon service de chaudron, annonça Amiral en tendant ses pattes avant.

Il tapota l'intérieur de ses poignets du bout de la griffe comme si ça pouvait stimuler la production de soie.

– Papa, pourquoi vous vous chamaillez tout le temps ? Pourquoi vous ne gardez pas votre énergie pour lutter contre vos vrais ennemis ?

– Du genre ? s'étonna Amiral.

– La reine. Les Ailes de Guêpe. Les gardes qui vous retiennent prisonniers ici, énuméra Blue un ton plus bas.

– Tu dis n'importe quoi. La reine est notre patronne. Les gardes veillent à ce qu'on soit bien nourris, en sécurité et ponctuels.

Blue secoua la tête. Comment son père pouvait-il être aveugle à ce point ? Ne pas voir que cet endroit était une prison ?

« Peut-être qu'à force, il a réussi à se convaincre qu'il demeurait ici par choix pour rendre sa vie plus supportable. »

Il avait rencontré deux Soies de Feu qui n'avaient pas l'air aussi résignés ni aussi faussement satisfaits qu'Amiral. Azurée était très agitée, jetant de fréquents coups d'œil vers la sortie. Elle avait aussi posé beaucoup de questions sur le monde extérieur et ce qui se passait en dehors de la grotte. Et Piéride avait l'air affreusement malheureux, même s'il n'osait pas dire un mot de travers au sujet des Ailes de Guêpe.

Il y avait Demi-Deuil, aussi. Sa mauvaise humeur légendaire venait sans doute d'un profond désir d'évasion.

– Je me dis juste que c'est idiot de se disputer sans arrêt, alors qu'il y a des choses bien plus terribles qui se passent et des dragons qui te traitent bien plus mal que Danaïde. Si vous cessiez de vous chamailler pour vous serrer les coudes, peut-être que vous pourriez vraiment changer les choses.

– Non, non et non ! protesta Amiral. Je refuse d'avoir affaire à Danaïde, Machaon ou Blanco. Ce sont des monstres d'égoïsme qui ne voient pas plus loin que le bout de leur museau. Je préfère passer par la reine.

Blue soupira. Ces dragons avaient des opinions bien tranchées les uns sur les autres, et ils campaient sur leurs positions. Il ne parviendrait pas à les faire changer d'avis…

Il dormit encore très mal, cette nuit-là, et rêva qu'il cherchait Criquette dans le noir, perdu dans le dédale de couloirs de son école. Il avait beau tourner dans un sens et dans l'autre, ouvrir des portes et des portes, il ne parvenait pas à retrouver la bibliothèque. En revanche, il ne cessait de croiser Danaïde, Demi-Deuil et Piéride, qui s'invectivaient les uns les autres. Juste avant de se réveiller, il découvrit au fond d'une salle le cocon de Selena, sauf qu'il était ouvert et qu'il n'y avait plus personne à l'intérieur.

Encore tout ensommeillé, il se tira péniblement de son nid et, trébuchant à chaque pas, fila vérifier que le cocon était toujours là, tout chaud, bien en sécurité. Les parois de soie semblaient plus fines qu'avant, si bien qu'il distinguait l'ombre de sa sœur au travers. Il s'appuya tout contre en murmurant :

– Selena, tu me manques.

La soie remua comme si, à l'intérieur, la dragonnette changeait de position ou lui répondait.

– Elle va sortir ce soir, annonça Blue, tout sourire, lorsqu'Amiral le rejoignit.

Même dans cet endroit sinistre, il était content pour sa sœur : Selena allait avoir des ailes, elle qui en rêvait depuis toujours !

Mais pourrait-elle seulement s'en servir ? Son sourire se décomposa tandis que le cocon remuait à nouveau. Heureusement, il serait là quand Selena sortirait. Heureusement, il pourrait tout lui expliquer, elle ne serait pas seule au milieu de cette bande de râleurs.

– Papa, reprit Blue, à ton avis, qu'est-ce qui m'arrivera si je ne suis pas un Soie de Feu, finalement ?

– Tu obtiendras un poste ici, en tant qu'Aile de Soie ordinaire, s'empressa de répondre Amiral. Manutention des chaudrons, préparation des repas, ménage, quelque chose dans ce genre.

– Mais… et si je veux rentrer chez moi ? protesta Blue sans pouvoir contrôler le tremblement de sa voix. Je serai vraiment obligé de rester ici ?

Amiral pianota des griffes sur la roche.

– À vrai dire… la reine n'aime pas laisser se balader des Ailes de Soie qui connaissent l'emplacement de cette grotte.

Comme son fils baissait la tête, complètement abattu, il s'empressa de poursuivre :

– Mais tu sais quoi ? Je vais lui écrire une lettre ! Ou plutôt des lettres ! Je dresserai une liste de très bonnes raisons de te laisser rentrer chez toi si tu n'as pas la soie de feu. Je vais la convaincre ! Ne t'en fais pas. Ça prendra peut-être un moment… et d'ici là, qui sait, tu auras peut-être décidé de rester. C'est sympa, ici. Et puis, c'est là que je vis, conclut-il d'une voix pleine d'espoir.

– Je vais y réfléchir, dit Blue pour ne pas faire de peine à son père.

La journée se déroula plus ou moins comme celle de la veille. Il passa à nouveau la grotte au peigne fin, à l'affut d'une pierre qui se descellerait ou du moindre souffle d'air frais venu du dehors. Il s'efforçait d'éviter d'être pris à partie dans les chamailleries entre les Soies de Feu, mais c'était pratiquement impossible. Chaque fois qu'il faisait un pas dans cette grotte, quelqu'un le hélait et quelqu'un d'autre s'écriait qu'il ne devrait pas fréquenter ce misérable mangeur de vers puis, très vite, les remarques désobligeantes fusaient et Amiral devait intervenir pour tirer Blue d'affaire.

Cependant, le dragonnet avait trouvé un coin – un seul – qui lui avait donné un peu d'espoir. C'était la paroi sous le parapet d'où les Ailes de Guêpe surveillaient l'escalier. Il y avait un renfoncement dans la roche et, à tâtons, Blue avait découvert un trou.

Il n'était pas bien grand. Juste assez large pour y enfoncer une patte… mais le dragonnet avait senti du vide de l'autre côté. Du vide et du frais… ce qui signifiait qu'il donnait sur un espace plus vaste, peut-être même un tunnel. La roche semblait humide de l'autre côté. Blue avait essayé d'y coller un œil, mais il ne voyait rien. Que du noir.

Il retourna dans son nid en essayant de réfléchir posément, à la manière de Criquette. Comment aurait-elle procédé si elle avait été coincée ici ?

En début de soirée, le cocon de Selena se mit à remuer. Il s'accroupit à côté, posant délicatement la patte sur la paroi de soie lorsqu'il risquait de basculer.

Leur père était là aussi et le fixait, les yeux brillants.

Une fissure apparut à une extrémité du cocon doré. Blue retint son souffle tandis qu'elle s'élargissait. Des griffes apparurent, écartant la paroi de soie, puis il distingua la tête de sa sœur.

– Selena! s'écria-t-il. Je suis là. Tu te débrouilles très bien. Tu y es presque!

Elle ne pouvait pas encore lui répondre, mais elle déroula ses antennes et lui fit signe. Selena se tortilla et, péniblement, lentement, s'extirpa du cocon, laissant sa coquille vide derrière elle.

– Ouf! soupira-t-elle en s'affalant à plat ventre sur la roche.

Ses ailes se déplièrent avec grâce sur son dos pour sécher à l'air libre, comme des pétales de soleil.

Elles étaient magnifiques!

– Tu as réussi! la félicita Blue.

Il se coucha près d'elle et lui donna un petit coup de museau.

– Tu as de ces ailes! Incroyable! Incroyable, Selena!

Sa gorge se serra soudain, l'empêchant de dire tout ce qu'il voulait lui dire.

Elle lui adressa un sourire ensommeillé.

– Mais alors pourquoi tu pleures, petit frère? Tu es submergé par ma beauté?

– Carrément, répondit-il en reniflant, mi-rire, mi-sanglot. Tu m'as tellement manqué.

– Oh, là, là! fit-elle en posant sa patte sur la sienne. On a été séparés cinq jours, seulement.

– Oui, mais cinq jours très stressants, répliqua-t-il.

Elle le contempla un long moment, puis son regard dériva vers la grotte – les parois rocheuses, la lueur des chaudrons de soie de feu, et l'inconnu qui la fixait bizarrement.

Elle tourna ses pattes pour contempler ses poignets, puis se redressa d'un coup.

– Bonjour! fit Amiral. Oh, waouh! Je n'y crois pas! Je suis tellement content de te voir!

Selena le dévisagea puis se tourna vers Blue, perplexe.

– Je te présente Amiral, notre père, fit le dragonnet.

Soudain, il eut comme un élancement dans les poignets et baissa les yeux.

Oh oh… c'était donc la lave dorée qui bouillait sous ses écailles?

– C'est le plus beau jour de ma vie, déclara Amiral, rayonnant.

– Assez bavardé! Il est temps de bosser, le coupa Moucheronne en le prenant par l'épaule.

– Je leur donne trois jours pour comprendre que tu es le dragon le plus pénible de la grotte! s'écria Demi-Deuil depuis son nid.

Selena regarda autour d'elle, avec un battement d'ailes affolé.

Elle se pencha et prit les pattes de son frère dans les siennes.

– Blue, on est où?

CHAPITRE 24

– Et donc Bombyx… ?

– … est peut-être dans le coin, compléta Blue. Ou alors il a été capturé.

– Ça fait trop d'informations d'un seul coup et en même temps pas assez, commenta Selena en se massant les tempes.

– Une tangerine ? proposa Amiral.

– Merci, répondit-elle en s'empressant de l'éplucher.

Elle n'avait pas arrêté de manger pendant que Blue lui racontait toutes ses aventures. Par chance, Amiral avait des réserves cachées dans son nid, et il était très doué pour lancer des fruits sans cesser de produire sa soie de feu.

– Mais la reine n'est pas venue te hurler dessus ni rien ? s'étonna Selena.

– Non, répondit Blue. Pourtant, je m'attendais à la voir… ou à être traîné dans la salle du trône et condamné à un terrible châtiment. En fait, elle m'a juste fait jeter ici. C'est tout.

– Comme un objet perdu qu'elle aurait retrouvé et vite rangé à sa place, commenta Selena d'un ton maussade. Je veux dire, tant mieux pour toi, Blue. Mais les punitions, c'est pour l'exemple, pour terroriser les sujets. Donc, je suppose que la reine préfère ne pas attirer l'attention sur le fait qu'elle possède des Soies de Feu… ou bien qu'un dragonnet de soie sans ailes ait pu lui échapper pendant si longtemps.

– C'est grâce à Criquette, expliqua Blue. Elle a trouvé un moyen de me cacher.

Selena leva les yeux au ciel.

– Il n'y a que toi pour dénicher la seule bonne Aile de Guêpe de toute la tribu. Maintenant, je n'arriverai jamais à te convaincre que ce sont tous des monstres.

– Parce que ce n'est pas vrai ! protesta-t-il. Il doit y en avoir d'autres qui sont aussi gentils que Criquette. Peut-être pas aussi intelligents, jolis, drôles et tout. Mais gentils, oui, probablement.

Selena secoua la tête.

– J'en doute… De toute façon, même si c'est le cas, ils n'ont jamais l'occasion de le montrer, parce que la reine leur fait subir un vrai lavage de cerveau.

Elle frissonna des antennes à la queue.

– Cette histoire de contrôle mental, ça m'a l'air terrifiant.

– Oui, atroce, confirma Blue.

– J'espère qu'Io va bien.

– Moi aussi. Pouvu qu'elle ait trouvé la Chrysalide. Selena, tu en avais déjà entendu parler ?

– Un peu.

Elle se leva, remuant ses ailes pour tester différentes positions.

– Je savais que Bombyx et Io venaient de les rencontrer. Je voulais rejoindre le mouvement après ma métamorphose. Je n'avais pas vraiment prévu de me réveiller ici.

Comme Blue grimaçait, elle lui lança un regard préoccupé.

– C'est ta montée de soie ? Ça te chauffe ?

Elle prit ses pattes dans les siennes et les retourna pour examiner ses poignets. Difficile de voir s'ils rougeoyaient, car les autres Soies de Feu baignaient la grotte d'une lueur écarlate.

– Je suis censé tisser mon cocon demain soir, dit Blue. J'aurais vraiment préféré le faire ailleurs.

Il était déjà inquiet à l'idée de se métamorphoser bien en sécurité dans l'atmosphère paisible du Cocon. Mais c'était encore plus angoissant d'imaginer le tisser ici, sous cette lumière trop vive, entre les disputes mesquines des Soies de Feu et les regards inquisiteurs des gardes.

– Il doit bien y avoir un moyen de sortir, affirma Selena.

Elle leva les yeux vers la cage d'escalier.

– À ton avis, combien y a-t-il de gardes ?

– Selena, comment veux-tu qu'on les affronte ? Juste toi et moi ? C'est de la folie !

– Mais maintenant, je peux faire ça ! déclara-t-elle.

Elle tendit une patte et un fil de soie incandescent jaillit de son poignet.

Il tomba sur l'une des piles de lettres d'Amiral qui s'enflamma instantanément.

– Au secours !

Il bondit pour écarter la liasse en feu des autres, puis la piétina. Quand il ne resta plus qu'un tas de cendres sur la pierre, il saisit le filament de soie incandescent et le brandit sous le museau de Selena.

– Ce n'est pas un jouet ! Regarde ce que tu as fait ! Maintenant, comment vais-je me souvenir de ce que j'ai déjà écrit ? La reine n'aime pas la répétition ! C'est terrible. Tu dois apprendre à contrôler ta soie, jeune fille.

– Désolée, fit Selena d'un ton innocent.

Blue fixait son père, les yeux écarquillés.

– Tu as la soie de feu dans la patte… et ça ne te brûle pas ?

Amiral retourna dans son nid pour jeter le filament de Selena dans son chaudron. Il brillait d'un éclat beaucoup plus vif que ceux qu'il avait produits.

– Les dragons Soies de Feu sont insensibles à la brûlure de la soie de feu, expliqua-t-il. Sinon, ce serait absurde.

– Waouh, siffla le dragonnet. Attends, alors si ça m'a déjà brûlé, ça veut dire que…

– Non, ça te brûlera jusqu'à ce que tu aies accompli ta métamorphose, que tu aies la soie de feu ou non, poursuivit Amiral. Selena, viens me montrer les différents types de filaments que tu sais faire. Produire de la soie de feu est une lourde responsabilité.

Selena leva les yeux au ciel en regardant son frère, mais elle rejoignit leur père et lui accorda toute son attention.

Blue soupira en se massant les poignets. Ses bourgeons d'ailes le chatouillaient un peu également, c'était à la fois pénible et excitant. Il aurait aimé pouvoir courir dans la savane à la belle étoile pour prendre l'air, au lieu de rester dans cette grotte surchauffée, confinée, qui sentait la tangerine.

Il descendit tout en bas et se dirigea vers le petit coin sous le parapet où il avait trouvé le trou. On devait être au milieu de la nuit, il ne restait que deux gardes en haut de l'escalier et les employés Ailes de Soie étaient rentrés chez eux – un petit appartement dans l'entrepôt, selon Amiral. La plupart des Soies de Feu dormaient. Seuls Danaïde, Amiral et Demi-Deuil étaient réveillés, occupés à remplir leur chaudron.

Blue sentait le regard de Danaïde dans son dos tandis qu'il fouillait la paroi rocheuse. Il était hors de la vue des gardes de l'escalier, mais pas de ceux qui étaient au-dessus de la vitre. Il jeta un coup d'œil par-dessus son épaule et croisa en effet six paires d'yeux.

Donc impossible de tenter quoi que ce soit. Il était sous haute surveillance.

Il retrouva le trou et passa la patte au travers, juste pour se sentir un peu libre. Derrière, il pouvait y avoir n'importe quoi... un passage vers le monde extérieur... le ciel, les étoiles...

De l'autre côté, quelque chose se glissa délicatement dans sa patte et la serra.

Blue ouvrit la gueule pour hurler. Mais, au même moment, il entendit quelqu'un souffler :

– Chut !

Il se mordit donc les lèvres et ravala son cri.

– Blue, murmura la voix.

Il plaqua sa tête contre le mur.

– Criquette ?

– Chut... oui, c'est moi.

– Et moi ! chuchota quelqu'un d'autre d'un ton bourru.

– Selena va bien ? demanda une troisième voix.

– Elle est magnifique, dit Blue tout bas. Je n'en reviens pas que vous soyez tous...

– Blue, ne parle pas, le coupa Criquette, ils t'ont à l'œil. C'est déjà suffisamment suspect que tu sois là, avec la patte dans un trou. Si tu te mets à parler au mur, ils vont vraiment se poser des questions et envoyer quelqu'un voir de quoi il retourne.

Elle serra à nouveau sa patte dans la sienne avant de la relâcher.

Il la retira du trou à contrecœur. Ça faisait un vide terrible, comme s'il avait trouvé sa moitié puis l'avait brutalement perdue. Il avait envie de toucher à nouveau Criquette, pour vérifier qu'elle était bien là, en vie. Mais il comprenait que ça paraisse suspect.

Danaïde faisait mine d'être perdue dans la contemplation de ses poignets, mais elle se penchait tellement qu'elle était sur le point de basculer en avant. Et là-haut, les gardes ne le quittaient pas des yeux. Il avait l'impression qu'ils ne clignaient même pas. C'était peut-être un super-pouvoir des Ailes de Guêpe. Pas besoin de paupières.

Il s'assit et entreprit de bâtir une petite pyramide de cailloux d'un air innocent. Il était très doué pour ça.

– Les Ailes de Feuille ont essayé de creuser un tunnel pour s'introduire dans le guêpier par en dessous, l'informa Criquette à voix basse. C'est ainsi qu'ils ont découvert cet endroit, tout à fait par hasard. Tu as retrouvé ton père ? Désolée, je sais que tu ne peux pas répondre. Selena est sortie de son cocon ? Il y a beaucoup de Soies de Feu là-dedans ? Oh, pardon, tu ne peux pas me le dire non plus. Elle est immense, cette grotte.

« Pas assez pour passer sa vie entière à l'intérieur », pensa Blue.

Il aurait dû être horrifié par le plan des Ailes de Feuille. Il y a quelques jours, l'image de dragons de feuille surgissant du sol du guêpier aurait sûrement été pour lui une vision de cauchemar…

Mais entre-temps il avait été témoin de choses encore plus cauchemardesques.

– Écoute, siffla Droséra, Criquette veut te sortir de là.

– Moi aussi, affirma Bombyx.

– Ouais, sauf que ton avis, je m'en fiche, répliqua Droséra. Tandis que Criquette a failli mourir avec moi, alors j'ai l'impression de vous être redevable, les gars. Mes parents sont trop occupés… mais j'ai peut-être un plan. Vous pouvez être prêts demain soir ?

Le cœur de Blue se serra. Il secoua la tête et fit mine de se pencher pour prendre un caillou, de sorte que ceux qui étaient de l'autre côté du mur puissent voir ses bourgeons d'ailes.

Il entendit Criquette étouffer un cri.

– Il va entrer en métamorphose, chuchota-t-elle à Droséra. Il faut qu'on le sorte de là tout de suite. Ce soir.

– Oh, parasite d'écorce moisie ! marmonna l'Aile de Feuille. Bon, on va devoir utiliser la manière forte. Blue, est-ce que tu vois une fissure tout en bas de la paroi, qui décrit comme un arc de cercle ?

Le dragonnet jeta un discret coup d'œil au mur et la repéra immédiatement : on aurait dit un coucher de soleil.

– Tu crois que Selena et toi, vous pourriez passer par là si j'agrandis le trou ?

Ça lui semblait possible, même s'il n'avait pas encore tout à fait en tête l'envergure des ailes de sa sœur. Il était plus inquiet pour Amiral, mais son père était assez maigre. Il aurait juste à se contorsionner un peu.

Blue acquiesça très légèrement, éparpillant ses cailloux comme s'il avait raté sa construction.

– Génial. Alors va la chercher et tenez-vous prêts pour l'évasion.

– Bonne chance, Blue, murmura Criquette.

– Dis à Selena que je suis là ! ajouta Bombyx. En vrai héros !

– Tu es resté assis au fond d'une serre, puis tu m'as suivie dans un tunnel, lui rappela Droséra. Je ne suis pas sûre que ça justifie d'ériger une statue en ton honneur.

– Chut ! souffla Criquette, agacée.

Blue prit un caillou, fit semblant de l'examiner de près, puis le reposa et retourna auprès de Selena.

– Ça va ? lui demanda Danaïde en passant.

Accoudée au rebord de son nid, elle le dévisageait attentivement.

– Oui, oui, répondit Blue. Je ramassais juste des cailloux pour ma sœur.

– Tu me la présenteras, hein ? fit Danaïde d'une voix suppliante. Quoi qu'en dise ton père ?

– Bien sûr, promit Blue.

Il se sentait affreusement coupable, mais il ne pouvait pas rester là juste pour leur tenir compagnie. Même s'il était désolé que les Soies de Feu se sentent aussi seuls, il allait devoir les abandonner à leurs interminables chamailleries.

« À moins qu'on puisse les emmener ? Qu'ils viennent avec nous ? »

Seulement, comment les prévenir sans attirer l'attention des gardes ? Et comme il les connaissait, évoquer un projet d'évasion risquait de déclencher un raffut monstrueux... et de tout gâcher.

Il se dépêcha de rejoindre Selena en continuant à réfléchir. Il avait fait tout ça pour la sauver, c'était pour elle qu'il avait enfreint tant de règles, qu'il s'était attiré tant d'ennuis. C'était le plus important : la libérer.

Pourtant, il aurait aimé délivrer les autres aussi.

À son approche, Selena se redressa, les yeux étincelants ; elle lisait en lui comme dans un livre ouvert, depuis qu'ils étaient sortis de l'œuf.

– Tu as trouvé un moyen de sortir d'ici, devina-t-elle.

– Nos amis sont là, chuchota-t-il.

– Alors, allons-y ! décréta-t-elle en se levant d'un bond.

Elle se tourna vers Amiral.

– Mmm ? marmonna-t-il, visiblement perdu dans ses pensées. J'étais en train de rédiger une nouvelle lettre dans ma tête. Pour remercier la reine de vous avoir fait venir, bien entendu. Je ne peux pas tout le temps lui écrire pour me plaindre, vous savez ! Ah ça, non, ça ne se fait pas. Je dois aussi lui témoigner ma reconnaissance quand elle se montre généreuse envers nous. Ma lettre de remerciement pour les tangerines était un véritable chef-d'œuvre en la matière !

Il jeta un regard peiné au tas de cendres, comme s'il se demandait combien de chefs-d'œuvre avaient péri dans les flammes.

– Papa, chuchota Blue, on a trouvé un moyen de sortir d'ici. Mais il faut y aller maintenant.

– Sortir ? Qu'est-ce que vous voulez dire ? s'étonna Amiral.

– On va s'enfuir, expliqua Selena. Tous les trois. Allez, viens, profitons de ce que les gardes sont à moitié endormis.

– Mais je suis au beau milieu de mon tour de production de soie, protesta Amiral. Et je n'ai pas du tout rempli le quota. Il va falloir que tu compenses avec toute ta belle soie étincelante. Ils t'affecteront sûrement au service du matin, une fois que tu te seras un peu reposée.

– Non, répliqua Selena d'un ton ferme. Je ne donnerai ma belle soie étincelante à personne. Elle est à moi. Et je vais immédiatement m'évader avec Blue.

Amiral sursauta, comme si le mot « s'évader » avait enfin atteint son cerveau.

– Non, non, le guêpier a besoin de notre soie. C'est une mission capitale. Nous sommes très importants, tu es très importante. Tu ne peux pas partir. Qu'est-ce que tu racontes, d'abord ? On n'a pas le droit de partir. C'est formellement interdit.

– Viens avec nous, papa, s'il te plaît, le supplia Blue. Ce n'est pas une vie ! On pourra vivre ensemble et libres, dehors.

– Mais dehors où ça ? s'esclaffa Amiral. La reine contrôle tout. Non, non, il ne faut pas l'énerver avec une stupide tentative d'évasion, ce serait vraiment ingrat de notre part. Oh, par toutes les lunes, vous allez nous attirer des ennuis ! Ensuite, ce sera encore pire !

– Comment ça pourrait être pire ? s'étonna Selena.

– Au début, on était enchaînés ! s'écria Amiral. Par les chevilles ! C'est grâce à moi qu'ils nous ont détachés ! Il m'a fallu quatre ans et environ deux cents lettres, mais j'ai fini par la convaincre qu'elle pouvait se fier à nous. Et à présent, vous allez trahir sa confiance !

– Ce n'est pas une relation de confiance, enfin ! La reine se sert de vous, objecta Selena. Elle vous prend tout, elle ne vous donne presque rien en retour, et vous vous laissez marcher sur les pattes au lieu de vous défendre. Pas question qu'on rentre dans la combine !

Elle se tourna vers Blue.

– Laisse tomber. On va devoir partir sans lui.

– Non, non et non ! protesta Amiral. Impossible ! Vous allez me discréditer auprès de la reine, ruiner tous mes progrès ! S'il y a des règles, c'est pour une bonne raison, vous savez ! Elle va être tellement déçue !

– Alors, viens avec nous !

Blue refusait de baisser les pattes. Il ne voulait pas abandonner son père ici.

– Papa, tu n'as pas à suivre les règles injustes ni à faire tout ce que dit la reine. Tu n'as pas l'impression qu'il y a dans ton cœur des règles plus importantes ? Aider les autres, défendre ceux qui sont maltraités, aimer qui tu veux, mener la vie dont tu rêves, en paix ?

Il vit que sa sœur le dévisageait avec de grands yeux étonnés. Elle ouvrit une aile et l'attira contre elle.

– Waouh ! Ces cinq jours ont été longs, n'est-ce pas ?

– Eh bien… finalement, j'ai compris… qu'il y a des dragons qui sont en danger et que je pourrais aider… et qu'être un bon petit Aile de Soie obéissant me facilitait peut-être la vie, mais entretenait un mauvais système. Avant, j'ignorais qu'il était mauvais pour de nombreux dragons. Comme toi, papa ! Comme tous les Soies de Feu qui vivent ici ! Ce n'est pas juste !

– Et tu ne devrais pas souhaiter ça pour tes enfants, enchaîna Selena. Si tu tiens à rester, c'est ton problème, mais nous, on part.

Elle fit pivoter Blue vers le centre de la grotte.

– Non! protesta Amiral. Non, non! C'est mal! Je ne peux pas vous laisser faire ça. GARDES!

Blue retint son souffle. Les gardes de l'escalier tournèrent la tête vers eux.

Leur père était en train de saboter leur plan d'évasion: il les dénonçait pour les empêcher de s'enfuir!

Il fallait filer… sauf que la porte vers la liberté était de l'autre côté de la grotte et qu'elle n'était même pas encore ouverte.

– GARDES! brailla Amiral. Écoutez-moi!

– Arrête d'embêter les gardes! intervint Danaïde. Ils n'ont pas envie d'écouter ta théorie sur le potassium à cette heure-ci… ni jamais, d'ailleurs!

– Ce n'est pas ça! protesta-t-il. Même si mes idées sur le potassium sont le fruit d'une recherche poussée et captivante… Mais… hé, gardes! Mes dragonnets…

– T'as le crâne rempli de banane écrasée! décréta Demi-Deuil, toujours prêt pour la bagarre. Tes dragonnets sont complètement nuls!

– Pas du tout! répliquèrent en chœur Danaïde et Amiral.

– Je les trouve charmants, affirma la dragonne.

– Tu ne les connais même pas! riposta Amiral. Ce sont MES dragonnets et ils sont absolument fascinants. Mais ils vont…

– Ah, dans ce cas, ils sont tout le contraire de TOI! beugla Danaïde.

– Qu'est-ce qui se passe, là ? demanda Selena à son frère en se bouchant les oreilles.

Blue distinguait une étincelle étrange dans le regard de Danaïde. Il ignorait si c'était l'une de ses sautes d'humeur habituelles ou bien…

– Je crois qu'elle essaie de nous aider, dit-il tout bas.

Il jeta un coup d'œil aux gardes. Ils s'étaient rassis, levant les yeux au ciel car ils avaient assisté à ce genre de dispute des milliers de fois.

– Suis-moi, chuchota Blue. Marche sans courir. Prends l'air dégagé.

Il slaloma entre les stalagmites, s'efforçant de calmer son cœur qui battait à tout rompre.

– GAAARRRDES ! hurla à nouveau Amiral.

Mais comme Blue l'espérait, il ne leur courut pas après. Il aurait dû arrêter de remplir son chaudron pour ce faire, et c'était encore une règle qu'il refusait d'enfreindre.

– TAIS-TOI ! gémit Piéride qui se redressa en se frottant les yeux. Pourquoi tu fais un tel RAFFUT ? Au beau milieu de la nuit !

– Oui, y en a qui essaient de DORMIR ! renchérit Blanco.

– Mais comme tu brailles AUSSI, ça n'arrange rien ! s'emporta Azurée dans le nid voisin.

Et voilà tous les Soies de Feu réveillés et en train de hurler ! Une couverture parfaite ! La dernière chose dont les gardes Ailes de Guêpe avaient envie, c'était de descendre dans l'arène pour se mêler de tout ça. Amiral avait beau vociférer, les cris des autres couvraient ses accusations.

Blue s'arrêta devant le nid de Danaïde.

– Merci, souffla-t-il en lui tendant la patte.

Elle la serra avec un clin d'œil.

– Je ne sais pas vraiment à quoi j'ai participé, mais c'est très amusant.

– Voici Selena, dit-il. Selena, je te présente Danaïde. C'est vraiment une dragonne qui mérite d'être connue.

Danaïde adressa un sourire radieux à la dragonnette.

– Enchantée! Allez, filez! Je sens qu'une aventure extraordinaire se prépare!

Comme elle désignait le mur du menton, Blue s'aperçut que la fissure s'était élargie et qu'il y avait quelque chose qui perçait.

– Vous pourriez venir avec nous, proposa-t-il.

– Je ne suis pas sûre que mon vieux cœur supporterait le sprint! Mais si vous trouvez un moyen plus tranquille pour nous faire sortir d'ici, revenez me chercher.

Il hocha la tête.

– J'essaierai. Promis.

Elle recommença à invectiver les autres Soies de Feu tandis que les deux dragonnets s'éloignaient.

C'était drôle de penser que Danaïde souhaitait une

évasion plus tranquille alors qu'elle semblait tout à fait à son aise au milieu de ce chaos.

Lorsqu'ils s'accroupirent devant la paroi rocheuse, un craquement sourd retentit. Le morceau de pierre fut poussé vers l'intérieur par… Des racines ? Blue effleura l'un des épais tentacules marron qui se frayaient un passage à travers la roche. Comme une petite branche, tortueuse et noueuse.

Droséra était en train de faire pousser une plante, à une vitesse stupéfiante. Et celle-ci écartait les pierres, élargissait la fissure. Créait une ouverture.

Blue planta ses griffes autour du rocher et tira. Selena fit de même et, au prix d'un terrible effort, ils le sentirent céder, bouger, et tomber juste devant eux.

Le trou était béant et, de l'autre côté, derrière les racines, ils aperçurent trois museaux.

Bombyx tendit la patte vers Selena en murmurant :

– Tu es saine et sauve !

– Et j'ai des ailes ! renchérit-elle avec entrain.

Elle poussa son frère devant elle.

– Vas-y ! Vite !

Soudain, ils entendirent des pas furieux au-dessus de leurs têtes. CLANG ! CLANG ! CLANG ! contre la vitre. Ils avaient été repérés. Les gardes arrivaient. Tous les gardes.

Blue s'engouffra dans le trou et se faufila entre les racines. Il sentit la chaleur des pattes de Criquette qui le tiraient. Il vit la lumière se refléter dans ses lunettes.

– Je suis tellement content que tu sois en vie, haleta-t-il. Je savais que tu allais revenir me sauver. Sauf que je me disais que c'était à moi de te sauver. Sauf que je ne savais pas comment.

– Tu m'as sauvée, simplement en étant toi-même, dit-elle. Oh, par mes écailles, j'ai vraiment dit ça ? Pas du tout mélodramatique !

Quand Selena émergea à son tour du trou, Bombyx l'enveloppa de ses ailes.

– Mon amour ! s'écria-t-il.

– Par toutes les forêts ! Arrêtez avec vos niaiseries ! cria Droséra. Faut décamper ! Et vite !

Elle fila telle une tempête verte et se fondit rapidement dans l'obscurité.

Selena fit jaillir un petit filament incandescent pour éclairer le tunnel et ils se mirent à courir.

Juste avant, dans le noir, Blue avait eu le temps de jeter un coup d'œil à ses poignets.

Et il avait vu les petites bulles de feu sous ses écailles.

CHAPITRE 25

Ils filèrent, montant, descendant, trébuchant dans la terre et les gravillons qui roulaient sous leurs pattes, guidés par la lueur du filament de Selena et l'éclat vert de Droséra devant eux. Leur chemin vers la liberté sentait les vers de terre et l'herbe coupée.

Par deux fois, ils durent se faufiler dans des passages si étroits que Blue craignit que Bombyx ne reste coincé. La plupart du temps, le plafond était si bas qu'il leur râpait le crâne et, parfois, la terre se changeait en boue qui leur collait aux griffes.

Mais au bout d'un moment, ils s'arrêtèrent et tendirent l'oreille : personne ne les suivait.

– Ils n'ont peut-être pas réussi à entrer dans le trou de la grotte, suggéra Blue.

Les racines à croissance rapide de Droséra leur avaient peut-être bloqué le passage.

– Ou alors ils ne sont pas parvenus à passer là où le tunnel se rétrécissait, dit Bombyx en frottant ses épaules endolories.

– Ils vont nous attendre à la sortie du tunnel, supposa Droséra. Par chance, il débouche assez loin du guêpier.

Elle se remit en route et ils la suivirent d'un pas un peu moins pressé, désormais.

Bientôt, le tunnel de terre remonta et s'ouvrit sur une grotte, de la même taille que celle des Soies de Feu, mais glacée, sombre et vide. De là, ils grimpèrent de rocher en rocher. Puis ils longèrent une cascade, qui leur éclaboussa les écailles. Blue crut entendre une rivière dans le fond.

Il avait aussi l'impression de distinguer des murmures, des échos, comme si la grotte était hantée par des écureuils bavards.

« Ou des singes lecteurs… »

Et si ces grottes étaient reliées à celle où ils avaient croisé le petit animal ? Peut-être vivaient-ils ici, en bande…

Peu de temps après, il entendit un grondement lointain.

– C'était quoi, ça ? chuchota-t-il.

– Je ne sais pas, répondit Criquette. Et ça ne sent plus pareil, tu as remarqué ? Il y a comme une odeur salée… de poisson, non ? Oh ! Je sais ! Droséra, est-ce qu'on approche de la mer ?

Et juste à cet instant, au détour d'un coude du tunnel…
ils se retrouvèrent face à la mer !

Ils avaient débouché dans une immense caverne donnant sur la plage. C'était l'aube. Des filets d'eau serpentaient, creusaient des sillons dans le sol sableux de la grotte. Des oiseaux marins allaient et venaient, rejoignant leurs nids accrochés à la paroi rocheuse.

Criquette courut à l'entrée de la grotte, pataugeant dans le sable humide. Elle ouvrit ses ailes qui se déployèrent au vent, telles les pages d'un livre ouvert. Les vagues la saluèrent en grondant gaiement.

– Waouh, murmura Selena en la rejoignant.

Elle déplia également ses ailes, et elles restèrent un instant côte à côte, à contempler la mer, orange tacheté de noir et vert pâle, Aile de Guêpe et Aile de Soie.

Blue s'installa près d'elles et scruta la plage qui s'étendait à perte de vue. Elle était bordée tout du long par une imposante falaise, couverte de hautes herbes ondulant au vent.

L'océan était vraiment immense. Il ne s'était jamais figuré à quel point il était grand, bruyant, vivant… Il était en perpétuel mouvement– il montait et descendait, allait et venait sur la plage, tournoyant mélange de bleu, gris, vert, parfois tacheté de blanc.

– Tu étais déjà venu ? le questionna Criquette. Moi, c'est la première fois, mais j'ai toujours voulu voir la mer. Elle semble pleine de promesses, non ? Comme la veille du départ pour un merveilleux voyage… Les royaumes lointains sont là-bas, Blue. Je le sais.

Elle plissa les yeux, par-delà les vagues ondoyantes, dans l'espoir fou d'apercevoir le continent qui s'étendait de l'autre côté de l'étendue d'eau.

– Le pays de Clairevue. On y apprendrait tant de choses si on parvenait à s'y rendre.

Selena laissa échapper un petit rire.

– J'ai bien peur qu'on ait assez à faire ici. Je suis partante pour explorer de nouveaux mondes, mais je pense qu'il faudrait d'abord sauver celui-ci.

– Ou alors, on pourrait simplement partir, répondit Criquette un ton plus bas. Si c'est trop dangereux ici… on serait peut-être plus en sécurité là-bas.

– Oui, peut-être, convint Selena, mais les dragons qu'on laisserait derrière nous seraient toujours en danger.

Elle se retourna comme Bombyx et Droséra les rejoignaient.

Blue s'aperçut alors qu'il pleuvait. Un crachin silencieux trempait le sable, voilant la pâle lueur de l'aube d'un fin brouillard.

Il tendit ses poignets en feu sous l'averse pour les rafraîchir et s'adressa à Droséra :

– Merci de nous avoir tirés de là. Où sont tes parents ?

– En train de bouder. Ils ne voulaient pas que je révèle l'existence de ce tunnel aux Ailes de Guêpe. Pourtant, on avait décidé qu'on ne pourrait pas s'en servir, de toute façon. En fait, ils sont surtout furieux que je ne leur aie pas encore donné ça.

Elle tapota d'une griffe l'une de ses plus grandes pochettes, qui émit un bruit sourd.

– Mais je n'ai pas d'ordres à recevoir de leur part. Je leur ai dit qu'ils l'auraient quand vous seriez libres. J'ai rendez-vous avec eux ce soir.

– Et ensuite, qu'est-ce que vous ferez ? demanda Bombyx.

– On retournera avec les autres Ailes de Feuille. Pour échafauder un nouveau plan. Vu que celui-ci ne s'est pas déroulé exactement comme prévu.

– C'est…, murmura Selena en désignant la pochette. Vous avez vraiment… ?

Droséra y glissa la patte et en tira le Livre de Clairevue. Il paraissait plus petit et moins magique à la lumière du jour. On aurait simplement dit un très vieux bouquin maladroitement relié.

« Pourtant, il contient les secrets de notre avenir, songea Blue avec un frisson. Et on pourrait le lire… le lire maintenant afin de savoir tout ce qui va nous arriver ! »

– Je peux leur montrer ? demanda Criquette à Droséra.

L'Aile de Feuille acquiesça et le lui tendit.

Criquette dénicha un rocher plat et sec, dont elle balaya le sable d'un coup de queue. Blue s'assit à sa droite et Selena à sa gauche.

– Ce n'est pas du tout ce qu'on croyait, les prévint la petite Aile de Guêpe. C'est même… tout à fait autre chose.

Elle ouvrit le livre à la première page.

Chers petits-enfants, arrière-petits-enfants, arrière-arrière-petits-enfants et toutes les générations à venir,

Comme c'est drôle de si bien vous connaître alors que, pour la plupart, je ne vous rencontrerai jamais. Je vous vois pourtant souvent, surtout au moment de m'endormir. L'avenir est si clair, tout à coup, maintenant que je ne suis bientôt plus en mesure de changer quoi que ce soit.

Mon temps est presque écoulé, le vôtre commence à peine.

Je ne pourrai plus rien contrôler après cela. Je ne pourrai plus utiliser mes visions pour vous protéger, pour assurer votre sécurité.

De toute façon, ce que m'a appris ma longue et belle vie, c'est que je n'ai jamais vraiment eu sur l'avenir autant d'emprise que je le croyais. J'aurais dû le comprendre dès ma première histoire d'amour, à Pyrrhia. Mais j'ai continué à essayer quand même. Et j'ai réussi à vous garder tous en vie. J'ai dû batailler dur contre l'avenir pour y parvenir, et j'ai gagné.

Mais l'avenir finira par l'emporter, car il continuera à jamais, alors que je dois m'arrêter.

C'est donc ma dernière bataille. La dernière chose que je puisse faire pour essayer d'équilibrer la balance du futur – et assurer votre sécurité aussi longtemps que possible.

Dans ce livre, vous trouverez mes visions de ce qui va arriver. Certaines choses vous sembleront négligeables, cependant j'ai tout rapporté, car je ne peux pas encore savoir ce qui sera important. Je vous lègue cela dans l'espoir que ces informations amélioreront la vie de nos clans. J'espère que vous vous en servirez pour protéger tous les dragons, en particulier ceux qui sont les plus menacés – qui qu'ils soient et quels que soient vos sentiments à leur égard.

Il y aura des moments difficiles, comme toujours, partout et pour tout le monde. Je suis désolée, je ne pourrai pas être à vos côtés pour vous aider à reconstruire après le tremblement de terre. J'espère vous avoir donné assez de conseils pour vous aider à survivre à la famine.

Mais je vois surtout de la joie. Votre avenir est semé d'innombrables joies. Quelle chance pour un dragon de vivre à cette époque, dans ce monde fantastique! Avez-vous déjà réalisé la chance que vous avez? Quelle extraordinaire aventure d'être cette âme à l'intérieur de ce corps! De vivre dans un monde recelant de telles merveilles. Je suis si reconnaissante de vous avoir connus et aimés.

Alors j'aimerais m'adresser à toi, petit dragon du futur. Tous les ouragans, les séismes, les incendies et les tempêtes ne peuvent pas te briser, si tu n'oublies jamais le plus important :

Nous sommes ici pour aimer de tout notre cœur.

Affronte le mal avec toute ta gentillesse et ton empathie – et ne le laisse jamais gagner.

Toi seul peux décider qui tu veux être. Ne te laisse pas piéger dans le destin d'un autre.

Recherche toujours la vérité et réfléchis par toi-même.

Il y a plus de cent ans, je pensais que ma vie était finie, que je n'avais plus rien à vivre. Je me trompais tellement, tellement. Mène ta vie. La liste des expériences à faire est illimitée, et il est toujours possible de connaître à nouveau le bonheur.

Et surtout, ça va paraître ridicule venant de moi, ne t'inquiète pas autant pour l'avenir. Tu risquerais sinon de passer à côté d'un cadeau extraordinaire.

Sois heureux, dragon du futur. Tu peux changer le monde grâce à ta joie et à ton espoir.

Avec tout mon amour,

Clairevue

Blue leva les yeux et vit Selena essuyer ses larmes.

– C'est exactement comme ça que j'imaginais Clairevue, déclara-t-il.

– Évidemment, répondit sa sœur d'une voix étranglée. Tu fais confiance aux autres. Alors que moi, je croyais que ce n'était qu'une fieffée manipulatrice qui avait tout orchestré pour que ses descendants deviennent les dragons les plus puissants de Pantala.

Elle secoua la tête.

– Ouais, moi aussi, reconnut Droséra.

– Oh, non! s'exclama Blue, choqué. Pas du tout! Elle n'aurait jamais fait cela.

– Je le vois bien, dit Selena en désignant le livre. Pourtant, c'est ce que ses descendants ont décidé de faire. Pourquoi ne l'avait-elle pas prévu? Pourquoi n'a-t-elle pas tenté de les en empêcher?

– Parce que, répondit doucement Criquette, en fait, elle ne savait pas tout, elle ne voyait pas tout.

Elle feuilleta le livre, désignant les dates inscrites en tête de page.

Au bout d'environ deux cents ans, le flot de visions se réduisait singulièrement. Un ouragan par ici. Un tsunami quatre-vingt-dix ans plus tard. Quelques notes éparses, pleines de points d'interrogation.

Puis environ neuf cents ans après la première date, elle avait écrit :

Prenez soin des arbres. Je crains qu'ils ne soient en danger, mais j'ignore pourquoi. Aidez les Ailes de Feuille à les protéger.

Je vous aime.

Bonne chance.

Criquette tourna la page. Elle était blanche. Ainsi que la suivante. Et celle d'après.

Les dernières pages du livre étaient vides.

L'ultime vision de Clairevue remontait à mille ans.

CHAPITRE 26

Blue regarda Criquette et Selena avec de grands yeux perplexes.

– Mais où est tout le reste ? s'étonna-t-il. Ça ne parle pas de la guerre des Arbres ? Et du fait qu'on ait volé le Livre ? Et tout ce que sait la reine Frelonne, c'est où ?

– Elle ne sait rien ! conclut Selena d'un ton furieux. Elle fait semblant depuis le début ! Le pouvoir du Livre, tout ce qui fait la supériorité des Ailes de Guêpe… ce n'est qu'un tissu de mensonges !

– Là, pour votre information, je fais ma tête « pas surprise du tout », leur apprit Droséra.

Criquette secoua la tête.

– Clairevue n'avait pas vu aussi loin. Elle ignorait que son livre servirait à cela.

– Mais…

Blue n'arrivait pas à y croire.

– Mais d'après la reine Frelonne, c'est Clairevue qui voulait qu'elle règne sur nos deux clans. Voilà pourquoi la reine Monarch a renoncé à son trône. Parce que c'était écrit dans le Livre de Clairevue.

– C'était un mensonge, Blue !

Selena se leva d'un bond et Bombyx la rejoignit.

– Frelonne a menti et s'est servie du livre pour s'emparer du pouvoir.

– Et se débarrasser des Ailes de Feuille, compléta Droséra. La reine Séquoia a demandé à voir le Livre avant d'abdiquer, ce que Frelonne a bien sûr refusé. Notre reine a dit que si elle avait vu tout ça écrit de la main de Clairevue, elle aurait pu y réfléchir. Ce qui, selon moi, est déjà complètement dingue. Pourquoi aurions-nous eu besoin d'une dragonne d'un autre clan à notre tête ?

– Comment a-t-elle pu ? soupira Blue en refermant le livre, laissant sa patte dessus. Je ne comprends pas. Comment la reine Aile de Guêpe a-t-elle pu lire le message de Clairevue et ensuite décider de faire tout le contraire ?

Criquette posa la patte sur la sienne par-dessus le livre.

– Certains dragons font passer leur intérêt personnel avant celui des autres, dit-elle. Ce qui est difficile à imaginer pour un dragon comme toi.

– Eh bien, ça me met vraiment en colère !

– Assez pour passer à l'action ? demanda Droséra en levant le menton d'un air de défi.

– Du genre ? demanda Bombyx.

– Nous allons renverser les Ailes de Guêpe. Et nous aurions besoin de contacts à l'intérieur des guêpiers.

Bombyx renifla.

– Au cas où tu n'aurais pas remarqué, nous ne sommes plus exactement à l'intérieur.

– Nous connaissons des dragons qui y sont encore, cependant, affirma Selena en lui lançant un regard entendu.

– Attendez, qu'est-ce que vous entendez par « renverser les Ailes de Guêpe » ? s'affola Blue. Vous allez leur faire du mal ?

Droséra se renfrogna.

– C'est un peu le but d'une révolution, répliqua-t-elle.

Elle lui arracha le livre des pattes et le fourra dans sa pochette.

– Je croyais que tu étais en colère !

– Oui ! confirma Blue. Mais non. Les Ailes de Guêpe ont également été victimes des mensonges de Frelonne. Ils ont tous subi un lavage de cerveau, elle les a dupés. C'est la reine, votre ennemie. C'est elle que vous devez renverser, pas toute la tribu. Je veux dire, c'est elle qu'on doit… qu'on doit arrêter.

Ses poignets le brûlaient, comme pour lui rappeler qu'il avait des choses légèrement plus urgentes à accomplir, comme par exemple faire pousser ses ailes.

– Reposons-nous un peu, proposa Criquette en le

couvant d'un œil inquiet. On y verra plus clair après un bon petit somme.

Elle dénicha un carré de sable fin bien sec, dans un renfoncement de la grotte.

– Tu viens, Blue ?

Il la rejoignit volontiers et s'installa à côté d'elle. Ses bourgeons d'ailes commençaient à être vraiment douloureux. Et il se sentait étrangement cotonneux. Il avait envie de tisser son cocon maintenant pour échapper à toutes ces horreurs et à toutes les décisions qu'ils avaient à prendre. Mais cette perspective le terrifiait également. Il ne voulait pas être séparé de Criquette et de Selena pendant cinq jours, sans aucun moyen de savoir ce qui leur arrivait.

Et… et si jamais sa métamorphose se passait mal ?

« Qu'est-ce qui pourrait être pire que de devenir un Soie de Feu ? » pensa-t-il.

– Moi, je n'ai pas envie de dormir, affirma Selena. Je vais essayer mes nouvelles ailes ! Tu viens ? proposa-t-elle en donnant un petit coup de coude à Bombyx.

– Évidemment !

– Soyez prudents, intervint Droséra. Les Ailes de Guêpe doivent être à nos trousses. Il vaudrait mieux rester à l'intérieur jusqu'à la tombée de la nuit.

– Juste un petit tour, insista Selena. J'ai enfin mes ailes ! Et puis, on est loin des guêpiers. On fera bien attention, promis.

Droséra haussa les ailes.

– T'es pas de mon clan, rappela-t-elle. Si tu te fais prendre, je ne reviendrai pas te libérer une deuxième fois !

– Compris, dit Selena en sortant de la grotte d'un pas bondissant. À bientôt, Blue !

Et sur ces mots, elle prit son envol, dans une gerbe de gouttes de pluie, Bombyx à sa suite.

Blue soupira.

– J'aimerais être aussi excité qu'elle à l'idée d'avoir mes ailes. Parce que j'ai hâte, mais… j'ai aussi très peur.

– Ça me semble plus que normal, affirma Criquette. Ça ira mieux une fois que la métamorphose aura commencé. Comment tu te sens ? Tu as les mêmes symptômes que Selena ?

Il lui tendit ses poignets, qu'elle saisit délicatement pour les examiner.

– Tes glandes à soie brillent fort, constata-t-elle.

– Exactement comme pour Selena. D'une lueur vive et dorée.

– Waouh ! Mon meilleur ami est sûrement un véritable Soie de Feu ! s'exclama-t-elle.

Il ne put retenir un sourire radieux.

– Ton meilleur ami ?

– Eh bien, mon cercle social a singulièrement rétréci, dit-elle en désignant de la queue la grotte et Droséra qui triait ses pochettes en grommelant. Mais en vrai, je t'aurais choisi comme meilleur ami même si je connaissais tous les dragons de Pantala.

– Pareil pour moi, confia-t-il en posant sa tête sur ses pattes. C'est comme ça que je te vois. Meilleure amie, meilleur cerveau, meilleur cœur.

– Ooooh, ronronna-t-elle en se blottissant tout contre lui. Tu dors ? Avant de roupiller, tu pourrais me raconter comment c'était, la grotte des Soies de Feu ? Y a combien de dragons là-dedans ? Ils sont comment ?

Blue répondit à ses questions d'une voix assoupie, mais ne put résister bien longtemps à l'appel du sommeil qui apaisait ses poignets et son dos endoloris. Il était bien, avec Criquette à ses côtés, bercé par le doux bruit de la pluie sur les rochers. Il se sentait tranquille pour la première fois depuis des jours.

Il ignorait combien de temps il avait dormi, mais des cris au-dehors le réveillèrent en sursaut.

À l'autre bout de la grotte, Droséra lâcha brusquement sa poignée de brindilles et se leva d'un bond.

Tous les trois, ils se ruèrent à l'entrée de la grotte pour regarder à l'extérieur.

Deux Ailes de Guêpe avaient coincé Selena et Bombyx en plein ciel. Ils leur tournaient autour comme des rapaces, exhibant griffes, lances et dards.

– Selena ! s'écria Blue en se précipitant à son secours.

Il trébucha et s'étala à plat ventre. Droséra le rattrapa et le fit rentrer dans la grotte.

– Pas question. Tu ne peux pas te battre dans cet état. Déjà en temps normal, ce n'est pas trop ton truc, mais là...

Elle le fourra entre les pattes de Criquette en ordonnant :

– Débrouille-toi pour qu'il reste ici.

Et sur ces mots, l'Aile de Feuille décolla. La pluie tombait plus dru et de fortes bourrasques de vent soufflaient de la mer.

Sous les yeux ébahis de Blue, Droséra fonça droit sur les Ailes de Guêpe, profitant de l'effet de surprise. L'un d'eux se retourna vivement pour l'affronter, tandis que Bombyx se jetait sur l'autre.

Ils se battirent ainsi longuement sous la pluie battante, leurs griffes glissant sur les écailles trempées. Jusquelà, Blue ne connaissait pas de dragon plus doué pour le combat que Bombyx. Hélas, face aux soldats Ailes de Guêpe, il ne faisait pas le poids. Son adversaire se contorsionna pour lui lacérer le ventre, et il poussa un cri de douleur.

Selena tendit les pattes pour jeter un filament de feu sur l'Aile de Guêpe et protéger Bombyx.

Mais sa soie jaillit plus vite qu'elle ne s'y attendait, incontrôlable. Une bourrasque souleva les filaments dorés et ils s'emmêlèrent, formant un gros nœud. En un instant, une voile de feu se gonfla au-dessus de la jeune dragonne... et le vent l'emporta au loin.

– Selena! cria Blue au désespoir.

Sa sœur se débattait en vain, sans parvenir à se libérer des filaments brûlants. Un éclair zébra le ciel et de gros nuages noirs l'engloutirent.

Bombyx flanqua un grand coup de queue dans la gueule de son adversaire et vola au secours de Selena, hurlant son nom dans la tempête. Il battait frénétiquement des ailes pour tenter de la rattraper.

Droséra se retrouva seule face aux deux soldats Ailes de Guêpe.

– Il faut… il faut qu'on les aide, balbutia Blue qui tremblait de la tête aux pattes, les poignets en feu. Selena… Bombyx…

– Tu ne peux aller nulle part, Blue, objecta Criquette.

Elle le prit dans ses ailes pour le pousser à l'intérieur de la grotte, tout au fond.

– Ça commence. Il faut te cacher. Réfléchissons.

– Mais…

– Ils vont revenir, promit-elle. La tempête va s'essouffler, ils reviendront et ils te trouveront bien en sécurité. D'accord ? Ça ne fera qu'empirer les choses si tu sors et que tu te fais capturer par les Ailes de Guêpe.

Elle le conduisit dans l'un des tunnels, le guidant entre les stalagmites.

– Mais Droséra…

– Elle se débrouille très bien toute seule, répliqua-t-elle. Au cas où tu n'aurais pas remarqué, elle est sacrément féroce. Allez, viens, je crois que j'ai vu un petit coin tranquille par ici. C'est le mieux qu'on puisse dénicher.

Il ne trouva rien à répliquer. Il n'arrivait pas à aligner deux mots ni deux pensées. Comme si sa tête s'était déconnectée de son corps. Les parois rocheuses semblaient bouger, danser, scintiller. Il avait la tête qui tournait, mal au cœur, et beaucoup beaucoup trop chaud.

Il eut l'impression de devoir marcher une éternité avant que Criquette le pousse entre deux colonnes de pierre au fond d'une petite alcôve aux parois bien lisses. Elles brillaient vraiment, celles-là, lui sembla-t-il. Mais pouvait-il seulement faire confiance à ses yeux?

– J'aimerais tant être dans le Cocon, dit-il en claquant des dents. J'aimerais tant être chez moi.

– Je sais, acquiesça tristement Criquette. Je sais, Blue. Je suis désolée que ce ne soit pas possible.

Il tomba à genoux et la soie jaillit de ses poignets. Elle était incandescente, brûlante, de la vraie soie de feu. Elle s'enroula prestement autour de sa queue, de ses pattes. À son contact, ses muscles se détendaient, et un sentiment de paix l'envahit peu à peu, comme une vague de calme le submergeant.

– Je serai tout le temps là, près de toi, Blue, lui assura Criquette.

Il s'allongea en regardant son joli museau illuminé par la soie de feu.

– Je vais rester là en permanence. Je serai là quand tu te réveilleras. Tout va bien se passer, promis.

Blue était un dragon qui n'aimait pas le changement.

Pourtant, ces cinq derniers jours, il avait découvert que le monde était bien différent de ce qu'il imaginait. Sa reine contrôlait les esprits de ses sujets contre leur gré, ce qu'il croyait savoir du Livre de Clairevue n'était qu'un tissu de mensonges et son père était retenu prisonnier dans une usine de soie de feu.

Quant à lui… il était amoureux d'une Aile de Guêpe.

Il avait survécu à toutes ces découvertes. Il était plus fort, désormais. Il y voyait plus clair. Comme Clairevue l'avait écrit, il devait mener sa vie et décider par lui-même quel genre de dragon il voulait être.

Après tout ce qu'il avait traversé, avoir des ailes qui poussent sur le dos, ce n'était pas grand-chose.

Le cocon doré se referma autour de lui.

Les yeux clos, Blue laissa le changement se produire. La métamorphose commença.

ÉPILOGUE

Selena ouvrit les yeux.

Une mouette fit un bond en arrière, poussant de grands cris indignés. Ces dragons exagéraient, de se faire passer pour un bon repas alors qu'il n'en était rien.

L'Aile de Soie était étendue sur la grève. Elle avait du sable entre les griffes, dans les oreilles et sous les écailles. Son museau était à moitié enseveli. Elle était carrément recouverte de sable des cornes à la queue.

Une vague arriva par-derrière, lui lécha les pattes et la queue, se faufila sous son ventre et repartit aussitôt.

Selena s'assit tant bien que mal, laissant échapper un grognement de douleur.

Elle déplia ses ailes pour vérifier leur état. Celle de droite avait un bel hématome – Selena se rappelait vaguement avoir reçu un énorme grêlon. Et lorsqu'elle essayait de s'appuyer dessus, une de ses pattes arrière la lançait terriblement.

Elle se traîna un peu plus haut sur la plage, à l'abri des vagues.

Ouille. Elle avait mal partout.

Elle plissa les yeux, éblouie par ce soleil insolent qui brillait trop fort.

Avait-elle été emportée loin de Blue et de Bombyx? Cette baie ne ressemblait pas à celle d'où elle était partie. À la place des hautes falaises, il y avait des dunes de sable, parsemées de petits buissons.

Selena eut beau scruter la côte et l'arrière-pays, elle ne voyait ni grotte ni guêpier.

Elle se prit la tête entre les pattes, tentant de se remémorer la carte de Pantala. Elle avait passé des jours et des jours en plein ciel, accrochée à son ballon de soie, ballottée par la tempête. Et elle n'avait rien vu d'autre que les vagues bordées d'écume en dessous d'elle.

Et si…? Non… impossible…

Des pattes se posèrent délicatement sur le sable non loin d'elle. Selena recula vivement, tendant le poignet pour lancer sa soie au cas où il s'agirait d'un Aile de Guêpe.

Mais pas du tout.

Cette dragonne était jaune pâle avec des triangles marron clair sur les ailes. Elle n'avait qu'une paire d'ailes, comme une Aile de Feuille. Pourtant, vu la couleur de ses écailles, ce n'en était pas une. De toute façon, ses ailes n'étaient pas en forme de feuille, mais plutôt semblables à des ailes de chauve-souris, sauf qu'elle n'avait que des écailles, pas de poils.

Quand la dragonne fit un pas vers elle, Selena constata qu'elle avait au bout de la queue un aiguillon, comme ceux des scorpions.

– Qu'est-ce que c'est que ça ? demanda-t-elle, sur la défensive.

– Oh, vous parlez dragon, tant mieux, constata l'étrangère.

– Comment voulez-vous que je parle autrement ? s'étonna Selena. Qui êtes-vous ? Où suis-je ?

– Je croyais qu'on parlait une autre langue sur votre continent, dit la dragonne jaune en haussant les ailes. Je m'appelle Jerboa.

– Mon continent ? répéta Selena.

Elle baissa la patte.

– Vous voulez dire que j'ai traversé l'océan ?

– J'en ai bien l'impression, confirma Jerboa. Mais pas sans mal, je crois. Vous êtes blessée ?

– Légèrement.

La Soie de Feu tenta de faire un pas et grimaça.

– Argh… Ça fait… aïe… Je m'appelle Selena.

– Ma hutte est tout près, dit Jerboa en glissant une aile sous la sienne. Appuyez-vous sur moi, ça va aller.

Selena avait du mal à marcher avec les ailes déployées. Elle se prenait sans arrêt les pattes dedans.

– Il faut que je rentre chez moi. Tous mes amis sont là-bas. Ils ont besoin de moi. Surtout mon petit frère.

Elle essaya de calculer combien de temps elle avait pu passer dans la tempête. Elle mourait de faim, mais ça ne l'aidait pas beaucoup. Blue devait avoir entamé sa métamorphose, maintenant. Était-il toujours dans son cocon ? Est-ce que tout se passait bien ?

– Vous n'irez pas loin avec des ailes dans cet état, tout du moins aujourd'hui, répondit Jerboa. Mais les renforts arrivent. Je pense qu'ils seront là bientôt.

Sa hutte était cachée au fond de la baie, douillette, couverte d'un toit de feuilles de palme tout neuf.

Selena effleura le cadre de porte en entrant. Du vrai bois ! Elle était surprise qu'on s'en serve pour construire une si petite cabane. Peut-être Jerboa était-elle plus riche et plus puissante qu'il n'y paraissait au premier abord.

« Ou alors, ce n'est pas pareil ici. Peut-être qu'ils ont encore plein d'arbres sur ce continent. »

Jerboa la conduisit jusqu'à un lit de feuilles de palme et Selena s'y affala, épuisée. Elle avait pourtant dormi longtemps sur la plage où elle s'était écrasée, mais la marche jusqu'à la hutte l'avait éreintée.

– Faites un petit somme, conseilla Jerboa, je vais préparer du ragoût de poisson.

Selena fronça le museau.

– Euh… vous n'auriez pas plutôt des fruits ? Ou du miel ? demanda-t-elle, pleine d'espoir.

Jerboa replia ses ailes en arrière, perplexe.

– Vous ne mangez pas de poisson ? Et du crabe ? Du lapin ? Des mouettes ?

Selena secoua la tête.

– Non merci, pas d'animaux, dit-elle poliment tandis que son estomac laissait échapper un gargouillis sonore comme pour la contredire.

– Je vais voir ce que j'ai.

Jerboa s'éclipsa dans le fond de la grotte, et Selena se sentit sombrer dans le sommeil.

Un moment plus tard, la dragonne posa une patte sur son épaule pour la réveiller gentiment.

– Selena, nos invités sont arrivés.

L'Aile de Soie cligna des yeux. La luminosité avait changé au-dehors, et elle entendait des voix par la fenêtre.

– Je vais les chercher, indiqua Jerboa. N'ayez pas peur. Ils sont là pour vous aider.

Tandis qu'elle sortait de la hutte, Selena s'efforça de réfléchir, mais elle se sentait encore tout ensuquée. Qui pouvait bien venir jusque-là pour l'aider ?

– Qui ça ? fit un dragon en franchissant le seuil de la porte.

Il était plus petit que Jerboa, plutôt de la taille de Selena, mais avec le même genre d'ailes et de queue que son hôtesse. Il avait des écailles couleur sable comme elle, et un anneau à l'oreille.

La dragonnette qui venait derrière lui était totalement

différente. Noire du museau aux pattes, excepté quelques écailles argentées sous les ailes et deux en forme de larme au coin des yeux.

Le choc tira Selena des brumes du sommeil.

Cette dragonnette ressemblait à Clairevue.

Ou tout du moins à Clairevue telle qu'elle était représentée sur les images.

Selena se redressa tandis qu'ils approchaient, suivis par Jerboa.

– Oh… waouh, murmura celui à la boucle d'oreille en la découvrant.

– Qu'est-ce… ? balbutia celle qui ressemblait à Clairevue. Comment… ?

– Je crois qu'il s'agit de notre première visiteuse en provenance du continent perdu, expliqua Jerboa. C'est la tempête qui l'a amenée jusqu'ici.

La petite dragonne noire s'assit et pencha la tête comme si elle écoutait des voix lointaines.

– Je m'appelle Lune Claire, dit-elle. Et voici Qibli. Tu viens vraiment de l'autre côté de la mer ?

– Je crois bien, confirma Selena. C'est… un accident. Je m'appelle Selena.

– Bonjour, Selena, la salua Qibli. Ça doit te faire tout drôle, à toi aussi. Tu as tellement d'ailes ! Enfin, je veux dire, c'est cool ! C'est difficile de voler avec autant d'ailes ? Question idiote ! Je n'arrive pas à croire que je suis face à un dragon d'un autre continent ! C'est dingue !

– Tu es comme Clairevue ? demanda Selena à Lune. Tu vois l'avenir ?

Lune haussa les sourcils, stupéfaite, en s'exclamant :

– Tu as entendu parler de Clairevue ?

– Un peu, je sais certaines choses à son sujet…, dit Selena avec une pensée amère pour le Livre et les mensonges de la reine Frelonne. Je sais qu'elle venait d'ici, qu'elle avait des écailles comme les vôtres. Je me suis toujours demandé s'il y avait d'autres dragons comme elle ici, également capables de voir le futur.

– C'est mon cas, avoua Lune. Pas autant qu'elle, mais… tu m'es apparue dans une vision. C'est pour ça qu'on est là.

– Pour me ramener chez moi ? demanda Selena en se penchant en avant et en déployant ses ailes. Vous savez comment je peux retourner là-bas ?

Lune lança un regard gêné à Qibli.

– Pas vraiment, mais on va essayer.

– J'ai plein d'idées ! annonça le jeune dragon.

– D'accord, fit Selena avant de se rallonger sur les feuilles de palme.

Elle avait soudain la conviction que la tempête l'avait déposée ici pour une raison précise.

– Voyons comment vous pouvez me ramener chez moi et vous pourrez tous m'acompagner. Surtout toi, dragonne visionnaire.

– Moi ? s'étonna Lune. Oh… je ne sais pas… je n'ai rien vu qui…

– Il le faut, affirma Selena.

Cette dragonne était sans doute l'arme secrète qui manquait aux Ailes de Soie et aux Ailes de Feuille.

– Mon clan a besoin de ton aide.

L'impatience lui picotait les ailes.

« On va régler nos comptes, reine Frelonne. Et maintenant, on a une dragonne qui voit *vraiment* l'avenir dans notre camp.

Le règne des Ailes de Guêpe est terminé. »

TABLE

L'AUTEURE

Tui T. Sutherland a écrit une trentaine de romans pour tous les âges, sous différents noms de plume. Elle a aussi participé à la conception de la série best-seller *La Guerre des clans* en tant qu'éditrice et coauteur, et fait ainsi partie des six auteurs qui signent sous le pseudonyme Erin Hunter. Ces dernières années, Tui T. Sutherland s'est investie, seule, dans la création des *Royaumes de Feu*, un univers de fantasy original et merveilleux, qui renouvelle le genre. Avec sa sœur, Kari, elle a imaginé pour les plus jeunes une trilogie pleine de magie, d'humour et de mystère, *SOS créatures fantastiques*.

Retrouvez Tui T. Sutherland sur son site Internet : www.tuibooks.com

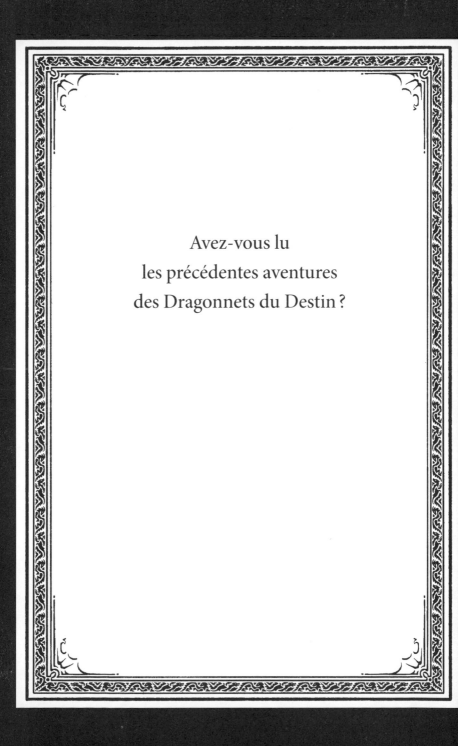

Avez-vous lu
les précédentes aventures
des Dragonnets du Destin ?

~ 1. La Prophétie ~

Une terrible guerre divise les royaumes du monde de Pyrrhia. Selon une mystérieuse prophétie, seuls cinq jeunes dragons nés lors de la Nuit-la-plus-Claire pourront mettre fin aux combats et apporter la paix. Mais les élus, Argil, Tsunami, Gloria, Comète et Sunny, rêvent de voler de leurs propres ailes plutôt que d'accomplir leur destin…

~ 2. La Princesse disparue ~

Tsunami la dragonnette découvre son royaume, le fabuleux monde aquatique des Ailes de Mer. La jeune princesse y rencontre pour la première fois sa mère, la reine Corail. Mais son bonheur est de courte durée. Elle se retrouve au cœur des pires intrigues de palais et se fait un ennemi mortel. Avec ses amis les Dragonnets du Destin, Tsunami devra éviter mille pièges et rendre coup pour coup.

3. Au cœur de la jungle

En pénétrant dans la luxuriante forêt multicolore du royaume de Pluie, les Dragonnets du Destin espéraient trouver un répit – les lieux ont la réputation d'être pacifiques autant que splendides. Mais rien ne se passe comme prévu : menace d'une mystérieuse créature, disparition de dragons… Gloria décide de passer à l'action. Accompagnée de ses amis, elle s'enfonce dans la jungle… et se retrouve en plein territoire ennemi !

4. L'Île au secret

Comète, capturé par son clan, se retrouve prisonnier dans le sombre et rocheux royaume de Nuit. Il découvre avec consternation le comportement odieux des Ailes de Nuit, ainsi que leurs plans sinistres concernant le royaume de Pluie. Comète doit prévenir ses amis, les autres Dragonnets du Destin. Mais comment jouer les héros quand on est froussard et isolé sur une île volcanique ? Le sort de deux royaumes est entre ses griffes !

5. La Nuit-la-plus-Claire

Sunny est effondrée : un Aile de Nuit a affirmé que la prophétie était fausse et que les Dragonnets du Destin ne pourraient jamais mettre fin à la guerre. Pourtant, la petite Aile de Sable refuse de renoncer et cherche à convaincre ses amis de poursuivre leur lutte pour la paix. Comme d'habitude, personne ne la prend au sérieux. C'est donc seule que Sunny affronte sa destinée. Mais une dragonnette naïve a-t-elle la moindre chance face aux pièges des sables mouvants et à des adversaires sans pitié ?

6. La Montagne de Jade

La paix est enfin revenue à Pyrrhia. Les Dragonnets du Destin fondent l'école de la montagne de Jade, qui rassemble des dragons de tous les clans. Lune Claire s'apprête à y faire son entrée, bien à contrecœur. Cette jeune Aile de Nuit, élevée en secret par sa mère au royaume de Pluie, redoute que ses camarades découvrent ses étranges pouvoirs de divination. Bientôt, de terrifiantes visions l'assaillent et un dragon, qui pourrait se révéler dangereux, entre en contact avec elle. Lorsque des élèves sont attaqués, Lune doit choisir : se taire et rester en sécurité ou prendre des risques pour aider ses amis.

7. Le Piège de glace

Winter a toujours déçu sa famille, de puissants Ailes de Glace. Mais, s'il parvenait à stopper les projets meurtriers de sa sœur Frimaire et à délivrer leur frère des serres diaboliques de la reine Scarlet, il serait le héros du clan. Encore faut-il qu'il les retrouve… Ses nouveaux et merveilleux amis – Lune Claire, Kinkajou et Qibli – pourront-ils l'aider face aux dragons que Winter redoute le plus… ceux de sa propre famille ?

8. La Mission de Péril

La cruelle reine Scarlet veut tuer Argil et les autres Dragonnets du Destin. Entre la reine déchue et son seul ami, qui Péril va-t-elle choisir, elle qui est connue pour prendre toujours les pires décisions ?

9. Les Serres du Pouvoir

Une menace terrifiante, enfouie dans les entrailles de la montagne de Jade depuis des siècles, vient de se réveiller : Spectral, le dragon ancestral des légendes de Pyrrhia. Pourtant, tous semblent tomber sous son charme. Seul Triton se méfie…

10. La Tempête de sable

Spectral tient tous les dragons de Pyrrhia sous son emprise. Seul Qibli voit clair dans ses plans maléfiques. Mais le dragonnet est-il de taille à affronter l'Aile de la Nuit et à sauver la montagne de Jade, sa famille et ses amis ?

Retrouvez

LES ROYAUMES DE FEU

en bande dessinée

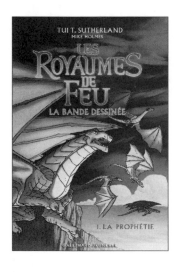

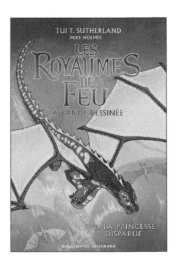

Découvrez

SOS Créature Fantatisques,

une nouvelle série

de Tui T. et Kari Sutherland

1. Le secret des petits griffons

Logan découvre un soir un bébé griffon caché sous son lit.
Cela le mène tout droit aux deux élèves les plus bizarres
du collège. Zoé, toujours stressée, et le beau Blue vivent à
la Ménagerie, une réserve qui abrite licornes très snobs,
phénix égocentrique et griffons incontrôlables… Logan
croit rêver mais il faut faire vite : s'ils ne retrouvent pas
les autres griffons perdus, tout le monde découvrira l'existence de ce lieu ultrasecret.
Qui a laissé s'échapper ces animaux légendaires ?
Les gardiens de la Ménagerie ont-ils un ennemi ?

Le papier de cet ouvrage est composé de fibres naturelles,
renouvelables, recyclables et fabriquées à partir de bois
provenant de forêts gérées durablement.

Mise en pages : Maryline Gatepaille

Loi n° 49-956 du 16 juillet 1949
sur les publications destinées à la jeunesse
ISBN : 978-2-07-513034-9
Numéro d'édition : 354864
Dépôt légal : janvier 2020
Imprimé en Italie par 🐢 Grafica Veneta